Lukas Meschik
Die Würde der Empörten. Roman

Es beginnt mit unspektakulären Demonstrationen, unzufriedenen Menschen, die auf Spaziergängen ihre Meinung kundtun. Der Fotograf Lester begleitet diese Märsche, dokumentiert die Empörung und überrascht, ja provoziert mit differenzierten Überlegungen – Gut und Böse, Richtig und Falsch gibt es nicht mehr. Dem jungen Ich-Erzähler kommen im Austausch mit ihm immer größere Zweifel an den eigenen Überzeugungen; sein Blick auf die Mitmenschen schärft sich, und was er sieht, beunruhigt nicht nur ihn. Dann überschlagen sich die Ereignisse: Zunehmende Radikalisierung, immer offenere Gewaltbereitschaft und Einschränkungen durch den Staat erzeugen einen Strudel, der unweigerlich ins Verderben führt. Ausgerechnet die Zärtlichkeit der Polizistin Lexi und ihres Hasen Boca vermögen es, in all dem Chaos eine Insel der Geborgenheit zu schaffen …

Lukas Meschik, geboren 1988 in Wien, debütierte 2009 mit dem Roman *Jetzt die Sirenen*. Es folgten der Erzählband *Anleitung zum Fest* (2010) und der Roman *Luzidin oder Die Stille* (2012); bei Limbus: *Über Wasser* (Roman, 2017), *Die Räume des Valentin Kemp* (Roman, 2018), *Vaterbuch* (2019), *Planeten* (Gedichte, 2020), zuletzt der Essay *Einladung zur Anstrengung* (2021). Im Frühling 2020 betrieb er für hundert Tage ein öffentliches Notizbuch (www.coronarrativ.com). Förderpreis der Stadt Wien 2012, Kitzbühler Stadtschreiber 2013. Mit einem Auszug aus *Vaterbuch* war Lukas Meschik 2019 zum Wettlesen um den Bachmannpreis eingeladen.

Lukas Meschik

Die Würde der Empörten

Roman

Limbus Verlag

Bibliografische Information der Deutschen Nationalbibliothek: Die Deutsche Nationalbibliothek verzeichnet
diese Publikation in der Deutschen Nationalbibliografie;
detaillierte bibliografische Daten sind im Internet über
http://dnb.dnb.de abrufbar.

© Limbus Verlag Innsbruck – Wien 2023

Lektorat: Merle Rüdisser
Einbandillustration: © Birgit Müller
Druck: Finidr, s.r.o.

ISBN 978-3-99039-231-7
www.limbusverlag.at

*Die Gegenwart lässt sich
am besten
als Dystopie erzählen*

Erster Teil

Wie es endet

Eins. Die Briefe
Briefe kosten mehr Zeit, als manch einer denkt. Wer sich nicht regelmäßig bewusst hinsetzt, um seine Gedanken niederzuschreiben – mit der Hand oder in elektronischer Form –, unterschätzt leicht, welchen Aufwand es bedeutet, dies in möglichst verständlicher Weise zu tun. Was als kurze Nachricht von wenigen Zeilen daherkommt, kann nach all dem Abwägen und Umformulieren leicht eine halbe Stunde in Anspruch nehmen; eine zwei- bis dreiseitige Richtigstellung von unlauter verschränkten Halbwahrheiten kann den gewissenhaften Schreiber einen ganzen Nachmittag kosten.

Lester nahm sich diese Zeit, und zu seiner Ehrenrettung – oder Erniedrigung? – muss gesagt werden: Er hatte sie ja auch. Denn mit der Wirtschaft ging es bergab und seine Auftragslage als freier Fotograf für Privatfeiern und Firmen-Events war nicht nur mau, sondern kaum mehr der Rede wert. (Es mochte weniger mit der wirtschaftlichen Gesamtlage als mit seiner mangelnden Geschäftstüchtigkeit zu tun haben; vielleicht war er in Zeiten von kameratauglichen Smartphones auch schlicht und einfach obsolet geworden.)

Lester ging keiner geregelten Beschäftigung mehr nach, war jedoch zu stolz, staatliche Unterstützung zu beantragen, die ihm durchaus zugestanden wäre. Stattdessen zapfte er sein Erspartes an, von dem er nicht zuletzt dank einer Erbschaft einen Batzen beisammenhatte, der ihn bei bescheidener Lebensführung noch einige

Jahre über Wasser halten sollte. Als wissbegieriger und lernfreudiger Mensch bereitete es ihm wenig Mühe, die Tage auf eine Weise zu füllen, die ihm sinnvoll erschien. Aus Lester war ein leidenschaftlicher Zeitungsleser geworden, der neben einer Handvoll sehr bekannter Medien als Grundstock auch regelmäßig individuell herausgesuchte Nischen-Artikel konsumierte, wenn er sich davon einen Erkenntnisgewinn versprach.

Ein Leserbriefschreiber war Lester früher nie gewesen, über unzulässige Verkürzungen oder sogar gröbere Schnitzer sah er achselzuckend hinweg. Er wollte sich nicht die Mühe machen, dem etwas entgegenzusetzen, da er sich davon auch nicht allzu viel versprochen hätte. Als ihm aber eines Tages beim Lesen des Leitartikels eines von ihm sonst sehr geschätzten Redakteurs vor Zorn die Hitze regelrecht in die Ohren schoss – und er eben auch die Zeit hatte –, verfasste er ohne groß darüber nachzudenken eine Unmutsbekundung, die bei aller Heftigkeit des Angriffs nie übers Ziel hinausschoss oder in Beschimpfungen ausartete. (Ich liefere absichtlich keine langwierige Beschreibung, worum es dabei ging; dieser Akt entfachte in Lester ein Feuer, und die Beschaffenheit des Funkens ist im Rückblick unerheblich. Es wird eine gewisse Empörungsbereitschaft vorhanden gewesen sein, die sich angestaut und ein Ventil gesucht hatte. Was ihn konkret aufregte, hätte auch etwas ganz anderes gewesen sein können.)

Lester erhielt bald eine Antwort, in welcher sich der Redakteur für den erheblichen Aufwand bedankte, den es bedeutet haben musste, so differenziert auf den Leitartikel einzugehen. Da hatte er recht, Lester wollte ja auch nicht sinnlos ins Leere hineinformulieren, sondern zielgerichtet auf Schwächen eines Arguments hinweisen. Der Redakteur gab zu verstehen, er werde sich die Kritik zwar zu Herzen nehmen, sehe jedoch keine Möglichkeit, sie auch nur in Teilen abzudrucken. Da Lester damit ohnehin nicht gerechnet hätte und das auch keine Motivation für seine Nachricht gewesen war, minderte das seine Befriedigung nicht im Geringsten. Er war freudig überrascht, vom anderen überhaupt eine Antwort erhalten zu haben. Ich bekam Einblick in diese Korrespondenz und fand sie in ihrer freundlichen Distanziertheit durchaus produktiv. Lester jedenfalls hatte Blut geleckt. So begannen die Briefe.

Neben Journalisten und Medienmachern kontaktierte Lester bald einzelne Beamte in Ministerien oder Mitarbeiter von Parteien, da und dort traf es Prominente, die sich öffentlich zu einer politisch brisanten Bemerkung hatten hinreißen lassen. Dass Lester zumeist keine Antwort erhielt, bestätigte seinen Verdacht, dass einige dieser vermeintlich wichtigen und mächtigen Personen zu überheblich waren, sich mit einem einfachen Bürger wie ihm auseinanderzusetzen. Weiters beharrte er darauf, einen zwar in der Sache harten, jedoch niemals larmoyanten oder untergriffigen Ton anzuschlagen, was ihm nach meiner Kenntnis auch gelang.

Aus dem begrüßenswerten Hinterfragen vorgekauter Meinungen wurde mit der Zeit eine allgemeine Abneigung gegenüber Autoritäten und Institutionen, aus dem Aufmerken wurde Protest; eine Entwicklung, die im Nachhinein betrachtet nur folgerichtig erscheint.

(Vor Kurzem habe ich den Begriff der *toxischen Skepsis* aufgeschnappt. Hier sieht man am konkreten Beispiel, wie sie einen Menschen aushöhlen und innerlich auffressen kann.) Spätestens als Lester auf die Straße ging und sich den Kundgebungen anschloss, war er zum wachsenden Lager der Empörten zu zählen. Auf einer dieser Veranstaltungen lernten wir einander kennen. Lester machte Fotos, auch von mir war das eine oder andere nette Bild dabei.

Zwei. Nur Menschen

Wir alle brauchen eine Wahrheit, der wir uns verpflichtet fühlen; etwas, das größer ist als wir selbst. Damit spreche ich eine Binsenweisheit aus, die viele vor mir besser auszudrücken wussten. Es muss etwas geben, für das wir zu kämpfen – und zu sterben – bereit sind. Mit einem Bedürfnis nach Transzendenz scheint mir dies nur unzureichend beschrieben, kann es sich doch um ganz Profanes handeln. Vielleicht brauchen wir etwas, das wir auf schöne Weise nicht verstehen, das uns aber ein bleibendes Bedürfnis schenkt, genau das trotzdem zu versuchen; eine Sache, für die man uns respektiert und kennt und anerkennt, die uns all die Zumutungen der modernen Existenz ertragen lässt. (*Wir kommen auf die Welt – und sind doch nur Menschen.* Hat Lester das gesagt?) Für die einen ist es das aufopferungsvolle Großziehen der Kinder, für die anderen das Einschlagen einer vielversprechenden beruflichen Laufbahn, für wieder andere das eher brotlose Streben nach Weltverbundenheit durch Kunstproduktion. Mit einem Wort:

Sinn. Wer nichts hat, das ihn im Leben verankert, dreht in sich selbst stumme Runden, die nirgendwo hinführen.

Liebesdinge waren etwas, das während unserer Treffen großzügig ausgespart blieb. Von seinen vergangenen Beziehungen sprach Lester nur in Andeutungen, und auch ich hatte kaum das Bedürfnis, mein Gefühlsleben vor ihm auszubreiten. Eine Zeitlang hatte er mit einer gleichaltrigen Frau zusammengelebt, die aus einer geschiedenen Ehe ein Kind mitbrachte, einen jugendlichen Nerd, den Lester gerade während der Pubertät ein bisschen unter seine Fittiche nahm. Er schien in dieser Rolle als Ersatzvater nicht wirklich aufzugehen, doch lästig war sie ihm ebenso wenig. Lester arrangierte sich mit der Situation und bemühte sich um ein reibungsloses Familienleben, das er, wie ich ihn kenne, mehr abwickelte als zelebrierte.

Nach einigen Jahren zerbrach die Beziehung und somit der gemeinsame Haushalt – wobei von *zerbrechen* wohl nicht die Rede sein kann, es ging einfach auseinander, ein unspektakulärer Vorgang, der bei Lester keine großen Spuren hinterlassen haben dürfte; emotionale Erschütterungen sehen anders aus. Wie beiläufig er davon erzählte, erweckte den Eindruck, dass er sich von der ganzen Angelegenheit ohnehin nicht allzu viel versprochen hatte. Als die Episode vorbei war, zog er sich wieder in seine Einsamkeit zurück, die er wie wir alle mit Phasen exzessiven Masturbierens abmilderte. Lester war nicht abhängig von der Nähe anderer Menschen. Zum ehemaligen Stiefsohn hielt er sporadisch

Kontakt, als Geburtstags- und Weihnachtsgeschenke besorgte er Gutscheincodes für Videospiele, die man im Vorbeigehen an jeder Supermarktkassa erhält. Mit der Frau sei es *okay* gewesen, sagte Lester, nicht mehr und nicht weniger.

Als wir uns auf der Straße begegneten, war er einen Schritt weiter als ich. Bei mir ging es um reine Neugier: Ich wollte mir selbst ein Bild machen, mit eigenen Augen sehen, womit wir es zu tun hatten. Zwar war es nicht so, dass ich den Berichten überhaupt keinen Glauben mehr schenkte, doch war ich mir eben nicht sicher, in welchem Ausmaß ich das guten Gewissens konnte. Mein Vertrauen war angekratzt, wenn auch noch nicht erschüttert. Man könnte sagen, der Zweifel hatte mich auf die Straße getrieben. Bei Lester war es anders, er zweifelte längst nicht mehr, sondern war bereits zu einer für ihn unverrückbaren Gewissheit gelangt. Sicher war er sich darin, dass es so nicht weitergehen könne. Wie denn?, fragte ich. *So.*

In der Masse aufzugehen, verunsicherte mich von Anfang an. Ich ertrug es nicht, dass ein anderer auf der Bühne in meinem Namen sprach, hätte jedes einzelne Wort überdenken und absegnen wollen. Die Abgabe von Kontrolle an einen Rädelsführer, das Mitklatschen und Mitgrölen, der Zuruf im Affekt – all das bereitete mir Bauchweh. Lester wiederum verspürte unter den Fremden ein wohliges Gefühl des Aufgehobenseins. Für ihn war es genau die richtige Form der Gemeinschaft, blieb er doch inmitten von anderen für sich. Er schoss eifrig Fotos, und wenn man ihm so zusah, erkannte man einen geübten Bildersammler in seinem Element. Mit feierlichem Ernst suchte er für jedes Licht den richtigen Winkel. Neben mir posierten ein paar Leute; ich stand so nah dabei, dass ich mit Sicherheit mit abgebildet worden war. Also ging ich Lester ein paar Schritte hinterher, streckte den Arm nach seiner Schulter aus und klopfte leise an.

Wo kommen die denn?, fragte ich. Nirgends, sagte Lester unbeeindruckt. Er sei von keiner Zeitung oder Plattform, sondern mache das rein für sich selbst, quasi sein Privatarchiv, nicht einmal online stellen werde er die Bilder, er wolle schlicht dieses historische Ereignis festhalten. Mir wurde klar, dass jeder, der sich an diesen Ort begab, automatisch *mitgemeint* war. Es hat mich nur interessiert, sagte ich. Lester verstand das und nickte. Man habe ein Recht auf das eigene Bild, sagte er, damit dürfe kein Schindluder getrieben werden, es sei gut, dass es mir nicht egal sei, denn gerade auf Versammlungen wie diesen hier stapften oft Fernsehteams herum, die unerbittlich *draufhielten* und die es nicht interessiere, ob man damit einverstanden sei oder nicht, sie machten es einfach, weil sie es dürften, sagte er, wenn ich also wolle, dann könne er mir gern alle Bilder zeigen und werde sie auch ohne Murren löschen. Ich schüttelte beschwichtigend den Kopf. Nein, sagte ich, das brauche er nicht.

Wir fragten einander, weshalb wir hier seien, und erzählten ungefähr; wir tauschten Kontaktdaten aus und verabredeten uns fürs nächste Mal. Man kam leicht ins Gespräch. Der mühelosen Zusammengehörigkeit konnte ich einiges abgewinnen, doch insgesamt löste die Vereinnahmung durch die Gruppe bei mir weiterhin Unbehagen aus. Lester sagte, ich solle mich ein bisschen locker machen; er strahlte dabei eine heitere Verlorenheit aus. Dass wir gut reden konnten, merkten wir sofort. Selbst nach allem, was geschehen ist, fällt es mir schwer, unsere Begegnung zu bereuen. Ich glaube nicht, dass er töten wollte. Ich glaube, er wusste selbst nicht, was er eigentlich wollte.

Drei. odnU
Wir sind Zeitreisende. Das erkannte ich nebenbei unter der Dusche, als ich mir gerade die Achseln einseifte, bis es so richtig schäumte. Ich hatte ein Bildbearbeitungsprogramm heruntergeladen, um ein paar Fotos von mir aufzupeppen, nichts Aufregendes, mehr als Fingerübung, wahrscheinlich hatte ich durch die Begegnung mit einem Fotografen nach Jahren wieder Lust darauf bekommen. Mit einer Handvoll Tutorialvideos als Rüstzeug schraubte ich an den Reglern für Helligkeit, Sättigung und Körnung, versuchte mich sogar im Entfernen von Muttermalen und dem Retuschieren von unreinen Hautstellen. Was immer ein zufriedenstellendes Ergebnis bot, war das Zurückgreifen auf voreingestellte Schwarz-weiß-Presets – damit sah alles gut aus, auch mein eigenes Gesicht wurde dadurch angenehm kantig und der Blick intensiv.

Wenn mir eine Veränderung nicht gefiel, dann klickte ich einfach auf *Bearbeiten* und *Rückgängig machen*, und wie von Zauberhand war die vorherige Version wiederhergestellt, und wer wollte, der konnte das Bild mit wenigen Schritten auch komplett in seinen Originalzustand versetzen. Während der Bearbeitung selbst war mir das alles noch nicht so bewusst, erst danach beim Gedankenwandern unterm heißen Wasser: Plötzlich verstand ich, dass wir mit der Digitalisierung und dem Anwenden von Software zur Manipulation von Datenpaketen zu Zeitreisenden geworden waren, mit Computern als unseren Zeitmaschinen; sehr unscheinbare und sehr verlässliche, wie ich hinzufügen möchte.

Mit Textverarbeitungsprogrammen ist es ja genau das Gleiche, dachte ich. Früher mussten wir auf Papier schreiben, und wenn wir einen Fehler machten oder eine bessere Idee hatten, dann strichen wir etwas durch; der Prozess wurde sichtbar, auch Radieren oder Weglöschen von Füllfederstrichen mit dem Tintenkiller hinterließ Spuren. In der digitalen Welt gibt es kein Original mehr; sobald wir daran herumdoktern, entsteht eine ununterscheidbare Kopie, es öffnet sich eine bodenlose Schatztruhe, in der jede Datei in ihrer Möglichkeitsform existiert. Diesen Umstand zu durchdringen, schenkte mir ein wohliges Kribbeln irgendwo zwischen Glückseligkeit und Ergriffenheit. Manchmal wartet das Wunder genau vor unseren Augen und wir sind zu blöd, es zu sehen. Ich dachte, wie großartig alles war; der Einfallsreichtum und die Erfindungsgabe meiner Spezies konnten einen schon begeistern.

Ich war entsetzt, dass wir es so klar und ehrlich noch nie ausgesprochen hatten: Seitdem wir alles, was wir tun, wieder ungeschehen machen können, reisen wir durch die Zeit, stellen auf Knopfdruck einen vergangenen Zustand her, der unserem Handeln seine Konsequenz nimmt. Mit jedem Klick auf *Rückgängig machen* bedienen wir unsere Zeitmaschine, ohne es als erschütternden Eingriff wahrzunehmen. Es ist für uns selbstverständlich, dabei müssten wir mit staunenden Augen durch die Straßen laufen und die frohe Botschaft verkünden: Nichts ist endgültig, alles lässt sich wieder aufheben, völlig schmerzlos und ohne dafür zu bezahlen.

Schade war natürlich, dass sich diese Zauberkraft noch nicht aufs echte Leben übertragen ließ, unsere Körper und die Gegenstände um uns verziehen Veränderungen nicht so leicht, schon gar nicht die Natur; ein abgeschnittener Finger lässt sich zwar vielleicht wieder annähen, aber nur mit sichtbarer Narbe, ein gefällter Baum richtet sich nicht wieder auf.

Später gelang es mir bei einem Foto, eine in Schatten geratene Gesichtshälfte subtil aufzuhellen, genau richtig, dass man den Eingriff nicht bemerkte; stolz saß ich vor dem Ergebnis, ich hatte etwas dazugelernt, und weil ich die Bedeutung des Moments verstand, empfand ich wieder dieses seltsame Kribbeln.

Vier. Zunder

Natürlich benutzte auch ich die gängigen Apps, um neue Leute kennenzulernen, dem konnte man sich kaum entziehen. Wir wischten durch die Schmollmundgesichter und Ganzkörperaufnahmen in Badesachen oder Meditationsgewändern, wir wischten durch Familienfeiern und Tanzveranstaltungen, durch Skiausflüge und waghalsige Klettertouren, wir zeigten uns mit Hundewelpen, Malerpinseln oder im Fitnesscenter, wir wischten uns nach links und rechts und lechts und rinks, als wären wir austauschbare Menschenprodukte. Tiere und Sport, dachte ich, Tiere und Sport, und Freunde und Bücher. Denn Bücher, logisch, zeigten Belesenheit. Umgebensein mit Freunden zeigte Geselligkeit und dass man kein psychopathischer Loner war, dem niemand zu nahe kommen wollte. Sport zeigte Sportlichkeit, weil man jemanden abkriegen wollte, der auf seine Linie achtete und sich in Form hielt. Tiere zeigten Behutsamkeit und Zärtlichkeit und Friedfertigkeit. Reisebilder zeigten Reisefreudigkeit, was so viel sagte wie: *Entdecken wir gemeinsam die Welt!* Ausflüge und (visuell) ansprechende Freizeitgestaltung bewiesen Erlebnishunger und Abenteuerlust im Sinne von: *Ich nehme dich mit ins Abenteuer des Lebens!* Oft stimmten mich die Apps melancholisch, aber jetzt war ich damit einverstanden.

Hier scheint eine Anmerkung nötig: Auch Wischentscheidungen (die Guten ins – rechte – Töpfchen; die Schlechten ins – linke – Kröpfchen) lassen sich rückgängig machen, wenn man es sich nach einer Schrecksekunde des Abwägens spontan anders überlegt oder sich in der Hitze des Gefechts einfach vertan hat, man kann seine Einordnung widerrufen, da es sich bloß um eine Fernjustierung binären Codes handelt – allerdings kostet das etwas. Wer die Frau seiner Träume versehentlich zur falschen Seite wischt, ihr Profil aber unbedingt wiederherstellen möchte, muss Credits erwerben und für diese Sonderleistung ausgeben. Man kann das perfide nennen – oder einfach nur Geschäftsmodell. Zufrieden lud ich meine aufgehübschten Bilder hoch und warf mich ins Spiel. Es ist tatsächlich nur eine Spielerei, die man niemals zu ernst nehmen sollte.

Einmal war ich mit einer gepflegten Diplomatentochter im Vergnügungspark. Erst aß sie einen Spieß Schokolade-Erdbeeren, danach einen mit Käse und Salami belegten Lángos, und bald darauf noch sechs Mini-Donuts mit Zimt und Zucker; gern lud ich sie auf all das ein. Mehrmals bot ich ihr meine Wasserflasche an, doch sie wollte nichts trinken. Sie habe in London studiert und sei auch eine Zeit lang in Berlin gewesen, beides Städte, die sie äußerst anstrengend fand, jede auf ihre eigene Weise. Mit Auslandsaufenthalten konnte ich nicht mithalten. In einem Ministerium habe sie ein Praktikum gemacht, derzeit arbeite sie in einer Wirtschaftskanzlei. Neulich sei sie auf einem Ball gewesen, jedoch erst pünktlich zur Mitternachtseinlage, eine sehr bunte und verwirrende Angelegenheit. Als sie fertig gegessen hatte, begleitete ich sie zu ihrem Auto – eigentlich dem ihres Vaters – und sah ihr beim Ausparken zu. Sie war talentiert. Wir ließen einander sein.

Ein anderes Mal traf ich eine georgische Schönheit, die mich gleich in einen angesagten Nachtclub bestellt hatte. Sie sprach so leise, dass ich sie kaum verstand, und war insgesamt eine zerbrechliche Erscheinung. Ich wankte zur Toilette, wo ich lange anstehen musste. Als ich zurückkehrte, wirkte sie kurz angebunden, was mich verwirrte. Wir sprachen über ihren Hund, der schwer allein sein konnte. Zum Abschied gab sie mir einen wehmütigen Kuss auf die Wange mit einem halben

Zentimeter Luft dazwischen. Sie hatte sich den Abend wohl interessanter vorgestellt. Ein paar Tage später meldete sie sich überraschend, lud mich zu sich ein, wo es Wein und geröstete Pistazien gab. Der Hund gab Ruhe, er beschäftigte sich still im Nebenzimmer. Irgendwann legte mir die georgische Schönheit die Hand auf den Oberschenkel und sah mich vielsagend an. Wir schliefen stumm und rücksichtslos miteinander, sie stöhnte ungehemmt, gab sich vollkommen auf. Unser Soundtrack waren neonfarbene Ambientbeats. Als alles vorbei war, wir leer und schuldig auf dem feuchten Bettzeug lagen, bedankte sie sich, was aufrichtig klang und einen Schlusspunkt setzte. Wir waren auserzählt. Nach diesem Besuch löschte sie mich aus der Kontaktliste, auch unser Nachrichtenverlauf war damit verschwunden. Es gab *uns* nicht mehr.

Eine wohlproportionierte Künstlerin stellte einen Smalltalkrekord auf, innerhalb von zwei Minuten erzählte sie mir die letzten zehn Jahre ihres Lebens, erzählte von ihrer Band, die sich mittlerweile aufgelöst habe, von ihrer Zeit im Journalismus, zunächst als freischaffende Online-Redakteurin, dann als weltreisende Fotografin für das Magazin eines Kreuzfahrtunternehmens, erzählte von ihrer Heimkehr in die Geburtsstadt und diversen Nebentätigkeiten in verschiedenen Branchen, schließlich ihrem Anheuern im Pressebüro einer Umweltschutzorganisation – aber *eigentlich* mache sie immer schon Kunst, ironische Collagen, die sie mir zeigte und an denen mich nichts störte. Ich lauschte gebannt dieser spannenden, in ihren einzelnen Stationen so nachvollziehbaren Lebenserzählung; im kompakten

Aufbau und der logischen Abfolge erkannte ich die Routine der souveränen Netzwerkerin. Ein *schlüssiger Mensch*, dachte ich, als sie sich kurz nach draußen verzog, um eine zu rauchen. Wir verbrachten ein paar Wochen miteinander, schöne Wochen, in denen wir uns gegenseitig bekochten und unsere Körper alles durften; manchmal half ich ihr dabei, aus Überschriften von Tageszeitungen und Magazinen einzelne Wörter auszuschneiden. Irgendwann verlief es sich.

Mir wurde schwindlig vor kennenswerten Personen. So viele Menschen, jeder sein eigenes Universum. Erschöpft legte ich das Handy zur Seite. Es gab einige erfreuliche Verbandelungen oder eher unverbindliche Einfädelungen – Matches –, doch ob tatsächlich ein Funke übersprang, das würde sich erst zeigen. Als Mann war es traditionell meine Aufgabe, den ersten Schritt zu tun, den ersten Gruß auszusenden und dabei nicht so zu klingen wie die tausenden Eingangsphrasendrescher vor mir. Ich kühlte erst einmal ab und ließ die Eroberungen warten. Wahrscheinlich kommunizierte man die Hälfte der Zeit ohnehin mit Bots, die einen in unverfänglichen Konversationen hielten und zum Ausgeben von Credits verführten. Meine neuen Bilder jedenfalls hatten den gewünschten Effekt. Vielleicht würde ich mich bei niemandem mehr melden, nur überprüfen, ob dazu die Möglichkeit bestand. So viele Menschen, dachte ich, und so wenig Mensch.

Abends traf ich mich mit einer alten Bekannten. Wir gingen in ihre Lieblingspizzeria, das Essen war gut und vergleichsweise preiswert. (Das Wort *Teuerungswelle* machte die Runde, aber ich bemerkte davon noch nichts.) Meine Bekannte war unkompliziert, ich fand aber nicht, dass man sie *einfach gestrickt* nennen konnte. Wir hatten denselben bissigen Humor, was die Grundlage für alles war. Beschwipst erzählte sie mir von ihren Zukunftsplänen, und wie gern sie einmal eine Familie haben würde. Sie konnte mit mir ganz neutral darüber reden, ohne dadurch Druck auszuüben, es herrschte das stille Einvernehmen, dass ich für sie nicht der Richtige war – sie im Übrigen auch nicht die Richtige für mich –, deshalb war es so entspannt. Wenn uns beiden danach war, dann schliefen wir miteinander, oft begnügten wir uns damit, den Abend mit innigen Umarmungen ausklingen zu lassen, was bald nahtlos in Abschiedsküsse überging. Am Ende rülpste sie mich versehentlich an. *Gott, wie peinlich!*, sagte sie wie ein kleines Mädchen, das war süß. Wir kicherten. Es gab zwischen uns keine Erwartungen. Von Lester erzählte ich nichts.

Fünf. Dunkelheit
Der Übergang in eine Zwangsherrschaft geschieht selten von heute auf morgen, es ist meistens ein fließender Prozess, den man kaum registriert, wenn man sich selbst darin befindet, vor allem dann nicht, wenn die Entwicklungen einem kaum nennenswerte Nachteile bescheren. Es wird kein Schalter umgelegt, keiner ergreift plötzlich die Macht, stellt sich auf einen Balkon und ruft seine Herrschaft aus, woraufhin am großen Platz frenetischer Jubel ausbricht. Dem Abgrund nä-

hert man sich in sehr kleinen Schritten, die ängstliche Menschen aus freien Stücken tun.

So weit war ich mir mit Lester einig. Unterschiedlicher Meinung waren wir in der Frage, wie weit das Abtragen demokratischer Prinzipien bereits fortgeschritten war. Er fand, unsere Gesellschaft stehe bereits an der Kippe, ich war weniger pessimistisch und aus Überzeugung zuversichtlich, dass man die beobachtbaren Schieflagen mit einiger Anstrengung bald wieder ins Lot gebracht haben würde. Offenkundig war, dass wir uns in einer Zeit großer Umbrüche befanden, was zu wachsender Verunsicherung führte. Die Sorge um Freiheit ist jedenfalls zu jeder Zeit berechtigt – sie ist die Grundvoraussetzung dafür, dass man ebendiese Freiheit weiterhin einfordert und erhält. (Wer sich darüber lustig macht, den sollte man erinnern: Angst ist immer unbegründet – bis sie sich bestätigt.)

Der Vorteil des Erzählens besteht darin, nicht auf Prognosen angewiesen zu sein. Anstatt halbgare Voraussagen über die Zukunft treffen zu müssen, darf ich das Vergangene beschreiben und darin ausgewählte Betonungen setzen. Ich kann mich nicht erinnern, wann jemals etwas so sehr mir gehört hat wie diese Geschichte. Vielleicht geht sie so:

Es war einmal ein Land in der Mitte der Welt. Dort lebte es sich gut, viel besser als an vielen anderen Orten. Die Menschen waren frei, sich zu entfalten, Wirtschaft zu treiben und ihre Gedanken zu äußern; ein Zustand, der aus unvorstellbarem Leid gewachsen war und aus verheerenden Kriegen, von denen der letzte nur einige Jahrzehnte zurücklag. Dass manche gleicher als andere waren, versteht sich von selbst, die Existenz von Unterdrückung und Armut ließ sich nicht leugnen. Wie überall gab es auch hier mangelnde Demut und Korruption auf Seiten der Politiker, die sich freimütig aus der Staatskasse bedienten; es gab kaltschnäuzige Wirtschaftstreibende, die das Recht des Stärkeren auf ihrer Seite wussten und ohne Unrechtsbewusstsein auf Kosten Schwächerer ihre Gewinne maximierten. Dem entgegengesetzt gab es Aufdecker und Aufzeiger und Aufklärer, unermüdlich recherchierende Journalisten und beharrliche Ermittler, die alle Instrumente der Sichtbarmachung und Bestrafung krimineller Machenschaften einsetzten. Es herrschte eine gewisse Balance. Das Land schien auf einem guten Weg zu sein.

Langsam begann die neue Zeit. Der Alltag hatte eine Geschwindigkeit bekommen, die den Menschen viel Kraft abverlangte. Digitale Vernetztheit ermöglichte den Austausch und Zusammenschluss ehemals versprengter Einzelner zu selbstgewissen Gruppen, im Guten wie im Schlechten, auch schuf sie mächtige Instrumente zur Überwachung. (Es gab noch nie Werkzeuge oder Waffen, die nicht wenigstens einmal benutzt worden sind; was vorhanden ist, wird auch eingesetzt, das lehrt die Geschichte.)

Da es sich in diesem und in benachbarten Ländern vergleichsweise gut – vor allem in Frieden und Freiheit – leben ließ, strebten viele danach, hierherzukommen, um neu anzufangen; nicht immer hatten sie ein Recht darauf. Die Bewohner des Landes waren verschiedener Ansicht, wie damit umzugehen sei, manche befürchteten die Preisgabe der kulturellen Identität, andere beriefen sich auf ein Unrechtsempfinden, da doch zuerst die Lebensgrundlage der Einheimischen verbessert werden solle, manche sprachen von einem Akt der Nächstenliebe und verspürten eine moralische Verpflichtung, andere empfanden die Durchmischung als Bereicherung für die Gesellschaft, und wieder andere fanden es lächerlich, über die vergleichsweise kleine Anzahl neuer Bewohner überhaupt groß ein Wort zu verlieren. Tatsachen sind das eine, Meinungen das andere – überlegte Entscheidungen speisen sich aus beidem. In jedem Land ist eine Grundfrage, wie der Wohlstand innerhalb der Gemeinschaft verteilt wird, wer zu materiellen, kulturellen und sozialen Errungenschaften auf welche Weise Zugang erhalten soll – und wer die Macht hat, all dies zu verwalten. Ein Keil war präzise gesetzt.

Bei manchen regte sich Unmut, angeblich nicht mehr alles sagen zu dürfen, was sie sich dachten. Das ertrugen andere gar nicht, sie verurteilten diejenigen dafür, dass sie sich beschwerten, und sagten: *Ihr dürft doch sagen, was ihr denkt, und dass ihr denkt, nicht alles sagen zu dürfen – sagt ihr es denn nicht gerade?* Es war paradox. *Mag sein*, murrten manche beleidigt, *dass wir es sagen dürfen – aber was genau und wo und zu wem und wie oft und wie lange noch, und welche Konsequenzen ergeben sich daraus?* Gegenseitige Vorhaltungen.

Der Staat behielt die Kontrolle, erst recht, als hochansteckende Krankheiten die Einhaltung bestimmter Regeln notwendig erscheinen ließen. Kulturstätten und Gastronomie durften nur unter Auflagen öffnen, die Freiheit der Bewegung wurde zum Wohle der Gesundheit eingeschränkt; am leichtesten war es noch, seiner Konsumpflicht nachzukommen, um die Warenkreisläufe in Gang zu halten. Uneinigkeit innerhalb von Familien und Generationen. Stete Hiebe auf den Keil.

Es war einmal ein Land in den Gezeiten der Geschichte. Eines Tages gingen die Menschen auf die Straße. Erst wenige, dann immer mehr; zunächst aus klar benannten, dann aus immer verwascheneren Gründen, oft aus Prinzip. Es formierte sich Protest – gegen was und gegen wen? Mal aus purem Dagegensein, mal aus berechtigtem Einwand. Es zog die Menschen nach draußen, als fände sich dort eine Lösung. So taten sie es immer, wenn sie ihren Schmerz herausbrüllen mussten. Wer bestimmte überhaupt, wann es geboten war, die Stimme zu erheben? Wer es sich anmaßte. Es war einmal eine Welt.

Sechs. Beobachterproblem
Von außen betrachtet scheint alles sehr einfach. Wie klar erkennen wir die Merkmale und Grenzen einer Ordnung, wie deutlich verwandelt sich ein Zustand in den nächsten – beim Studieren des Gegenübers, denn konsequente Selbstbeschau ist weitaus schwieriger. Hier bräuchte es eine Neudeutung oder Erweiterung des Bobachterproblems aus der Physik: Wer ein Phänomen beobachtet, wird allein durch den Akt des Beobachtens Teil des Phänomens; da er sich selbst dabei nicht mitbeobachten kann, entsteht ein lückenhaftes

Gesamtbild. Ein Außenstehender kann das Phänomen samt Beobachter in seiner Gänze erfassen, was neuerlich das Beobachtete verändert und eine Lücke entstehen lässt. Zoom ins Unendliche, Selbstähnlichkeit der Mandelbrot-Menge.

Als ich mit Lester eine Runde drehte, wies er mich darauf hin, wie gern man hierzulande auf andere zeige und das autoritäre Gebaren fremder Regierungen anprangere. Seine hemdsärmelige Definition des Beobachterproblems besagte, dass wir in der Ferne Dinge erkannten, die uns an uns selbst niemals auffallen würden. Vielleicht falle es uns umso leichter, je weiter etwas von uns entfernt sei. So ein Unrechtsregime, sagte er, wer ruft es denn aus und wer benennt es? Doch wohl besorgte Stimmen im Ausland, die wir für übertrieben halten, denn so schlimm ist es ja gar nicht, schließlich haben wir uns recht gut arrangiert; und wie lange muss es denn anhalten, das *vorübergehende Aussetzen unserer Grundrechte*, bis wir es als unzumutbaren Eingriff verstehen – ein halbes Jahr oder ein ganzes, vielleicht sogar drei, fünf oder zehn Jahre? Manchmal komme es ihm vor, als hätten wir sämtliche Spiegel abgehängt und liefen umher, ohne unser eigenes Gesicht zu kennen; würde einer von uns aufgehalten und bekäme ein Foto von sich selbst vorgelegt, dann könnte er nicht sagen, um wen es sich dabei handle. Wir erkennen uns nicht wieder.

Es war einmal ein Mann namens Lester. Er stellte sich Fragen. Eines Tages reichte es ihm und er ging auf die Straße. Dort fand er andere, die seinen Unmut teilten.

Sie forderten Veränderung und Einsicht, wollten Köpfe rollen sehen. Die Einsatzkräfte hielten sie im Zaum. Lester stellte sich ganz nah vor sie hin und redete ihnen ins Gewissen, ob sie denn tatsächlich auf der richtigen Seite stünden. Er sprach gegen eine Wand aus stummer Beherrschung. Die Menschen skandierten Parolen. Ihnen wurde Raum gewährt, das zu tun, solange sie sich dabei an gewisse Regeln hielten. Manchen war dieses Korsett zu eng, also brachen sie aus. Wasserwerfer und Reizgas kamen zum Einsatz, Menschen wurden verletzt. Es gab Festnahmen und Anzeigen – und Bilder, die hängenblieben. Lester kam mit dem Schrecken davon und schwor sich, das Gesehene nie zu vergessen.

Es war einmal ich. Die Vorgänge im Land gingen mir nahe. In den Kommentarspalten der Zeitungen war von Radikalen und Spinnern die Rede, denen jeder Anlass gelegen komme, Unruhe zu stiften und sich in eine Straßenschlacht zu werfen, sie würden nicht nur die Polizei, sondern auch das Wohl der Allgemeinheit gefährden, ihre Zerstörungswut richte sich gegen das Leben selbst. Dem müsse mit allen Mitteln Einhalt geboten werden. In den Fernsehnachrichten kamen Interviews mit Verblendeten und Gestörten, die wüst vor sich hin schwadronierten. Ich hielt all diese Berichte für vertrauenswürdig und konnte mich über die unsinnigen Aussagen der Gefilmten köstlich amüsieren. Stutzig machte mich bloß der Umstand, dass es keinerlei seriöse Gegenstimmen gab, dass also niemand gezeigt wurde, der zwar an den Protesten teilnahm, jedoch eine gemäßigtere Ansicht vertrat. Wo waren diese Menschen?

Ich hatte keinen Grund, den Nachrichtenmachern Böswilligkeit zu unterstellen, es mochte schwer gewesen sein, in derart aufgeheizter Stimmung überhaupt jemanden vor die Kamera zu bekommen, und wenn es doch gelang, hatte man es mit Wichtigtuern und Selbstdarstellern zu tun. (Noch so ein paradoxes Feld: Wortmeldungen in der Öffentlichkeit einzufangen bedeutet lediglich, einen Querschnitt derjenigen abzubilden, die sich überhaupt zu einer öffentlichen Wortmeldung bereiterklären.) Da es mir ein Anliegen war, die Vorgänge möglichst ungefärbt selbst zu erleben, um sie für mich besser einordnen zu können, wartete ich auf die nächste Gelegenheit. Lange dauerte das nicht. Ich ging auf die Straße, wo ich Lester traf. Ende.

Die Kundgebung war nicht sonderlich spektakulär. Beide Seiten hatten verstanden, dass es an der Zeit war, sich zu mäßigen; auch erschien vielen der Teilnehmenden das Sicherheitskonzept der Polizei weitaus schlüssiger als die vorherigen. Lester sagte, er habe erlebt, wie man regelrecht eingekesselt werde, sodass es keine Möglichkeit des Rückzugs gebe. Komme dann die Verlautbarung, die Gruppe solle sich zerstreuen – eine Aufforderung, der man auch nach mehrmaliger Wiederholung nicht entsprechen konnte –, werde hart durchgegriffen. Er sah darin ein böses Spiel. Den Willen zur Eskalation verortete er weitgehend auf Seiten der Uniformierten; sein Teil der Wahrheit. Überrascht war ich von der Tatsache, wie friedlich die Zusammenkunft auf mich wirkte. Die meisten hier erschienen mir schrecklich *normal* – ein verschmähtes, aber treffendes Wort. An den Rändern natürlich hatten sich längst Kräfte angeschlossen, mit denen man als mündiger Bürger nichts zu tun haben wollte.

Sieben. Ein sturer Haufen Zellen

Ich fragte Lester, welche Ziele die Empörten denn eigentlich verfolgten. Das sei nicht so einfach auf den Punkt zu bringen, sagte er, schließlich handle es sich bei ihm und seinesgleichen um eine sehr heterogene Gruppe. (Das Wort *Empörte* konnte er außerdem nicht leiden, es unterstelle eine Angriffigkeit, die zwar vorhanden, jedoch nicht alleiniges Merkmal sei. Unabhängig davon verwendete ich im Gespräch ohnehin die Pronomen *ihr* oder *euch*.)

Unterm Strich wollen wir alle das Gleiche, sagte Lester, nämlich ein gutes Leben führen. Was genau man darunter verstehe, sei jedem selbst überlassen, doch worauf es hinauslaufe, wisse ich sehr genau: erfüllte Grundbedürfnisse, selbstbestimmt seinen Alltag bestreiten, darüber hinaus die Möglichkeit, sich und seine Talente zu entfalten, eine Balance zwischen Freiheit und Sicherheit, und zu guter Letzt Gerechtigkeit. Man dürfe nicht wahrnehmen, dass andere es besser hätten, obwohl sie sich dafür weniger anstrengten. Wenn dieses Gefühl anhalte, sich über einen längeren Zeitraum anstaue, dann brauche man sich nun wirklich nicht zu wundern, dass es sich eines Tages ein Ventil suche und in verschiedenen Ausprägungen hervorbreche.

Ab wann ist Protest legitim? Wir hatten es warm und hungerten nicht. Wir konnten ins nächste Geschäft gehen und uns Wegwerfdinge aus Plastik kaufen, die keinen besonderen Zweck erfüllten. Wir hatten Zugang zu den neuesten Hervorbringungen der Unterhaltungselektronik. Wir durften laut sagen, wenn wir einen Bürgermeister oder Minister für inkompetent hielten, konnten uns über andere lustig machen, solange wir nicht beleidigten oder verhetzten. Ich zählte Lester auf, was alles möglich war. Wogegen formierte sich also Widerstand? Dieses Schauspiel wirkte reichlich übertrieben.

Das finde er nicht, sagte er, denn es existiere etwas viel Wichtigeres als körperliche Unversehrtheit oder Bequemlichkeiten, nämlich die eigene Würde. In der Geschichte gebe es ausreichend Beispiele, dass Menschen bereit seien, einen hohen Preis dafür zu zahlen, um sie zu verteidigen. Angenommen, sagte er, jemand werde vor die Wahl gestellt, sich entweder den kleinen Finger abzuhacken oder vergewaltigt zu werden, jeder Mensch bei Verstand würde sich ohne nachzudenken für die saubere Amputation eines Körperteils entscheiden; psychische sticht physische Erschütterung. Selbst wenn die Vergewaltigung bereits nach wenigen Tagen äußerlich keine Spuren mehr hinterlasse, sie wäre eine seelische Verwundung, die man nie wieder abschütteln könne und als Traumatisierung bis zuletzt mit sich herumtrage. (Ich muss gestehen: eine ebenso bildhafte wie verstörende Ausführung.) So schnell könne man gar nicht schauen, wie wir uns diesen Finger abhackten, sagte Lester, denn eine Vergewaltigung sei ein unmittelbarer Eingriff in die Autonomie, sie untergrabe unsere Entscheidungsgewalt. Und wenn der Mensch etwas nicht aushalte, dann dass ein anderer ihm seinen Willen aufzwinge. Wie sonst komme es zum Hungerstreik von Freiheitskämpfern und Inhaftierten? Weshalb habe es zu jeder Zeit Gläubige gegeben, die ihre Religion im Verborgenen ausübten, selbst wenn es den sicheren Tod bedeutet hätte, entdeckt zu werden? Sie würden lieber sterben, als sich in ihrer Freiheit beschränken zu lassen, sagte er. Wir Menschen sind ein sturer Haufen Zellen.

Du vergleichst dich mit religiösen Minderheiten und politisch Verfolgten?, fragte ich.

Nein, sagte Lester, er stelle nur fest. Vorübergehende Einschnitte und Herabsetzungen seien hinnehmbar, doch auf Dauer könne sich dem Streben nach Freiheit und dem Erhalt der Würde nichts in den Weg stellen. Überhaupt begreife er nicht, was es mit diesem allseits ausgerufenen Verbot des Vergleichs auf sich habe; zu vergleichen mache schlauer, es zeige ja eben nicht nur Gemeinsamkeiten auf, sondern markiere Unterschiede. Wer sich absichtlich dumm stelle, der höre das Wort *vergleichen*, verstehe aber *gleichsetzen*. Vergleichen und gleichsetzen könne man *vergleichen* – aber eben nicht *gleichsetzen*. Klar? Alles existiere anhand seiner Abgrenzungen. Er sei Lester und ich sei ich, weil ich nicht Lester und er nicht ich sei. Der Kreis sei ein Kreis in seiner Unterscheidung zum Rechteck. Und wie stelle man einen Unterschied fest? Eben, sagte er, indem man die beiden miteinander vergleiche. Dieses Vorgehen bedeute eben auch, deutlich zu erkennen, dass etwas *nicht* dem Vergleichsobjekt entspreche. Ein Vergleich könne hinken oder unrettbar verfehlt sein. Vergleiche seien fundamentale Bestandteile des Denkens. Manchmal zeigten sie etwas auf, das einem zuvor in dieser Deutlichkeit nicht aufgefallen wäre.

Übrigens erscheine ihm im Nachhinein seine Gegenüberstellung von Fingerabhacken und Vergewaltigtwerden allzu drastisch, er habe noch einmal darüber nachgedacht und wolle das Bild korrigieren. Angenommen, sagte er, jemand werde vor die Wahl gestellt, sich entweder den kleinen Finger abzuhacken oder vor Publikum zu masturbieren, dann gelte abermals: Jeder Mensch bei Verstand würde sich ohne nachzudenken für die Amputation des Körperteils entscheiden. Hier komme nicht einmal mehr die physische Überwältigung hinzu, es gehe bloß um den Albtraum, sich öffentlich selbst seiner Würde zu berauben, was einem Ausschluss aus der Gemeinschaft gleichkomme. Das könne man nicht hinnehmen. Demütigung wiege schwerer und dröhne innerlich länger nach als jeder Eingriff in die körperliche Unversehrtheit. (Auch in seiner abgemilderten Form ist das Gedankenexperiment für mich schlüssig.)

Er und viele andere, die hier aufspazierten, erlebten eine Unterdrückungstendenz. Diese sei *nicht* gleichzusetzen mit Massenmord und der industriellen Vernichtung eines Volkes, trotzdem könne er eine *Tendenz* wahrnehmen und die – durch Eindrücke und persönliche Erfahrungen untermauerte – Behauptung aufstellen, dass sie vorhanden sei. Er beharre darauf, Parallelen zu ziehen, ohne der Unterdrückung höherer Ordnung etwas von ihrer Tragweite abzusprechen oder ihren Schrecken zu nehmen. In einem anderen Land – und damit kehrten wir zurück zur Ursprungsfrage des Beobachterproblems – würden wir die Auswüchse eines Überwachungsstaates längst ganz deutlich erkennen und anprangern. Anderswo gab es längst ein Punktesystem, durch das Menschen in ihrem Verhalten bewertet und eingestuft wurden, daraus resultierten Vor- und Nachteile bei Reisebuchungen und am Arbeitsmarkt. Wer bei Rot über die Straße ging oder im Jahresdurchschnitt zu viel Alkohol kaufte, wurde registriert, dementsprechend abgestraft und öffentlich ausgestellt, um durch Ächtung diese Übertritte auszumerzen oder die Unbelehrbaren abzusondern, da sie die Geschlossenheit der Gemeinschaft beeinträchtigten. Anderswo würden Menschen durch ihr Verhalten als Gefährder eingestuft und sanktioniert – auch Wortmeldungen seien Handlungen, ebenso Schriften als in Form gebrachte Gedanken.

Okay, sagte Lester, bei uns sei es noch lange nicht so weit, dass kritische Betrachtungen des politischen, medialen oder sozialen Geschehens als gesellschaftsschädigend eingestuft und die Urheber mundtot gemacht würden. Anderswo verschwänden laufend Menschen, die in die schmutzigen Ecken des Regimes geleuchtet hätten. Bei uns nicht, das sei ihm klar. Und trotzdem, sagte Lester, trotzdem lasse er es sich nicht nehmen, bestimmte Maßnahmen der Kontrolle hierzulande mit jenen anderswo zu vergleichen – wohlgemerkt: ohne sie gleichzusetzen. Und er bestehe darauf, dass es sich im Kern um die gleichen Methoden handle, wenn auch in viel kleinerem Maßstab. Er sei nicht blöd und wisse sehr genau, dass uns Mittel zur Verfügung stünden, den

Einsatz dieser Werkzeuge zu überwachen und einen Missbrauch zu ahnden.

Und trotzdem trotzdem trotzdem sage er frei heraus: Die Mechanismen der Unterdrückung seien in ihrer Art *vergleichbar*, wenn auch in ihrer Wucht nicht *gleichzusetzen*. Qualität sei ein anderer Parameter als Quantität, sagte er, und man tue gut daran, die beiden streng zu trennen.

Die restliche Kundgebung verlief ohne Zwischenfälle. Menschen zogen ihre Bahnen und schufen sich Raum. Die Polizei hatte keinen Grund einzuschreiten und hielt sich zurück. Von der Bühne schallte Musik. Mir war es genug, Lester wollte noch bleiben und fotografieren.

Ich fasste für mich zusammen: Der Vergleich lässt sich mit der Gleichsetzung vergleichen, allerdings nicht damit gleichsetzen. Was von seinem enthusiastischen *trotzdem* in mir nachhallte, war das sture Beharrungswort *Trotz*.

Acht. Überblick
Auf dem Heimweg machte ich Halt auf einer Erhöhung, von der aus ich den Platz überblicken konnte. Ich sah die Leute stehen und wandern. Sie waren da, um durch andere vorhanden zu sein, als würden sie für sich genommen gar nicht existieren. Wie ein Feldherr auf dem Hügel verschaffte ich mir einen Überblick, um die Lage besser einschätzen und meine nächsten Manöver planen zu können. Was ich sah?

Ich sah Verrückte, in bunte Gewänder gekleidete Baumflüsterer, die in Zeitlupe esoterische Tänze aufführten. Ich sah die frohlockenden Regelbrecher, die es reizte, zu missfallen. Ich sah Trommler, die keinen Takt halten konnten, sich aber vorkamen wie bei einem exotischen Fruchtbarkeitsritual. Ich sah derbe Glatzköpfe, die mit ihren schwarzen Lederjacken eine Gefährlichkeit ausstrahlten, allein vom Hinsehen wurde mir schlecht. (Wenn ich hätte eingreifen können, hätte ich sie liebend gerne aus dem Bild entfernt.) Ich sah Familien mit Kindern, die den Ausflug als überfällige Flucht aus einem eintönigen Alltag erlebten. Ich sah viele Einzelmenschen, die Anschluss suchten. Ich sah ein paar Monster, aber großteils sah ich Menschen, denen ich nur schwer böse sein konnte, obwohl ich sie für ihre Unbedarftheit verurteilen musste. Störte es sie nicht, mit wem sie sich den Platz teilten? Weshalb drängten sie die Dumpfbacken und Grobiane nicht vom Feld? Inwieweit suchte man sich seine Verbündeten aus? Ich sah alles sehr klar.

Mittlerweile bin ich zur bitteren Überzeugung gelangt, dass manche Entwicklungen bis zu einem gewissen Grad unaufhaltsam sind. Die Menschheit kreist um einen dunklen Schlund, von dem sie immer wieder kosten will. Was uns am Ende kriegt, ist unsere Neugier, unsere Lust auf das, was hinter dem Frieden liegt, das große unbekannte Land jenseits unserer Vorstellungskraft. Was uns zum Verhängnis wird, ist das *Neue* – es zu beginnen, setzt alles aufs Spiel.

Ich sah sträflich unterschätzte Artgenossen, denen in aller Überheblichkeit vermittelt wurde, es sei nicht der Mühe wert, sich mit ihnen auseinanderzusetzen, in gemeinsamer Anstrengung einen komplexen Sachverhalt mit all seinen Abzweigungen und Fallstricken geduldig und differenziert aufzudröseln. Es brauchte nur ein paar Zündler, die auf der Klaviatur des Populismus zu spielen in der Lage waren. Ich sah uns auf eine Katastrophe zusteuern.

Mit einem hatte Lester recht: Vereint waren die Menschen darin, dass sie um ihre Würde rangen. Es mochte verschiedene Gründe gegeben haben, auf die Straße zu gehen – vielleicht so viele wie es Menschen gab –, doch allen sah man an, wie verbissen sie bestrebt waren, gesehen und für das, was sie waren, anerkannt zu werden. Das Vorhandensein von Würde ist wie ein gesundes, warmes Leuchten, das von jemandem ausgeht; die meisten hier kamen mir blass und käsig vor. Ich stand auf meinem Feldherrenhügel und sah Menschen ohne Würde. Manche hatten sie wohl selbstverschuldet verloren oder leichtfertig an der Garderobe abgegeben, anderen hatte man sie brutal heruntergerissen.

Es spielt keine Rolle, dachte ich, sie werden alles tun, um ihre Würde zurückzuerlangen, dafür ist jedes Mittel recht; und wenn man nicht bald einen Weg findet, sie ihnen zu geben, dann werden sie nicht mehr lange warten, sondern einfach hergehen und sie sich nehmen. Derweil schenkten sie jenen Gehör, die ihnen versprachen, genau das in ihrem Namen zu tun, wie unerfüllbar dieses Ansinnen auch schien.

Ich kannte die Menschen, schließlich war ich selbst einer von ihnen. Ihr werdet uns geben, was wir wollen, dachte ich, und wenn nicht, dann werden wir es uns nehmen. Die Menschen auf der Straße fühlten sich in die Ecke gedrängt. Was hatten sie zu verlieren? Ich überblickte den Platz und wusste Bescheid. Es war einmal kein Land.

(Nachtrag von dort, wo ich jetzt bin. Die Frage lautet: Wer ist verrückt – ich oder die Welt? Eines schloss das andere aus. Nach einem langen Gespräch mit Lester ging ich durch die Stadt wie durch einen Traum. Die mir entgegenkommenden Menschen taten mir leid, denn sie wussten nicht, was eigentlich vor sich ging, und man sah es ihnen an. Wie ihnen sagen, dass alles bald vorbei sein würde? Wie sich ihnen anvertrauen?)

Neun. Zyklen
Es zog mich immer öfter auf die Straße zu den Empörten; ich musste verstehen, was sie wollten und wer sie waren. Insgeheim hatte ich es mir zur Aufgabe gemacht, sie durch ihre Geschichte zu begleiten, wenn nicht als Mitgeher, dann als Augen- und Ohrenzeuge. Vielleicht fühlte ich mich auf eine Weise verantwortlich für sie, empfand es als meine Aufgabe, achtzugeben, dass sie sich nicht wehtaten oder von anderen schlecht behandelt wurden. So wie Lester sie ablichtete, um die im Nachhinein geschichtsträchtigen Momente zu dokumentieren, so setzte ich mich dem Geschehen aus, um mein inneres Archiv mit Eindrücken anzureichern. Schlau geworden bin ich aus all dem nie, doch schulte ich mit der Zeit meinen Blick und bekam ein Gespür für die Aufgeheiztheit von Stimmungen. Hätte man

mich hinzugezogen, wäre ich sicher in der Lage gewesen, als Brückenbauer zwischen den Wirklichkeiten die eine oder andere brenzlige Situation zu entschärfen. (Es ist korrekt, von immer weiter auseinanderdriftenden Wahrnehmungen der Wirklichkeit zu sprechen.) Ich ging durch die Empörten wie ein Fremder, war stets nur zu Besuch; sie schienen mich kaum zu bemerken und passten ihre ausladenden Bewegungen nur halbherzig meiner Gegenwart an. Ich sah rotgeärgerte Köpfe.

Waren das nicht alles nur Querulanten? Ich beobachtete Lester, den Gürtel mit Kameraequipment wie einen Patronengurt lässig um die Hüften gezurrt. Konnte man es ihnen denn überhaupt recht machen? Er hatte gesagt, es könne so nicht weitergehen, wollte aber nicht sagen, wie es denn weitergehen sollte. Die Regierenden waren also unfähig und verlogen, nur herrschte keine Einigkeit darüber, wer an ihre Stelle rücken könnte – das wären leider Gottes ja zwangsläufig wieder gewählte Volksvertreter und Staatsbedienstete.

Vielen sah man an, dass sie von überhaupt keinem mehr regiert werden wollten und sich danach sehnten, mit Fragen nach der Zielgerichtetheit ihres Protests einfach in Ruhe gelassen zu werden. Sie waren der Prozesse überdrüssig, wollten doppelt unterstrichene Endsummen und gefestigte Zustände sehen. Ich sah eine Gier nach dem *Neuen*, dem ominösen *Anderen*, auf welch düsteren Pfaden es sich auch seinen Weg bahnte.

Es waren einmal jene, die nicht auf die Straße gingen und sich damit nie hätten anfreunden können. Manche hatten keine Zeit, weil sie mit dem Gelingen des Alltags beschäftigt waren. (Es braucht Muße, sich über Entwicklungen informiert zu halten, die einen selbst nicht direkt betreffen.) Manche sahen einfach keinen Grund, weil sie zufrieden waren. Manche waren zu faul oder trauten sich nicht. Manchen entsprach es mehr, von zu Hause aus empört zu sein und in Ferndiagnosen Stellung zu beziehen. Jene, die offen sichtbar nicht mehr einverstanden waren, blieben in der Minderheit – tun sie das nicht immer?

Denen, die das Aufmarschieren von Geistesgestörten und Radikalen nicht mehr hinnehmen wollten, erschien es angemessen, mit entschiedener Härte gegen die Unruhestifter vorzugehen, also forderten sie engere gesetzliche Rahmenbedingungen, um derartige Zusammenrottungen zu unterbinden. Die Befugnisse der Ordnungskräfte sollten ausgeweitet werden – *Polizeistaat!*, riefen die Empörten und waren verwirrt, dass nicht alle sich solidarisch mitempörten. Es wurde behutsam an den Rechten und Pflichten der Ordnungskräfte geschraubt. *Zu schnell!*, warnten die Vorsichtigen. *Nicht schnell genug!*, monierten die Entschlossenen. Es könnte sein, dass die allergrößte Gruppe aus jenen bestand, denen all das zwar nicht egal war, die es aber als zu unerheblich einstuften, um sich in welcher Form auch immer einzumischen. Gegen das Totschlagargument *Es könnte besser sein* wurde das Totschlagargument *Es könnte schlechter sein* hervorgekramt.

Wie drastisch dürfen Einschränkungen sein, wie lange können sie andauern und wie genau müssen sie ausgestaltet werden, dass eine Auflehnung gerechtfertigt erscheint? *Geschichte* ist ja oft nur ein Hintergrundrauschen, das uns zwischen Supermarkt, Büro und Schlaflosigkeit leicht entgehen kann.

Vielleicht geschieht alles in Zyklen. Das freie Leben muss sich immer wieder neu aufs Spiel setzen und immer wieder neu einlösen, was es verspricht. Jedes Unternehmen geht irgendwann bankrott, jeder Körper altert und stirbt, jedes Staatsgefüge gerät ins Wanken, strauchelt, fällt. Wiederaufbau und Geburt treiben den ewigen Kreislauf beharrlich voran.

Zehn. Glück im Pech im Glück
Eine alte Schulfreundin leitete mir den Link zu einem viralen Internet-Clip weiter, den ich noch im Halbschlaftaumel gierig öffnete. Es handelte sich um den Zusammenschnitt der Bodycam-Aufnahme eines Polizisten und eines nicht minder verwackelten Handyvideos. Zunächst sehen wir, wie ein blutverschmierter älterer Mann aus der Kabine eines Kleinflugzeugs gehievt wird – die Ego-Perspektive versetzt uns selbst in die Rolle des Rettenden. Drei Personen zerren an dem Körper, eine besorgt dreinblickende Uniformierte hält Wache. Das Flugzeug musste in der Nähe eines Flughafens notlanden, was geglückt ist, allerdings kam es direkt auf Eisenbahnschienen zu stehen. Der Bruchpilot wird auf die Straße gezogen und weggeschleift. Eine Stimme brüllt: Go, go, go! Wie aus dem Nichts schießt ein Zug von rechts ins Bild, er gibt ein bedrohliches Hupgeräusch von sich. Das stark in Mitleidenschaft gezogene

Flugzeugwrack (eingedellte Hülle, abgeknickte Tragfläche) wird vollends zertrümmert, als sei es ein Papierflieger. Der mit aufgerichtetem Oberkörper über den Asphalt geschleifte Opa hält sich schützend die Hand vors Gesicht, da ihn die Mittagssonne stark blendet. Ins Bild ragende fremde Hände schirmen ihn vor den heranspritzenden Trümmerteilen ab. Den Schlussmoment markiert eine Erschütterung wie bei einer Detonation, wir sehen Kleidungsstücke und Körperteile, die heftig ineinanderkrachen. Ende des ersten Abschnitts.

Dann dieselbe Szene aus einer anderen Perspektive, aufgenommen von Augenzeugen auf einem Parkplatz. Hier wirkt alles noch knapper. Das Hupgeräusch des sich in hoher Geschwindigkeit nähernden Zuges ist von Anfang an lauter und dringt nicht erst kurz vor dem Zusammenstoß ins Bewusstsein. Die Rettungskräfte befreien den hilflosen Piloten tatsächlich in allerletzter Sekunde, um *Haaresbreite* gelingt es, ihn dem sicheren Tod zu entreißen, wobei sie den eigenen zweifelsohne in Kauf genommen hätten. Der Zug braust durch das Flugzeug wie durch eine windschiefe Konstruktion aus Zahnstochern oder Eisstäbchen, er zerfetzt seinen Gegner regelrecht. Das Heck fliegt davon, Seiten- und Höhenruder werden pulverisiert. Jetzt schwenkt der Kameramann ab und weicht dem herannahenden Schrott aus, weder er selbst noch die neben ihm in Deckung gehenden Augenzeugen werden getroffen – *wie durch ein Wunder*. Einer hat sich reflexhaft niedergeworfen und stemmt sich nun wieder hoch. Der Filmende erkundigt sich nach seinem Befinden. Bis auf ein paar Kratzer scheint nichts Gröberes passiert zu sein, jedoch ist anzunehmen, dass er sich die Knie aufgeschürft hat. Hier bricht die Sequenz ab. Ende des zweiten Abschnitts.

Zusammenfassung der beiden Abschnitte, die in ihrer Gesamtheit den Clip ergeben: Ein rüstiger Pilot stürzt ab. Dank seiner Fähigkeiten gelingt es ihm, ohne schwere Verletzungen auf sicherem Terrain zu landen; er hat Glück. Leider kommt er direkt auf Schienen zu stehen, ein Bereich von wenigen Metern, der nicht viel breiter ist als das Flugzeug. Noch dazu steht die Durchfahrt eines Zuges unmittelbar bevor; er hat Pech. Wie wahrscheinlich ist es allerdings, dass er exakt an einem offenen Bahnübergang landet, einer Stelle also, die von der Straße aus direkt zugänglich ist? Die hinzugerufenen oder zufällig anwesenden Helfer sind rechtzeitig vor Ort, um den Piloten aus dem Wrack zu ziehen. Es kommt zur Kollision, bei der niemand gravierend verletzt wird – weder der Pilot noch seine Retter, weder Augenzeugen noch Passagiere des Zuges. Glück im Pech im Glück. Der Pilot kommt mit oberflächlichen Verletzungen davon, die im nächstgelegenen Krankenhaus ohne Probleme versorgt werden können. Das blutige, sonnenbestrahlte Gesicht und sein allgemeiner Zustand zwischen Benommenheit und eingeschränkter Agilität ließen Schlimmeres vermuten. Er kam, wie man so sagt, *mit dem Schrecken davon*.

Der Tod selbst muss für dieses Schauspiel vorbeigekommen sein, denn eine solche Abfolge (un)glücklicher Wendungen lässt er sich bestimmt nicht entgehen. Neben den Einsatzkräften wird ein ganzer Trupp unsichtbarer Schutzengel im Einsatz gewesen sein, vielleicht handelt es sich bei diesem Abschnitt der Zugstrecke um eine markante Stelle ihres Patrouillengebiets, denkbar ist zum Beispiel, dass hier der regelmäßige Schichtwechsel stattfindet. Die eigentlichen Blessuren haben sie abbekommen.

Dem Tod wird eine würdige Vorstellung geboten, bestimmt kann er in diesem Fall verschmerzen, dass ihm schlussendlich kein Tribut gezollt wird. Es ist unterhaltsam, wie verzweifelt wir darum ringen, ihm zu entgehen, mal gemeinsam, mal hilflos gefangen in den Ketten unseres Einzelgängertums. Wir lieben es, zu sehen, wie andere gerade noch davonkommen, es kitzelt unseren insgeheimen Sinn für gelungene Dramaturgie. Kein Wunder, dass die Kunde des Pechvogels, dessen Unglück im Glück spektakulär wieder in Glück umschlägt, sich in Windeseile massenhaft verbreitete. Ich freute mich darauf, ihn bald frisch geduscht im Interview zu sehen. Die Ehrung seiner Retter durch verschiedene Institutionen und aufmerksamkeitshörige politische Akteure würde bestimmt ebenfalls von allen großen Fernsehstationen begeistert übertragen.

Elf. Fragmente der Wahrheit
Ich war süchtig nach Gesprächen, in denen die großen Fragen ausverhandelt wurden. Gibt es einen schöneren Klang als den der menschlichen Stimme, wenn sie sich warmgeredet hat? In den Talkshows saßen die Privilegierten. Entscheidungsträger wurden zu ihren

kommenden Schritten befragt, auch dazu, wie sie privat – sozusagen als Mensch – mit allem umgingen. Sehr eloquent gaben sie Auskunft. Neben Politikern nahmen Akademiker Platz, die als Experten für die einzelnen Themengebiete herangezogen wurden, auch fiel mir auf, dass Journalisten sehr gerne ihre Kollegen einluden. Durchschnittliche Berufstätige, Schüler und Studenten oder Arbeitslose kamen mir, soweit ich mich erinnere, nie unter, was auch daran liegen mag, dass Normalbürger eben keine Medienerfahrung haben und nicht in der Lage sind, ihren Standpunkt gewandt zu vertreten. Da war es besser, auf Profis zurückzugreifen, die den Produzenten einen sauberen Ablauf der Sendung versprachen.

Journalisten seien grundsätzlich faul, sagte Lester, und damit entsprächen sie dem Rest der Bevölkerung. Er verstehe nur zu gut, dass es bequemer sei, zum fünfzehnten Mal denselben Fachmann in den Studiosessel zu quetschen, als sich die Mühe zu machen, ein frisches Gesicht zu rekrutieren, um es in die Abläufe und Gepflogenheiten der Sendungsgestaltung einzuführen. Deshalb sei er aber noch lange nicht damit einverstanden. Zwar halte er es für übertrieben, von einer *Gleichschaltung* der Medien zu sprechen; dass hier aber einiges im Argen liege, könne niemand bestreiten.

Viele Redaktionen verstünden sich als Wahrheitsmaschinen, die gemächlich vor sich hin schnurrten und dabei möglichst hermetisch bleiben wollten, sie verbaten sich jede Einmischung von außen. Das erkenne man auch daran, dass es nicht möglich sei, über den Kundenservice des öffentlich-rechtlichen Rundfunks mit den einzelnen Ressorts Kontakt aufzunehmen, geschweige denn mit einzelnen Mitarbeitern, auch nicht für Gebührenzahler – dabei machte er einen beleidigten Gesichtsausdruck.

Wahrscheinlich möchte man vermeiden, dass jemand belästigt wird, sagte ich.

Wahrscheinlich ist es zu anstrengend, auf eine fehlerhafte Darstellung hingewiesen zu werden, sagte Lester, oft vermisse er tiefergehende Recherche, und dass einem Sachverhalt direkt an der Quelle nachgespürt werde, denn Presseaussendungen von Institutionen abschreiben oder Meldungen von Nachrichtenagenturen ungeprüft weiterleiten, das könne auch ein Kind, dafür brauche man keine Journalisten.

Ich hörte eine gewisse Gekränktheit heraus.

Als einzelne – Lester bestand auf dem Zusatz *vermeintliche* – Experten tatsächlich aberwitzig oft innerhalb weniger Wochen als Gäste ihre immergleichen Sätze wiederholten, wurde in Journalistenkreisen bereits scherzhaft darauf hingewiesen, dass nun ja wohl die *Meinungsdiktatur* ausgebrochen sei und man die Leute durch das Einhämmern prägnanter Slogans auf Schiene bringen wolle; dabei äfften sie die holprige Sprechweise der Empörten nach. Mir fiel es schwer, das lustig zu finden: Es machte die Sache ja nicht besser, dass man die berechtigte Kritik an einer Ungleichgewichtung abgebildeter Debattenbeiträge plump ins Lächerliche zog und als hetzerische Diffamierung verhöhnte.

Das Lachen, selbst das bittere, war vielen längst vergangen. Ein ums andere Mal meinte ich den Zeitpunkt erkannt zu haben, an dem die zuständigen Redakteure einsahen, den Bogen überspannt zu haben, und einlenkten, ab dem sie allein zur Auflockerung oder als versöhnliche Geste mehr Vielfalt, ein breiteres Spektrum an sozialen Schichten und Haltungen zulassen würden, doch jedes Mal irrte ich mich, was meinem Vertrauen in die eigene Urteilskraft nicht gerade förderlich war.

Man konnte in Echtzeit mitverfolgen, wie Fronten sich verhärteten. Dieses lokale Weltgeschehen beanspruchte meine Aufmerksamkeit lückenlos, der Rest interessierte mich eigentlich gar nicht mehr. Wetter war auch, zum Beispiel regnete es oder es schien die Sonne, doch das hatte nichts mit irgendetwas zu tun, jedenfalls nicht mehr mit mir.

Zwölf. Heldenzeit

Die Journalisten mag ein unredlicher Sammelbegriff für ein Betätigungsfeld sein, das mannigfaltige Ausprägungen kennt, doch hielt es Lester nicht davon ab, ihn zu benutzen, wenn er abschätzig über *ihre* Verfehlungen sprach. (Vielleicht war er so böse, weil er selbst gern einer gewesen wäre – als Lieferant von lukrativen Schnappschüssen – und daran gescheitert war. Seitenhiebe auf die Machtstrukturen und Gesetzmäßigkeiten der Branche konnte er sich nie verkneifen.) Vor allem die Journalisten seien jetzt privilegiert, denn während die Normalsterblichen sich mit verschärften und gelockerten und wieder verschärften Ausgangs- und Reisebeschränkungen arrangieren müssten, führen die Berichterstatter kreuz und quer durchs Land, immer einer Story hinterher. Für die meisten sei die Krise eine erschöpfende Unterbrechung im funktionierenden Alltag, für die Journalisten sei es das Gegenteil, nämlich ein anhaltender Idealzustand: Das Einfangen und Abbilden des Ungewöhnlichen und Fremdartigen sei ihr Geschäft.

Für die meisten sei das Leben zu einem angespannten Tänzeln um Regeln geworden, stets bemüht, nur ja keine Übertretung zu begehen – Journalisten hätten einen Freibrief, die Vorgaben zu missachten, weil sie ja schließlich die ehrenvolle Aufgabe hätten, an Orten des Geschehens Fragmente der Wahrheit zu enträtseln. Für uns werde das Leben immer eintöniger und langweiliger, sagte Lester, für die Journalisten aber sei es ein reines Abenteuer. Ständig würden sie neue Leute kennenlernen und mit ihnen Gespräche führen, während wir in unserer Einhegung erstickten.

Die Menschen zog es in die Natur, weil ihnen sonst wenig blieb, um, wo es noch möglich war, wandern zu gehen und Sport zu treiben. So kam es bisweilen zu Aufläufen – und diese wurden von den Journalisten als Skandale aufgedeckt: Sie fuhren an ebendiese Orte, stellten sich an den Rand, filmten und fotografierten, stellten das bescheidene Freizeitvergnügen als unsolidarischen Ereignishunger bloß. Es war dieser verächtliche Blick auf die Mitmenschen, der zutiefst erschütterte. Auch Privatleute griffen zu ihren praktischen Handkameras und teilten mit allen, die es interessierte – und vielen, die es nicht interessierte –, was sich auf Bergen und Wiesen begab. Eine Gehässigkeit, die betreten machte.

Für Journalisten, sagte Lester, sei die Krise ein Geschenk: Die alten Hasen könnten vorführen, wie gut sie imstande seien, Ruhe in die Abläufe zu bringen, und die jungen Wilden könnten zeigen, aus welchem Holz sie geschnitzt seien. Endlich gebe es eine Gelegenheit, sich zu beweisen – so würden Helden geboren. Sie müssen sich dafür noch nicht einmal in ein Kriegsgebiet begeben, sagte er, sondern können die Kriegsberichterstattung gleich bequem im eigenen Heimatland erledigen; sind wir doch ehrlich, für gewisse Leute ist das alles einfach *geil*.

Zwei Wochen lang campierte ein Kernteam aus entschlossenen Nachrichtenmachern – inklusive technischem Personal – in den Räumlichkeiten des öffentlich-rechtlichen Rundfunks, die in Teilen zu einer Art Quarantänestation umfunktioniert wurden. Dabei muss Skikurs-Atmosphäre aufgekommen sein, mit von Grinsen und Kichern durchsetzter Aufgeregtheit, wie wenn nachts im Bettenlager der in eine Fruchtsaftpackung umgeleerte Kräuterschnaps herumgereicht wird, mit belustigtem Staunen über die eigene Kaltschnäuzigkeit: *Ich kann nicht glauben, dass wir das jetzt gerade wirklich tun!* Vielleicht flammte bei dieser Gelegenheit die eine oder andere unvernünftige Affäre wieder auf, wurde das eine oder andere uneheliche Kind gezeugt. Die Idee schien Sinn zu ergeben: *Wir kapseln uns euch zuliebe ab, um eine Grundversorgung mit Information zu gewährleisten, die große böse Welt darf nicht hinein.* Nach Ablauf der zwei Wochen verbuchte man das Projekt zwar als Erfolg, strebte jedoch keine Wiederholung an. Es gab viele Berichte aus dem eigenen Haus, die Reporter drehten Reportagen über sich selbst; ein offen zur Schau getragener Heldenmut, der von der Bevölkerung im besten Fall mit gnädigem Schmunzeln bedacht wurde.

Dreizehn. Leere
Wir wurden vollgestopft mit *leerer Information* – ein Ausdruck von Lester, den er sich wohl irgendwoher geborgt hatte. Er meinte damit keine verdrehten Tatsachen oder unsachlichen Beiträge, sondern Dinge, die zwar stimmten, bei denen aber eine Wichtigkeit – eine Gravitation – behauptet wurde, die bei genauerer Betrachtung nicht bestand, zwischen denen Verknüpfungen hergestellt wurden, die fragwürdig erschienen. Er spreche von Datenmaterial, auf das man uns hinweise, ohne dass wir es in eine gesunde Beziehung zu uns selbst setzen könnten.

Wenn man verlautbare, wir hätten den wärmsten Februar seit zwanzig Jahren hinter uns, ausgenommen den Februar vor drei Jahren, dann sei das vielleicht nicht falsch, heiße aber eigentlich nur, dieser Februar sei der zweitwärmste seit zwanzig Jahren oder der wärmste seit drei Jahren – und was könne man daraus schließen, was daraus ableiten? Der inflationäre Gebrauch von Steigerungsformen sei ein gebräuchliches Mittel, um Aufmerksamkeit zu generieren. Wir alle kannten diese Phrasen: der kälteste Winter seit, der längste oder kürzeste Verlauf, die umfangreichste Reform, der größte Anstieg von, die geringste Zunahme bei. Was sagt mir all das? Nichts, sagte Lester, es tut nur so, als würde es mir etwas sagen. Man könne die benutzten Messinstrumente und den angewandten Maßstab stets so einstellen, dass ein einzelnes Element als außergewöhnliches Ereignis heraussteche. Wenn es einen bleibenden Rückgang von Fallzahlen gab, dann konnte man immer noch ein Haar in der Suppe finden: Der Rückgang flaue ab oder werde auf Dauer nicht mit derselben Geschwindigkeit fortgesetzt. Auch ein Grund, die Hände über dem Kopf zusammenzuschlagen.

Jeden Tag aufs Neue würden uns Zahlen vorgekaut und in Tabellen eingefügt und als Diagramme dargestellt, unsere Welterfahrung bestehe aus Dashboards und Charts, werde vermeintlich konkreter, doch eigentlich immer abstrakter, verliere ihre Unmittelbarkeit. (Ich selbst war ja auf die Straße gegangen, um endlich mit eigenen Augen zu sehen, was ich nur aus zweiter Hand – durch ein zweites Auge – gesehen hatte.)

Statistiken müsse man bekanntlich mit besonderer Vorsicht genießen, sagte Lester, nicht umsonst sei es eine Kunst, sie richtig zu lesen. Irgendwo geschieht ein Anstieg um fünfundzwanzig Prozent, was viel klingt, doch wo es vorher nur wenig gab, dort kommt auch nur wenig dazu, wenn man es um ein Viertel steigert. Ohne absolute Zahlen, die diesen Wert in Relation setzten, sei die Information nur bedingt tauglich, daraus Handlungsanweisungen abzuleiten, denn schließlich wisse man nicht, ob vier zu fünf geworden sei oder hundert zu hundertfünfundzwanzig. Je nachdem, welche Darstellungsform den gewünschten Effekt erziele, werde mal die eine, mal die andere gewählt. Ich solle darauf achten: Daten seien stets nur so viel wert wie ihre Interpretation.

Neben der *leeren Information* gebe es noch die *leere Energie*, damit meinte Lester alle Reibungsverluste, die entstanden, während wir damit beschäftigt waren, unseren Alltag neu zu organisieren. Wir taten dabei eigentlich nichts, gingen keiner konkreten Tätigkeit nach, sondern schrieben Nachrichten oder führten Telefonate, um Termine zu stornieren und neue auszumachen, wir mussten überprüfen, wie für einen gewissen Bereich die geltenden Bestimmungen waren, und unser Verhalten daran anpassen. Sogenannte Planungssicherheit bestand nicht mehr.

Als Junggeselle hatte ich es da recht einfach, Familien mit Kindern taten mir leid, denn auch die Schulen waren zeitweise geschlossen, Fernunterricht war mehr Theorie als alltagstaugliche Praxis. Ein Unternehmer, der Verantwortung für Mitarbeiter trug, hätte ich auch nicht sein wollen. Der permanente Ausnahmezustand setzte uns zu, selbst bei den Verständigen und Durchhaltebereiten sah man langsam die Kräfte schwinden; auf alles zu reagieren, sich zu allem verhalten zu müssen, führte in die seelische und körperliche Erschöpfung. Geselligkeit zur Hebung der Moral war mit strikten Verboten belegt und wurde zur seltenen Ausnahme; Restaurants und Kaffeehäuser als lebendige Orte der Begegnung öffneten nur noch sporadisch und siechten trotz in Aussicht gestellter – oftmals verspätet eintreffender – Hilfsgelder am Rande der Pleite dahin. Es war zu gefährlich geworden, das öffentliche Leben in seiner althergebrachten und liebgewonnenen Form weiter aufrechtzuerhalten.

Entscheidungsträger seien oft Wesen von grotesker Schlichtheit, dafür sehr hübsch anzusehen. Um den glattgesichtigen Bundeskanzler oder seine Minister mache er sich keine Sorgen, sagte Lester, die würden das noch lange durchhalten, schließlich mussten sie keine Gedanken an so profane Dinge wie Einkaufen oder Kochen verschwenden; er könne sich auch nicht vorstellen, dass sie sich selbst um Ersatz kümmern mussten, sollte einmal die Waschmaschine kaputt werden. Anders als Musiker oder Schauspieler, denen mit abgesagten Veranstaltungen die Auftrittsmöglichkeiten wegbrachen, konnten die Entscheider ihre Pressekonferenzen abhalten und ihr Publikum erreichen. Das müsse ein feiner Beruf sein, in dem man regelmäßig persönliche Treffen mit neuen Bekanntschaften erlebe, was den meisten anderen nur unter Vorbehalt möglich sei.

Das größte Privileg sei es wohl, den Kopf frei zu haben für geistige Tätigkeit. Hochrangige Beamte brauchten kaum leere Energie, sagte er, und konnten sich um das Vorantreiben ihrer Inhalte kümmern. Wie bei Journalisten schien auch hier die Krise eine Chance zu sein, genau jene Fähigkeiten einzubringen, die der Beruf verlangte; eine Fortdauer der besonderen Lage versprach Machterhalt.

Er freue sich für den Kanzler, sagte Lester mit süßlichem Hohn, er habe bei der letzten Wahl selbst für ihn gestimmt, er freue sich, dass es ihm gut gehe und es ihm an nichts fehle, er freue sich, dass er Stärke zeigen und das Volk um sich versammeln könne. Er freue sich, dass der Kanzler in einer festen, allerdings kinderlosen Beziehung lebe, was einerseits Vereinsamung ausschloss und andererseits keinen Mehraufwand im Organisieren des Alltags bedeute, keinen Bedarf an leerer Energie. Er freue sich für ihn, sagte Lester, aber für sich selbst freue er sich nicht.

Vierzehn. Solvitur ambulando
Es war einmal – es war noch nie? es war schon oft? –, es war also einmal ein Land am Ende – oder Anfang? – der Zeit. Etwas stimmte nicht. Hatte je etwas gestimmt? Menschen gingen auf die Straße wie auf der Suche nach sich selbst. Was sie fanden, war die Abwehr ihres Gehens – und damit erst recht Bestätigung, es zu tun, und Berechtigung, es auszuweiten. Sie nannten es verniedlichend *spazieren*, und wenn Platz war, dann stellten sie sich hin, blieben stehen als Mahnung, dass man sie nicht so leicht wieder fortbekommen würde, und skandierten in breitbeiniger Entschlossenheit ihren Ruf nach Veränderung.

Ich war schon immer ein großer Freund des frei dahingeträumten Spazierens und verirrte mich gern bewusst in fremde Bezirke hinein, um als leidenschaftlicher Städter ein harmloses Abenteuer zu erleben. Doch dieses Spazieren war etwas ganz anderes, es hatte nicht das Erhabene des ziellosen Flanierens, die sinnstiftende Loslösung von jeder Zweckhaftigkeit, sondern wollte etwas aussagen. Im Erobern der Straße lag das Bedürfnis, die Dinge bis in den innersten Kern offenzulegen, um sie von Grund auf neu zu erfinden. Es erinnerte an den Trotz von Pubertierenden, die aus Prinzip alles und jeden hinterfragten und ihr Hinterfragen als Pose betrieben. Oder an die ewigen Warum?-Schleifen von Kleinkindern, die das Beantworten einer Frage als Ausgangspunkt für die nächste benutzten.

(Ich erinnere mich an einen Assistenzlehrer am neusprachlichen Gymnasium, der uns auf einer Klassenfahrt eines Abends leicht bedüselt seine gebündelte Lebensweisheit mit auf den Weg gab. In lallendem Englisch erklärte er uns: Warum sei es wichtig, in der Schule fleißig zu sein? Um ein gutes Abschlusszeugnis zu haben! Warum brauche man ein gutes Abschlusszeugnis? Um an einer guten Universität studieren zu können! Warum sei es wichtig, an einer guten Universität zu studieren? Um danach einen guten Job zu bekommen! Warum müsse man einen guten Job bekommen? Um möglichst viel Geld zu verdienen! Warum sei es so wichtig, möglichst viel Geld zu verdienen? Um sich ein tolles Auto leisten zu können! Und warum müsse man sich unbedingt ein tolles Auto leisten können? Natürlich um viele Frauen abzuschleppen! Damit endete sein Vortrag und er klopfte sich vor Lachen auf die Schenkel.)

Die Menschen gingen auf die Straße, weil sie zurückspulen und den Zeiger auf Null stellen wollten. Ich kannte dieses Bedürfnis von mir selbst. Es gab kein friedlicheres Bild als jenes der eingefrorenen Weltkugel, auf deren Oberfläche alles innehielt; mit etwas anderem im Kopf wäre es mir nicht gelungen, überhaupt noch Schlaf zu finden.

Ich erzählte Lester von Talkshows, die ich in letzter Zeit gesehen hatte, und versicherte ihm, ich sei durchaus der Meinung, das wahrgenommen zu haben, was er im öffentlich-rechtlichen Rundfunk so schmerzlich vermisste, also das Abbilden einer Debatte anstatt die schlichte Präsentation ihrer Ergebnisse.

Das mag schon sein, sagte er, und er verstehe, dass ich ihnen auf den Leim gegangen sei, auch er habe sich brav die allabendlichen Runden angesehen, und er gebe mir recht, es werde langsam besser, insgesamt aber könne er den Redakteuren nach wie vor kein gutes Zeugnis ausstellen. Es gebe eine offene Diskussion – aber nur innerhalb eines engen Grundkonsenses, von dem man ausgehe. Man merke den Gesprächen an, wie seltsam flach sie seien. Lester kramte in seinem Kopf nach einem passenden Vergleich: Das sei so, als würden fünf intelligente Menschen über einen Schuh diskutieren – in welchen Farbtönen man ihn gestalten solle, zu welchen Anlässen man ihn trage, was die Vorzüge im Vergleich zu anderen Modellen seien. Angenommen, sagte er, fünf Menschen reden über einen Schuh, einen flotten Sneaker vielleicht. Aber wer hat beschlossen, dass es genau *dieser* Sneaker sein muss, und warum wird nicht darüber geredet, dass es noch ganz andere Schuhe gäbe, die man tragen könnte? Stöckelschuhe, Winterstiefel, Badeschlapfen – Unendlichkeit der Schuhe, sagte Lester. So gehe es ihm schon länger, wenn er die Talkshows ansehe: Sie gingen von einer Prämisse, einer unhinterfragten Weltauffassung aus, die als gesetzt gelte, und bloß innerhalb sehr feiger Grenzen rufe man die große Offenheit aus und lade dazu ein, die mickrigen Details zu besprechen.

In letzter Zeit werde zum Beispiel viel darüber gesprochen, wie man die Menschen von der Straße kriegen könnte, wie hart oder sanft man dabei vorgehen solle, wo und von welcher Richtung aus die Überzeugungsarbeit geleistet werden müsse. Man diskutiere darüber, wer schuld sei, dass so viele überhaupt ihren Unmut hinaus in die Welt trügen, wer es habe so weit kommen lassen. Über die Tatsache, wie falsch es sei, dass Menschen auf die Straße gingen, herrsche unausgesprochene Einigkeit – das mache ihm Angst, sagte Lester. Wer die Ansicht vertrete, Widerstand sei legitim, bewege sich außerhalb des Konsenses, innerhalb dessen die neue Gesprächsbereitschaft herrsche, und werde als dumm oder krank verunglimpft. Es gelte als gefährlich, diese Stimmen zu hören.

Manche dieser Stimmen seien tatsächlich gefährlich, sagte Lester, dort draußen gebe es Verrückte, von denen spreche er aber nicht; er meine die vernunftbegabten Abweichler, die nie bestreiten würden, dass die Gesellschaft vor großen Herausforderungen stehe – die jedoch differenziertere Ansichten hätten, auf welche Weise dem zu begegnen sei. Ein paar Dinge wollte Lester unbedingt klarstellen: Die Erde sei nicht flach, wir würden nicht von formwandelnden Echsenwesen unterjocht, es gebe weder eine dunkle Weltverschwörung der Superreichen noch ein perfides Programm der Linksfaschisten zur Bevölkerungsreduktion, uns würden keine Mikrochips geimpft oder gefälschte Aufnahmen der Mondlandung gezeigt, und nirgendwo entführe ein Missbrauchsring Kinder, die zum Erhalt ewiger Jugend in rituellen Opferungen von den Taktgebern der Weltelite verspeist würden. (War das also auch geklärt.) Es gehe ihm nicht um die Hereinnahme der Verrückten in den Gesprächsraum, sondern nur um eine minimale Erweiterung des Möglichen – alles im Rahmen des rationalen Denkens.

Es gebe Verstandesmenschen, die so wenig wie möglich vorkommen sollten, und das gehe ihm nicht ganz in den Kopf. Zu Wort kämen sie trotzdem, nämlich auf privaten Kanälen – dort allerdings weitgehend unwidersprochen. Auch er könne mit den meisten dieser rebellischen Welterklärer nichts anfangen, fände es aber besser, wenn die kritische Auseinandersetzung mit ihnen abgebildet würde. Setzt den einen oder anderen in eine bekannte Sendung, sagte Lester, und lest ihm die Leviten, zerlegt seine Argumente und weist ihn zurecht. Ob seine Ansichten so jenseitig seien, dass man ihnen gar nicht erst eine Bühne geben sollte, müsse man im Einzelfall entscheiden. Es werde immer wieder gesagt, diese und jene Stimme solle nicht gehört werden – da es die Menschen verunsichere; sie seien dann weniger bereit, die Entscheidungen der Regierung mitzutragen. Wortwörtlich, sagte Lester, die Menschen würden durch widersprüchliche Angaben *verunsichert*. Da höre es sich doch auf, sagte er, wenn man die Menschen davor bewahren wolle, selbst nachzudenken und sich ein Bild zu machen, wenn man ihnen etwas so Notwendiges wie Unsicherheit und Zweifel vorenthalte. Ich bestehe auf meiner Ratlosigkeit, sagte er.

Wer den Menschen nicht zutraue, Information von Meinung zu unterscheiden, wer ihnen abspreche, auch die Kritik an etwas kritisch zu bewerten, der halte sie für dumm, der gestehe ihnen nicht zu, den freien Willen als Kraft des Guten einzusetzen. Es sei der Blick von Erwachsenen auf Kinder: Ich muss euch verbieten, diese Stimme zu hören, denn ihr würdet blind alles glauben und jemandem auf den Leim gehen; ich bin es, der eure Entscheidungen trifft, denn ihr selbst seid damit überfordert; ich weiß am besten, was gut für euch ist. In so einer Welt, sagte er, könne man auf Dauer nicht leben.

Fünfzehn. Nur für Verrückte
Angeregt durch Lesters Briefeschreiben fing ich an, meine Gedanken zu notieren, oft waren es lose Fäden, die mir nach Gesprächen mit ihm noch aus dem offenen Kopf hingen. Manchmal kam ich direkt von der Straße nach Hause, wusch mir die Hände und setzte mich an den Wohnzimmertisch, um mit mir selbst dort weiterzudiskutieren, wo ich zuvor mit Lester stehengeblieben war. Hier konnte ich mir mehr Zeit lassen und kam auch leichter zu Wort, denn mein Bekannter war ein sehr meinungsstarker Redner, der sich selbst gern zuhörte. Wie Strickzeug nahm ich die Schreibsachen hervor und werkelte herum, bis ich mich in eine Sackgasse manövriert hatte und eine Pause einlegen musste.

Nur für Verrückte, kritzelte ich auf die erste Seite, strich es durch, ringelte es wieder ein. Meine Aufzeichnungen waren nicht dafür vorgesehen, jemals von irgendwem gelesen zu werden, derweil entstanden sie nur für mich, und ich muss sagen, es war mir auch ein bisschen peinlich – weil ich das naive Vorhaben hatte, so etwas wie Lösungsansätze zu formulieren. Recht bald kam mir eine passende Überschrift in den Sinn. In meinem Versuch sollte es um die Fallen gehen, in die wir im Zeitalter von sozialen Medien beim Kommunizieren tappten, eine Selbstbeobachtung als Weltbeschreibung. Später folgte noch der eine oder andere erklärende Untertitel, die ich aber allesamt verwarf.

Das Aufzeigen von Möglichkeiten ist eine schöne Sache, es gibt sicher Unsinnigeres, das man mit seiner Zeit anstellen kann. Mein Fortschreiben dieses Versuchs wurde mir zur angenehmen Gewohnheit, so selbstverständlich wie Kloputzen oder Wäscheaufhängen.

Sechzehn. Ellie
Bei einer meiner ausgedehnten Runden als Alleingeher kam ich in eine Gegend, mit der ich nicht sehr vertraut war, die Stadterkundung hatte mich an einen verdächtig glatten Rand geführt. Ich hatte keine Lust, den ganzen Weg zurück nach Hause zu marschieren, also stieg ich in die U-Bahn. Es war bald Mitternacht und fast niemand mehr unterwegs. Kurz vor dem Bahnhof, wo ich umsteigen musste, sprach mich ein Mädchen an, fragte selbstbewusst und belustigt – und herausfordernd –, was ich denn da in mein schwarzledernes Büchlein kritzle. Ich druckste herum. Sie erkannte an mir eine Harmlosigkeit: Jemand, der so vertieft war in sich selbst und sein Tun, der würde nicht so bald auf dumme Ideen kommen.

Wir stiegen nebeneinander aus wie alte Freunde, die sich zufällig unterwegs getroffen hatten, und sie fragte mich nach dem Weg. Ihr halblanges Haar war zu beiden Seiten keck hinters Ohr geklemmt. Sie sei nicht aus der Stadt, erklärte sie, sondern lebe in einer kleinen Siedlung etwas außerhalb, jetzt wolle sie Freunde auf einer Party besuchen, zum Treffpunkt müsse sie mit einer Straßenbahn, die angeblich hier am Bahnhof losfahre. Ich war mir da nicht sicher und begleitete sie hinauf, um ihr weiterzuhelfen. Sie heiße übrigens Ellie, sagte sie.

Wir fanden die richtige Station, ich wartete mit ihr, wollte sichergehen, dass sie auch ja gut einsteigen würde. Um besser warten zu können, zündete sie sich eine Zigarette an, woraufhin wir über die Vor- und Nachteile des Rauchens sprachen. Nachteile gesundheitlicher Art und die Geruchsbelästigung waren allgemein bekannt, blöd war nur, dass es bei manchen so verdammt cool aussah. Ellie klemmte die Zigarette zwischen ihre feingliedrigen Klavierspielerinnenfinger und zog behutsam daran, was französisch wirkte. Die Straßenbahn kam, doch anstatt die Zigarette wegzuwerfen und einzusteigen, blieb Ellie stehen und setzte das Gespräch unbeeindruckt fort. Sie habe es nicht eilig, sagte sie. Wir sprachen über Bücher und was wir gern lasen. Ihr Wissen beeindruckte mich.

Ellie also – ich schreibe den Namen so, wie ich ihn aus ihrem Mund gehört habe und wie er mir in verschriftlichter Form richtig erscheint. Sie hatte einen harten, schneidenden Humor, was sehr angenehm war. In unserem Gespräch übernahm sie klar die Führung und richtete sich mir gegenüber so aus, dass der ausgepaffte Rauch mir nicht ins Gesicht nebelte. Gemeinsam warteten wir auf die letzte Straßenbahn in die Nacht.

Sie fragte, wie alt ich sei. Ich warnte sie, dass ich meistens jünger geschätzt werde. Sie versuchte es und vertat sich tatsächlich um ein paar Jahre. Von der korrekten Zahl war sie sehr überrascht. Ich kriege nicht viel Bart, kramte ich als Entschuldigung hervor. Dann fragte ich, wie alt sie sei. Ellie wiederum sagte, sie werde meistens wesentlich älter geschätzt. Ich dachte laut nach, dass ich also ihrem Hinweis folgend ein paar Jahre abziehen müsse, und schätzte sie auf einundzwanzig. Ellie lachte erheitert auf. Sechzehn, sagte sie, sie sei sechzehn, fast siebzehn. Es war kaum zu glauben. Die Schminke, sagte ich, der Lippenstift.

Einerseits war ich schockiert, andererseits redeten wir in entspanntem Plauderton weiter. Konnte das stimmen? Trieb sie ein seltsames Spiel? Darauf gab es keinen Hinweis. Ich ging davon aus, dass sie die Wahrheit sagte. Sechzehn, dachte ich, fast siebzehn. Ich war etwa doppelt so alt wie sie, hätte ihr – wenn auch sehr junger – Vater sein können. Allein vom biologischen Standpunkt aus gesehen wäre es möglich gewesen; der Gedanke fuhr wie ein Ruck durch mich. Wie war das möglich? Nach unserem gegenseitig geschätzten Alter waren wir beide Anfang bis Mitte zwanzig, mehr oder weniger gleichauf, sie irrte sich bei mir in die eine, ich mich bei ihr in die andere Richtung. Die Fakten sagten uns, dass wir weiter auseinander lagen, als sein durfte.

Was zwischen uns in der Luft gelegen haben mochte, war mit einem Mal verflogen. Wie immer diese Zufallsbegegnung hätte weitergehen können, sie ging jetzt auf die einzig mögliche Weise zu Ende. Hatte ich zuvor noch die anziehende Unbekannte auf Augenhöhe gesehen, sah ich jetzt in ihr die verletzliche kleine Schwester, der ich mit der fürsorglichen Strenge des großen Bruders gegenüberzutreten hatte.

Ich wollte zum Kiosk am Eck, um mir für den Heimweg eine Limonade zu kaufen, sie begleitete mich. Ich bot ihr an, sie auf etwas einzuladen, sie bedankte sich und fragte nach Tee, doch der Verkäufer sagte genervt, die städtischen Verkehrsbetriebe *hätten ihm das Wasser abgedreht* – was immer das hieß –, weshalb sie mit einem Pfirsich-Eistee Vorlieb nehmen musste. Es sei wohl etwas zu viel, noch um Zigaretten zu fragen, kicherte sie, doch ich ließ mich darauf ein und beharrte darauf, dass sie dem Mann ihre Marke nannte. Du bist so lieb!, rief Ellie und verstaute die Schachtel in ihrer buchkleinen Handtasche. Ich bezahlte in Münzen und wir gingen zurück zur Station, wo ich sie bat, mir noch einmal zu erklären, wo genau sie von ihren Freunden abgeholt werde, um dann gemeinsam zur Party weiterzuziehen. (Eben wie ein großer Bruder, dem die kleine Schwester die eingetrichterte Wegbeschreibung fehlerfrei aufsagen muss, inklusive besprochener Verhaltensweisen für diverse Notsituationen, bevor er sie unwillig ziehen lässt, hinaus in die gefährliche Welt der Erwachsenen.) Ich war mit ihrer Antwort zufrieden. Wieder kam eine Straßenbahn, diesmal hatte Ellie keine halbe Zigarette mehr zwischen den Fingern. Ich verabschiedete mich knapp und wünschte ihr einen schönen Abend. Sie lächelte vielsagend, kam nicht mehr zu Wort. Es wirkte, als hätte sie mir einen Kuss auf die Wange drücken wollen. Viel Spaß, sagte ich, drehte mich um und marschierte mit festen Schritten in Vergessenheit.

Unten am Bahnsteig atmeten in mir die Gedanken tief ein und aus. War es von Anfang an ihr Plan gewesen, sich von mir auf eine Packung Zigaretten einladen zu lassen? Nein, das ergab keinen Sinn, schließlich war ich es gewesen, der vorgeschlagen hatte, etwas vom Kiosk zu holen. Ich nippte an der viel zu süßen Limonade. Womöglich hatte sie mich, den harmlosen U-Bahn-Kritzler, in erster Linie als lieben Trottel identifiziert, den man subtil in eine bestimmte Richtung lenken, dem man unmerklich sanft den eigenen Willen aufzwingen konnte. Plötzlich wurde mir anders – rasch kontrollierte ich den Inhalt meiner Hosentaschen, auch jenen des Rucksacks. Alles noch da.

Ellie war keine frühreife Trickdiebin, die mir unbemerkt die Geldbörse oder das Handy stibitzt hatte. Ellie. War das überhaupt ihr richtiger Name? Ich wurde aus all dem nicht schlau. Sie war keine Täterin, ich nicht ihr Opfer. Sie hatte mich angesprochen und um Hilfe gebeten, wir hatten gemeinsam gewartet, uns zwei Straßenbahnen und eine Zigarette lang unterhalten, gleich einen guten Draht zueinander gefunden. Kopfschüttelnd mussten wir erfahren, wie nah wir uns vermuteten und wie fern wir uns waren. Als ich mich endgültig vergewissert hatte, dass sich alles noch an seinem Platz befand, war mir leichter. Ich unterstelle zu viel, dachte ich.

Für den Rest des Heimwegs zog Ellie ihre Runden in meinem Kopf. Wenn wir einander nicht nach dem Alter gefragt hätten, dachte ich und scheute mich, den Gedanken weiterzuführen. Wäre was gewesen? Nichts, dachte ich, und versetzte uns beide als zwei andere Menschen unter anderen Vorzeichen an einen anderen Ort.

Die zwei trafen sich in einem Club, wurden aufeinander aufmerksam und wechselten Blicke, die immer aufstachelnder und einladender wurden, bald tanzte er sie an, lud sie auf etwas zu trinken ein, für nennenswerte Gespräche war es zu laut, der Rest ergab sich von selbst. Oder, dachte ich, die zwei wussten des anderen Alter, doch es spielte im Rausch der Nacht keine Rolle, sie gaben sich beide einer Anziehung hin, die ihnen nicht zustand, wobei es am Älteren gewesen wäre, auch der Vernünftigere zu sein. Ich sah Ellie mit einem anderen als mir, in diesem Zusammenhang, unter diesen Gegebenheiten, und mitten in der U-Bahn, im müden Geschaukel schläfriger Heimkehrer, ging mir ein Licht auf, allerdings kein teelichtkleines Winzlicht, sondern das raumgreifende, allumfassende Aufblendlicht der einen Wahrheit. Plötzlich war mir klar, wie Missverständnisse entstanden; auch wie das Schlechte in die Welt kam, offenbarte sich mir in diesem U-Bahn-Moment: Man ließ sich zu einer Sache hinreißen, weil sie spannend war und ein Abenteuer versprach. Welches Versprechen lag im Kern darin? Von sich selbst überrascht zu werden – jemand anderes zu sein, wenn auch nur für jeweils ein paar Stunden. Ein größeres Versprechen konnte es ja kaum geben. (*Taxi Driver* und *Lolita* und *You Were Never Really Here* und *Léon – Der Profi* kamen mir in den Sinn, alles Geschichten mit der Konstellation älterer Mann / aufmüpfige Kindfrau.)

Ich stellte mir zwei andere vor, die beide gutgläubig handelten, wie sie schon recht betrunken gemeinsam den Club verließen und hungrige Küsse austauschten, Hand in Hand zur Station gingen, um sich in seine Wohnung zu retten. Ich stellte mir vor, wie Ellie ohne Schminke aussah. Ich stellte mir ihre knospenden Brustwarzen vor, das zarte Rosa ihres Körperinneren. Ich stellte mir ihren Vater vor, stellte mir vor, ihr Vater zu sein – was die korrekte Perspektive für mich hätte sein müssen –, und stellte mir vor, was ich mit so einem machen würde, der meine Tochter mit nach Hause nahm. Ich stellte mir vor, wie ich ihn verfluchen und dem an die Gurgel gehen würde und recht damit hätte.

Dann stellte ich mir vor, dass gleich beim ersten Mal etwas passierte, dass die Familie allerdings streng gläubig war und ein Schwangerschaftsabbruch nicht infrage kam, ich stellte mir also die Standpauke – Predigt! – ihrer Eltern vor, unter der Ellie einen Weinkrampf bekam. Dann stellte ich mir vor, wie sie neben dem zweiten Elternpaar in einem ratlosen Halbkreis saßen und vor lauter Hilflosigkeit nur wie erschlagen in Zeitlupe die Köpfe schütteln konnten. Wenn alles schläft, bindet Ellie ein paar Laken zusammen und seilt sich aus dem Kinderzimmer ab in den Hof, dort wartet ihr Fluchthelfer, sie tauchen unter und verlassen das Land, um ihre verbotene Liebe in Freiheit auszuleben.

Ich hätte mir noch viel mehr vorgestellt, doch da musste ich aussteigen, und mit dem Verlassen des Waggons endete auch mein gefährliches Weiterdenken der Bilder. Als großer Bruder hätte ich Ellie ermahnen sollen, keine wildfremden Kerle anzusprechen, wenn sie auf dem Weg zu einer Party umsteigen musste. Aber hätte es viel gebracht? Kleine Schwestern sind unendlich dickköpfig. Die Schachtel Zigaretten war vielleicht noch in derselben Nacht aufgeraucht, sicher gab sie anderen etwas ab. So entstehen Missverständnisse, dachte ich, und so werden Dinge kompliziert.

Ich stellte mir vor, wie Ellie im Morgengrauen heimkam, erschöpft die Kleidung abstreifte und ins Bett krabbelte, wie sich der Raum ein bisschen drehte, aber nur ein bisschen, wie sie noch ein Glas Leitungswasser holte, ich stellte mir vor, wie sie älter wurde und die Schule abschloss, und dass aus dem sich so erwachsen gebenden Mädchen eine sprachbegabte Frau werden würde, die etwas zu sagen hatte und den Regeln misstraute, ich stellte mir Ellie vor, wie sie mit eng anliegenden Armen am Bauch lag, wie ihr Atem sich verlangsamte und friedlich wurde, wie sich ein hoch flötendes Schnarchen andeutete, wie ihr Lidschatten etwas aufs Leintuch zeichnete, wie sie da lag und nur sich selbst gehörte, und ich stellte mir vor, wie mit ihrem Schlaf die ganze Welt einschlief.

Siebzehn. Das stille Haus
Der Kühlschrank war sehr leer, so klassisch leer wie in traurigen Filmen über einsame Menschen, die ihren Kopf hineinstecken und fast in Tränen ausbrechen, weil sie vergessen haben, Milch einzukaufen, sie jetzt ihre Cornflakes nicht essen können, und im Kühlschrank surrt ein ganz ungesundes gelbliches Licht – schön aus dem Inneren gefilmt, eine originelle Einstellung, mit der man bei den Internationalen Filmfestspie-

len von Cannes bei der Jury gleich Pluspunkte sammelt. Bis auf ein paar angebrochene Marmeladengläser und Saucenfläschchen, die zu entsorgen mir schlechtes Gewissen bereitet hätte, sowie eine verbissen in sich selbst eingerollte Senftube gab es wirklich nichts Essbares mehr. Ich schrieb eine Einkaufsliste.

Einkaufsliste
Ingwer
Gurke
Salat
Petersilie, Schnittlauch
Weißwein
Bier
Milch (Soja)
Käse
Brot
Faschiertes
Karotten
Tomatenmark
Orangensaft
Gelassenheit

Im Supermarkt dachte ich: *Das Leben ist schöner als lang*. Und später: *Die Stille gilt*. Das gefiel mir, also schrieb ich es auf. Ich war überrascht, wie belebt es hier war, anscheinend hatte ich etwas verpasst. Auf Englisch heißt es: *Guess I didn't get the memo*. Vor dem Regal mit Nudeln begegnete ich einem etwa gleichaltrigen Paar, das andächtig die Gläser mit Fertigsugo studierte. Er griff nach einer Sorte, las das Etikett, kontrollierte den Preis, zog Vergleiche, dann griff er nach einer anderen Sorte gleicher Marke, für die sie sich schließlich entschieden. Gute zwei Dutzend davon wurden in den Einkaufswagen geschaufelt, in dem ein Gläserberg Fertigsugo entstand. Sie schienen sehr erleichtert zu sein.

Weiter ging es mit Thunfisch im eigenen Saft, wieder Unmengen davon, außerdem Oliven, Bohnen, Linsen, Zuckermais, Essiggurken, dazu – wohl als Nachspeise – eingelegte Pfirsiche und diverse Kompotte, der übliche Bunkerfraß also, wie er in Dystopien serviert wird. Längst hatten sie einen zweiten Wagen herangekarrt, der sich unter der ächzenden Last immer schwerer durch die konkurrierenden Einkäufer manövrieren ließ. Meine lächerlichen Jutebeutel kamen mir im Vergleich dazu recht unterdimensioniert vor.

Die beiden ergaben für mich sofort Sinn. Jetzt habe ich euch, dachte ich. Begeistert erzählte ich mir ihre Geschichte, einfach nur, weil ich sie kannte. Die ging in etwa so: Sie hatten sich in einem einfachen Haus eingemietet, einer Art Selbstversorgerhütte jenseits der Zivilisation. Dort würden sie ein bisschen Zeit verbringen, einmal abschalten und alles vergessen. Nur kochen wollten oder konnten sie nicht so richtig. Ich stellte mir eine Einöde vor, in der Strukturen und Möglichkeiten fehlten, wo die Menschen stur, aber herzlich sind. Das Haus war etwas schäbiger als im Online-Inserat, doch das störte sie beide nicht. Es war ausreichend, der intensiven Stadtwelt ein bisschen zu entfliehen.

Weiter: Wo sie hinfahren, gibt es keinen Empfang. Man kann das Umland durchstreifen, sein Mobiltelefon wie eine Fackel vor sich hertragen, darum flehen, dass sich die Balkenreihe auffüllt, wenigstens mit einem einzigen Strich, der den Notruf erlaubt, doch es ist zwecklos, hier rauscht nur der Bach und nichts soll ihn stören.

Im stillen Haus gibt es kein Internet. Keine Bücher, Zeitungen oder Magazine, kein gedrucktes Wort in jedweder Form. Im stillen Haus stehen kein Computer und kein Radio und kein Fernseher. Das stille Haus ist abgeschnitten von der Außenwelt. Es gibt dort kein fließendes Wasser und keinen elektrischen Strom. Sie würden sich sporadisch abrubbeln mit einem angefeuchteten Waschlappen. Kein Duschstrahl, der einem morgens den Nacken massiert, sondern knappe, forsche Katzenwäsche, wie sie faule Kinder erledigen, im Sommer, am Land. Sie freuen sich darauf, erzählte ich mir. In ihrem Einkaufswagen war nichts Verderbliches, kein frisches Obst oder Gemüse, keine Wurstwaren oder Milchprodukte, nur Haltbares für ihre Ewigkeit. Um Nudeln zu kochen und fürs Aufwärmen von Dosenessen reichte ein simpler Holzofen. Die zwei gefielen sich rustikal.

Ich beobachtete sie genau. Ihr wisst etwas, das ihr gestern noch nicht wusstet, dachte ich. Euch schwebt eine Existenz vor, wie ihr sie euch früher niemals vorzustellen wagtet; unabhängig von den Zwängen der Gesellschaft und entkoppelt von der Planbarkeit des Alltagslebens. Ich stellte mir vollendete Einfachheit vor, die Reduktion aufs Wesentliche. Es gibt nicht viel. Nur Mann und Frau und Haus und Wald. Es gibt das Karge: den Tisch, den Stuhl, das Bett, den Ofen, das Fenster, den Vorhang. Von diesem Kargen geht ein Segen aus. Wo Gelegenheiten nicht vorhanden sind, lässt sich keine mehr verpassen. Was wisst ihr, das sonst niemand weiß?

Ich freute mich für sie und stellte mir vor, wie herrlich es sein musste, endlich einmal den Kopf freizukriegen. Geselligkeit ist heilsam, und sie geht ja auch zu zweit. Die beiden waren *mein Paar*. Ich folgte ihnen bis zur Kassa, wo sie begannen, ihre Sachen aufs Band zu schlichten. In Gedanken rechnete ich mit, wie viele Tage sie auskommen würden. Ein paar Wochen oder sogar Monate würde es schon reichen. Notfalls würden sie Nachschub besorgen. Ich dachte nicht ans Büro, was schön war. Die Kassierin strahlte etwas aus, sie lächelte mich an, ich fühlte mich ertappt. *Die Stille gilt*. So unauffällig, wie ich mich genähert hatte, verschwand ich auch wieder in die anonyme Ordnung der Supermarktgänge, ein Unscheinbarer unter vielen. War da nicht gerade ein Mann? Nein, du musst dich irren. Wer ist das und wie geht es mit ihm weiter? Du spinnst ja. Hat es ihn jemals gegeben? Manche Menschen werden sich selbst zur Gefahr.

Achtzehn. Das Kalte Zimmer
Es gibt reine Überlebenstage, die man – egal wie – einfach nur zu Ende bringen muss. Ich habe solche Tage, wir alle haben sie. Und sie gehen vorbei. (*Zuckungen der Sehnsucht nach Nähe abtöten*, dachte ich. Manchmal schien mir, meine Haut würde brennen, weil sie zu lange nicht mehr berührt worden war. Gibt es dazu wissenschaftliche Studien? Ellie suchte mich heim. Nimmt die Körperoberfläche irgendwann Schaden, wenn sie

keiner je streift? Draußen marschierte ich mir Ellie aus dem Gedächtnis; im Vorbeigehen schlug ich mit der Faust gegen ein Schild. Es trug eine kaum sichtbare Delle davon.)

Zuletzt hatte Lester mich gefragt, wie man den Unterschied zwischen Konsens und Konformitätsdruck erkenne. Ich wusste es nicht. Die meisten seien einverstanden mit dem, was geschieht, sagte er, nach wie vor gebe es eine eindeutige Mehrheit, die hinter der Regierungslinie stehe. Wie aber könne jemand auf Dauer sicher sein, dass er noch aus freien Stücken einverstanden sei, dass seine vermeintliche Zustimmung nicht schon längst zu gedankenlosem Mitläufertum geworden war? Ich sei ja noch ziemlich einverstanden mit allem, sagte Lester, jedenfalls komme ihm das so vor. Bist du es, weil du es bist, oder bist du es, weil du dich verwundbar machen würdest, solltest du es plötzlich nicht mehr sein?

Muss bei dir alles zum Entweder-oder werden?, fragte ich beleidigt zurück.

Lester zuckte mit den Schultern: Du hast schon recht, da mache ich das Gleiche, was ich anderen vorwerfe.

Wie erkennt man den Unterschied zwischen freiwilligem Konsens und Konformitätsdruck? Am besten begibt man sich in einen möglichst leeren Raum, wo man sich ungestört in sich selbst zurückziehen kann, und denkt darüber nach. Ich nahm mir das Arbeitszimmer vor und räumte es aus, denn ich brauchte es eigentlich nicht, längst war es zur besseren Abstellkammer verkommen. Ich hängte alle Bilder ab, steckte die Lampe aus und trug sie ins Schlafzimmer, auch die Regale wurden geleert, an einer freien Wohnzimmerwand legte ich eine Reihe von Bücherstapeln an. Den Schreibtisch ohne Hilfe hinauszubringen war keine leichte Übung, ich ruckte und drehte daran herum, und als es geschafft war, belohnte ich mich zufrieden erschöpft mit einem Nachmittagskaffee.

Am Ende befanden sich in dem Raum noch ein Teppich und leere Regale, alle Wände waren nackt. Ich öffnete ein Fenster und lüftete gut durch. Es war angenehm kalt, ich zitterte. Hier ließ es sich bestimmt gut denken. Ich schloss die Tür, setzte mich auf den Boden und dachte nach. Das war gar nicht so einfach, weil mir das ungeübte Sitzen bald Probleme bereitete; es zwickte mich in den Hüften, die Beine schliefen ein.

Stille? Wasserleitungsgurgeln, Kinderstreit, Verfolgungsjagd. Da wirft jemand den Staubsauger an, da räuspert sich einer am Klo. Ich gab mir Mühe, alles auszublenden. Früher hätte ich solche Versuche als schnöde Meditation abgetan, die als Zeichen von Wohlstandsverwahrlosung gedeutet werden mussten, doch die Zeiten hatten sich geändert. Ich überlegte, ob ich einverstanden war. Motorengrummeln, Fahrradklingeln, Lastwagenrückwärtsgangpiepen. Es stellte sich ein Zustand ein. Ich taufte den Raum *das Kalte Zimmer*. Hier würde ich viel Zeit verbringen. *In die Kälte gehen* nannte ich diese Besuche für mich. Die Kälte war mein Ort.

Ich träumte von einer Frau, die ich über ein paar Wochen immer wieder traf, ohne dass es zu einer körperlichen Annäherung gekommen wäre. Wir führten ausgiebige Gespräche, in denen jeder die Möglichkeit bekam, ohne Bitterkeit seine Vergangenheit zu erzählen. Unsere Spaziergänge waren lang, oft neben einem ruhigen Fluss, auch bei schlechtem Wetter. Im Traum empfand ich diese Begegnungen als sinnstiftend und erfüllend. Ich nahm mir vor, bald all meinen Mut zusammenzunehmen und die Frau zu küssen. Es erschien mir weniger als eigenes Bedürfnis, sondern mehr als das Produkt der in mich gesetzten Erwartungen; sich kennenlernen, einander gernhaben, sich küssen und vereinigen, zusammenfinden eben – lautete so nicht die logische Fortsetzung unserer Geschichte?

Innerhalb des Traums legte ich mich ins Bett, schlief ein und träumte. Ein Traum im Traum, wie man ihn eben hat, wenn das Leben nicht schon kompliziert genug ist. Ich durchlebte unser nächstes Treffen, bei dem wir uns endlich näherkamen. Wir befanden uns auf einer Bank in einem prunkvollen Schlosspark und konnten nicht die Hände voneinander lassen. Nach ersten zaghaften, spärlichen Küssen – die eine gewisse Verzagtheit erkennen ließen – wanderte ich ab an ihren Hals und begann ihren Oberkörper zu betatschen. Ob uns dabei jemand beobachtete, interessierte mich nicht; es mag daran gelegen haben, dass ich doppelt in einem Traumfrieden eingekapselt war.

Wir knutschten auf der Bank, die Lippen der Frau waren angenehm weich und stets leicht angefeuchtet, es gefiel mir sehr, dass sie mich immer wieder leicht biss. Doch im Abgreifen ihres Körpers fiel mir auf, dass sie keine Brüste hatte, nicht kleine oder angedeutete, sondern gar keine. Das versetzte mich in Panik, mir wurde bewusst, dass sie mich die ganze Zeit über betrogen hatte, indem sie die Abwesenheit dieser so wichtigen äußeren Geschlechtsmerkmale durch spezielle Büstenhalter und die geschickte Auswahl ihrer Garderobe kaschierte. Es war kein Verbrechen, doch unser Näherkommen hatte unter Voraussetzungen stattgefunden, die ich nicht kannte; sie hatte mir die Entscheidungsgewalt genommen, mich der Möglichkeit beraubt, abzuwägen, ob ich an einer Fortsetzung und Intensivierung unter diesen Umständen weiter interessiert war. Dass wir miteinander schlafen würden, schien unvermeidlich. Es wäre ein Affront gewesen, mich jetzt von ihr zurückzuziehen und den Verlauf unserer Geschichte so abrupt zu unterbrechen.

Innerhalb des eigentlichen Traums schreckte ich aus meinem Zwiebeltraum hoch. Ich war nassgeschwitzt und tief hasserfüllt. Sie hat keine Brüste, dachte ich enttäuscht, sie hat keine Brüste, dachte ich böse. Der Gedanke hämmerte sich mir in den Kopf. Ich ging ins Badezimmer, wusch mir das Gesicht und träumte, dass ich mir überlegte, wie es zwischen der Frau und mir weitergehen sollte. Ich mochte sie, das war das Problem, sogar sehr, ich hatte sie ins Herz geschlossen und wollte nicht mehr ohne unsere Spaziergänge und Gespräche auskommen. Ich hatte mich in sie verliebt, und das warf ich ihr vor. Hätte sie von Anfang an die (nicht vorhandenen) Fakten auf den Tisch gelegt, dann wäre ich vielleicht gar nicht in Versuchung geraten, mich näher auf sie einzulassen. Diese verheimlichte Brustlosigkeit würde ich ihr niemals verzeihen.

Es stellten sich mir alle Fragen: Wie konnte ich ihr schonend beibringen, keinen Kontakt mehr zu wünschen oder jedenfalls unsere Verbindung auf eine rein freundschaftliche Ebene zurückzustufen? (*Degradierung* fiel mir als herzloser bürokratischer Ausdruck dafür ein.) War sie vielleicht gar keine Frau, sondern ein Mann? War ich auf einen Geschlechtsgenossen mit weiblichen Zügen hereingefallen? Es sprach nichts dagegen, mit so jemandem eine Beziehung einzugehen, nur hätte man es vorher wissen wollen. Unmöglich, dachte ich, zwischen den Beinen gab es keine verdächtigen Ausbuchtungen. Langsam beruhigte ich mich. Bestimmt würde es einen Weg geben, die Sache in beiderseitigem Einverständnis zu lösen, ohne ihr den eigentlichen Grund meines Rückziehers verraten zu müssen.

Als ich aus dem ursprünglichen Traum ins wirkliche Leben aufwachte, brauchte ich einige Sekunden, um mich daran zu erinnern, dass es weder diese Frau noch eine Brustfrage gab. Ich war froh, mich mit all dem nicht auseinandersetzen zu müssen, und trotzdem vermisste ich eine Nähe, die sich zwischen uns über die geträumten Wochen eingestellt hatte. Sie war ohne Gesicht. Ich würde die Augen offenhalten. Es blieb ein Phantomschmerz zurück.

Neunzehn. Niederlagen
Die Welt ist radikal interessant. Ständig geschieht etwas, zu dem wir uns in Beziehung setzen müssen, wir erleben eine dauernde Ablenkung von all den Aufgaben, die eigentlich anstünden. Ich konnte mich kaum

mehr auf die Arbeit konzentrieren, gedanklich war ich in den Besprechungszimmern der Politiker und notierte fieberhaft bei ihren Pressekonferenzen mit; am Smartphone scrollte ich nach den neuesten Meldungen. Die Vorgänge versetzten mich in Unruhe, nachts lag ich stundenlang mit Herzklopfen wach, hörte mir Diskussionen und Interviews an. Seltsamerweise hielt ich das nicht nur aus, sondern war auf eine verquere Art sogar davon angetan. Es war ja kein Fehler, dass mich die Welt etwas anging; ich wollte verstehen, was in meinem Land vor sich ging. Immer gab es die Möglichkeit, sich aus dem niemals versiegenden Medienstrom auszuklinken, jedoch kaum einen ernsthaften Versuch.

Lester war ein Mensch, den man einfach so mitschreiben konnte, zu dem man nichts mehr dazuerfinden musste. Er ging umher, machte Fotos, kam mit Leuten ins Gespräch, und ich konnte mitverfolgen, wie seine Anwesenheit zur Selbstverständlichkeit wurde. Endlich hatte er wieder eine Rolle, die er mit Freude ausfüllte, durfte Verantwortung übernehmen; etwas, nach dem er sich wohl lange gesehnt hatte. Die Empörten brauchten ihn um sich. Wenn er nicht da war, fragten sie nach ihm. Er war eine stimmige Figur, ein in sich geschlossenes Ganzes. All seine Aussagen ergaben innerhalb seiner Erfahrungswelt Sinn, und seine Handlungen besaßen hintereinander gesetzt eine beängstigende Folgerichtigkeit. Man trifft nur selten Leute, bei denen *alles stimmt*. Die meisten wollen zu viele gleichzeitig sein und fransen irgendwo aus.

Lester spazierte durch die Empörten und machte Bilder, ich spazierte in sicherer Entfernung nebenher und beobachtete Lester. Jeder Mensch ist eine Tür in ein anderes Leben, jede Begegnung färbt auf uns ab. Bei manchen lernen wir ganz offensichtlich etwas dazu, eignen uns konkrete Fertigkeiten an, meistens aber sind es unmerkliche Verschiebungen, die sich in unsere Denkmuster und Verhaltensweisen einschleichen.

Das Leben dürfe es einem nie zu leicht machen, sagte Lester. Es sei schon gut, dass man sich all das, was wirklich zähle, hart erkämpfen müsse, so erst bekomme es einen Wert, den man auch anerkenne und achte. Man müsse unbedingt einen Weg finden, sich mit seinen Niederlagen nicht nur zu arrangieren, sondern sich mit ihnen anzufreunden. Er habe das längst getan. Wenn man an etwas scheitere, dann sei das nichts anderes als eine verklausulierte Botschaft vom Leben selbst, das einem mitteile: Diesen Schritt erlaube ich dir noch nicht zu gehen, du bist noch nicht so weit, diese Etappe ist für dich noch nicht vorgesehen. Früher, sagte Lester, habe er oft mit dem Schicksal gehadert; er habe gesehen, wie andere, viel weniger talentierte Kollegen an ihm vorbeigezogen seien, Karriere gemacht und das große Geld verdient hätten. Er habe gestrampelt und geflucht, doch was bringe das? Mit der Zeit habe er verstanden, dass es nicht sein Weg gewesen sei. Die anderen hätten sich verbogen und im schlimmsten Fall verkauft, seien Kompromisse mit dem eigenen Gewissen eingegangen, was auf Dauer nur krank machen könne. So entstehe Krebs, sagte Lester. Ein Tumor sei das sichtbare schlechte Gewissen sich selbst gegenüber.

Jedenfalls sei er im Nachhinein froh, sich den Vorgaben der Branche nicht willig untergeordnet zu haben. Man müsse sich als Marke etablieren – das sei eine allgemeingültige Gesetzmäßigkeit. Egal ob Fotograf, Maler und Musiker, oder auch Anwalt, Steuerberater und Wissenschaftler: Stets gelte es, so schnell und so aggressiv wie möglich herausstechende Eigenschaften an sich festzumachen, sie als Alleinstellungsmerkmal zu kultivieren und die Welle auf Teufel komm raus zu reiten, um zur klar umgrenzten Marke zu werden. Auch er habe das versucht, sagte Lester, jahrelang habe er sich darum bemüht, und er sei daran gescheitert. Er habe sich dafür in Grund und Boden geschämt und die erfolgsverwöhnten Gewinnertypen mit ihrem Kreis an Haremsdamen und Jüngern verachtet. (Ich kenne von mir selbst einen gewissen *Erfolgsekel*. Es wirkt auf mich oft befremdlich, wenn jemandem etwas gelingt.)

Es herrsche ein Zeitgeiz, das mache unsere Geschwindigkeitsgesellschaft aus. Alles müsse rasch auf den Punkt gebracht werden. Er denke da an die berühmte Serviette, auf der eine Filmhandlung Platz haben solle, oder an den *Elevator Pitch*, bei dem innerhalb der Dauer einer Aufzugsfahrt der Startup-Gründer einen Business-Angel vom Investment überzeugen müsse. Dabei stelle er sich die Frage: Gibt es etwas von Wert, das in knappen Worten umschrieben werden kann, gibt es einen Menschen, den man kennenlernen möchte, der mit wenigen, bewusst gesetzten Strichen skizziert ist?

Insgeheim sei jede Niederlage eine Botschaft: Für dich liegt etwas anderes bereit. Außerdem habe er gelernt, dass es für jeden, den man mit aller Verbissenheit beneide, immer einen anderen gebe, der gleichzeitig einen selbst beneide. Ich habe viel, sagte Lester, heute weiß ich das. Für jeden Liebeskummer, in den man durch jemanden stürze, sei jemand anderes von einem selbst in den gleichen Kummer gestürzt worden. Nur wenige könnten für sich in Anspruch nehmen, im Leben öfter Opfer als Täter gewesen zu sein.

Anhaltende Kälte, die nur durch langes Baden halbwegs in Schach zu halten war. Schüttelfrost vor Einsamkeit, dann Hitzewallungen. *Einsamkeitsschübe*, dachte ich, gepaart mit niederschmetternder Verzagtheit. Tage der Lähmung. Was mich von innen heraus auffraß, war die Tatsache, dass ich meine Zuneigung – die ich wie jeder Mensch in mir trug – niemandem zeigen konnte; neben dem Grundbedürfnis nach Nähe gibt es auch jenes danach, für jemanden da zu sein, einem anderen Menschen Verständnis und Sicherheit zu geben; man könnte es eine allgemeine Zuneigungsbereitschaft nennen. Weil ich sie keinem geben konnte – nicht einmal einem Tier –, wurde ich seltsam. Die Zuneigung verklumpte und faulte vor sich hin, wurde ein zäher, kranker Brocken und verhärtete sich nach und nach zu etwas Schwarzem.

Ich stellte mir vor, wie es enden würde, und ging einen Kontrakt mit der Einsamkeit ein: Ich würde mich zu ihr bekennen und dafür von ihr beschützt werden; sie würde mir Unabhängigkeit schenken, mir dabei helfen, mich von meinen Bedürfnissen zu emanzipieren. Lass mich leben, dachte ich, dafür werde ich nicht an dir zweifeln. Ich fand, das war ein guter Deal.

Ich würde mir eine Freiheit erfinden, losgelöst sein von den Zwängen der Gemeinschaft und einer fadenscheinigen Zweisamkeit, die nur abwechslungsreicher machte, was man auch sehr gut selbst mit seinen zwei gesunden Händen in verkrampften Minuten auf der Toilette erledigen konnte. Obwohl ich mich immer als Familienmenschen begriffen hatte, sah ich mittlerweile ein, dass mir dieser Weg nicht offenstand. Ich fand es nicht mehr angemessen, Kinder in die Welt zu setzen. Wer hätte davon etwas gehabt? Die Kinder selbst am allerwenigsten. Ich sagte mir ein Mantra vor: Gelassenheit, Bedürfnislosigkeit, Besinnungslosigkeit. Ich summte in mönchischer Strenge. Monoton: *Om*.

Zwanzig. Geldmenschen
Mit den wenigsten meiner Freunde und Bekannten konnte ich noch ein offenes Gespräch führen, das diesen Namen auch verdiente. Die meisten hatten andere Sorgen, zum Beispiel, was sie mit dem vielen Geld machen sollten, das sich während der letzten Monate angehäuft hatte. Normalerweise hätten sie um einiges mehr ausgegeben, für Restaurantbesuche, Eintrittskarten und Reisen, doch bei unserer eingeschränkten Lebensweise brach all das weg; Bestellungen beim Lieferservice fielen gemeinhin preiswerter aus als Abende in Lokalen, noch dazu wo keine Getränke dabei waren. Shoppingtouren konnten bis zu einem gewissen Grad online erledigt werden, doch hier schien der Zenit bald erreicht.

Die Möglichkeiten, Geld auszugeben, waren also begrenzt, und so verschob sich die Zielsetzung in Richtung der Frage, wie man es gewinnbringend anlegen konnte. Manche spekulierten an der Börse, was mir persönlich zu aufreibend gewesen wäre, abgesehen davon, dass es sich in meinem Fall nicht wirklich ausgezahlt hätte. Obwohl ich selbst eher dem unteren Mittelstand angehörte, bewegte ich mich in Kreisen, wo es durchaus üblich war, bereits in sehr jungen Jahren (mit einem großzügigen Vorschuss aufs Erbe der Eltern) die erste Eigentumswohnung anzuzahlen.

Das musste man sich auf der Zunge zergehen lassen: Es gab Leute, deren größte Sorge darin bestand, zu viel Geld zu haben; dabei wären sie niemals auf die Idee gekommen, einen Teil davon karitativen Einrichtungen zu spenden oder direkt an Bedürftige weiterzureichen. Gerade in diesen Zeiten sah man wenig Solidarität mit Schlechtergestellten, dafür gab es einiges an offen zur Schau gestellter Verachtung für jene, die zu schwach waren, sich aus eigener Kraft über Wasser zu halten.

Manchmal kamen auszugsweise die Verträge regierungsnaher Beraterfirmen ans Licht. Von den darin genannten Summen wurde einem schwindlig, doch es überraschte oder verärgerte einen schon gar nicht mehr. Ich für meinen Teil hatte mich längst damit abgefunden, dass jene, die bereits viel hatten, auch leichter zu noch mehr kamen. Mein Land nannte ich eine *Beraternation*.

Geldmenschen erkennt man daran, dass sie sich ihrer Privilegien nicht bewusst sind. Sie erachten ihren Reichtum als selbstverständlich und unwidersprochen. Wird ihnen in einem Nachtlokal beim Vorlegen der

Quittung versehentlich ein Bier zu wenig verrechnet, dann bleiben sie schön leise und machen die Kellnerin nicht auf den Fehler aufmerksam. (Was gibt es umgekehrt bei einem Bier zu viel für einen Aufschrei!) Wahrscheinlich meinen sie, der feindseligen Gastronomenmafia ein Schnippchen geschlagen zu haben; dass der Fehlbetrag der Kellnerin vom Trinkgeld abgezogen wird, ist ihnen nicht bewusst. Es mangelt ihnen an tieferem Verständnis dafür, wer innerhalb unserer Warenwelt unter welchen Bedingungen gewinnt und wer verliert. Vom Geld wissen sie nur, dass es da ist und dass es ausgegeben werden will.

Bei den Zusammenkünften der Empörten wurden die Teilnehmer regelmäßig dazu aufgerufen, Schenkungen zu tätigen. Diese kleinen – oft auch größeren – Geldbeträge sollten direkt auf das Privatkonto eines der Veranstalter überwiesen werden. Auch Lester kam dieser Bitte nach und leistete mit Freude seinen Beitrag. Als ich ihn darauf hinwies, dass diese Art des Geldeintreibens höchst unseriös wirke und bei derart undurchsichtigen Zahlungsflüssen die Gefahr von Missbrauch bestehe, wischte er meinen Einwand zwar nicht ganz beiseite, rechtfertigte sich jedoch damit, dass es jetzt eben *schnell* gehen müsse, es sei von größter Bedeutung, dass in diesem historischen Moment möglichst unkompliziert, also auch unbürokratisch Dinge in Bewegung gesetzt würden. Ordnung herstellen und vor den Unterstützern Rechenschaft ablegen könne man dann immer noch im Nachhinein – auch vor dem Finanzamt.

Mit der Zeit mehrten sich die Gerüchte, einer der Hauptveranstalter habe Geld unterschlagen. Wie jedem anderen war auch Lester klar, dass der geleistete Aufwand durch irgendwen finanziert werden musste. Stets galt es, einen professionellen Bühnenaufbau zu organisieren, Absperrgitter bereitzustellen – horrende Ausgaben, die man nicht so ohne Weiteres stemmen konnte. Als sich jedoch herausstellte, dass der Veranstalter einen nicht unwesentlichen Teil der eingesammelten Gelder in die eigene Tasche gesteckt hatte, saß bei Lester die Enttäuschung tief. Gerade derjenige, der sich mit ihnen verbündet hatte gegen *die da oben*, stellte sich nun als mindestens genauso gierig und korrupt heraus. Jenes Vertrauen, das Lester dem Veranstalter entgegengebracht hatte, zielte nun ins Leere. Er sah sich auf sich selbst zurückgeworfen.

Einundzwanzig. Rettung

Nachts hatte ich einen seltsamen Traum. Natürlich ist es das Wesen des Traums, seltsam zu sein, doch dieser ließ mich aus unerfindlichen Gründen besonders verstört zurück.

Ich fahre mit der U-Bahn, stehe im Türbereich des Waggons. Ein älteres, freundlich wirkendes Paar erkundigt sich auf Englisch nach meinen Plänen. Ich sei auf dem Weg zu einem Spaziergang, sage ich. Die beiden nicken einverstanden, was mir guttut. Obwohl ich ihnen auf Englisch geantwortet habe, wechselt der Mann jetzt zu gebrochenem Deutsch. Wahrscheinlich um mir einen Gefallen zu tun, denke ich. Er beugt sich interessiert über mein Handy, auf dem ich gerade jemandem schreibe, und fragt, um welche Marke es sich handle. Ich weiß es nicht genau und murmle entschuldigend vor mich hin. Ob er es einmal kurz haben dürfte? Ich bin zurückhaltend, gebe es ungern aus der Hand, weil ich eine böse Vorahnung habe.

Er wird immer drängender, bleibt dabei aber sehr bärtig und nachbarlich. Die Frau hält sich im Hintergrund, wie aus Erfahrung, müde und bereit. Obwohl es mir widerstrebt, gebe ich dem fremden Mann mein Handy, das er eingehend prüft. Nicht gerade das neueste Modell, grinst er. Ich weiß, es war ein Fehler. Ohne noch einmal innezuhalten, übt er sorgfältig Druck aus und verbiegt das Gehäuse. Es erhält eine angedeutete Schalenform. Zufrieden begutachtet der Mann sein Werk. So wollte es der Tag; ich bin überrascht, habe allerdings erwartet, das bald zu sein.

Mitten im Traumgeschehen, während wir stumm weiterfahren, erinnere ich mich an eine Begebenheit, als ich im Winter auf der Straße von einem vorbeiradelnden Essenslieferanten angehalten wurde. Sein Akku sei in der Kälte eingegangen, er fragte nach dem Weg. Ich holte mein Handy hervor und tippte die genannte Adresse ins Suchfeld, der Bote lehnte sich bedrohlich ins Bild. Mit beiden Händen umklammerte ich fest das Gerät, weil ich mir sicher war, dass er es mir jeden Augenblick wegschnappen würde. Die Bitte um Auskunft war nur ein billiger Trick, davon war ich restlos überzeugt. Wer wusste schon, wie viele ahnungslose Passanten er bereits übers Ohr gehauen hatte. Übler Schuft! Er fand sich auf der Karte zurecht, wiederholte noch einmal im Geiste die Links-rechts-links-Abfolge seiner Weiterfahrt, bedankte sich artig und trat in die Pedale. Der Gedanke, dass er einfach den Arm hätte ausstrecken und es mir wegschnappen können, behielt eine unangenehme Präsenz.

Als diese Szene innerhalb meines Traums zu Ende erinnert ist, fährt die U-Bahn bei der Station ein und ich steige aus. Das ältere Paar folgt mir. Mein Handy ist kaputt und wertlos, der Spaziergang damit gestrichen. Der Mann macht sich über meinen Schaden lustig, ich hätte es nicht anders verdient. Wieso sagen Sie mir das?, brülle ich außer mir vor Zorn. Was hier geschehen ist, kann nicht richtig gewesen sein. Mein Gerechtigkeitsempfinden dröhnt schmerzhaft auf. Ich stelle die beiden zur Rede und erwarte mir Beistand von der Frau, doch sie schüttelt nur wortlos den Kopf und mischt sich nicht ein. Was ich mir insgeheim erwartet hätte, ist Rettung. In einem Kauderwelsch aus Englisch und Deutsch gehen wir als Feinde auseinander. Dann fällt mir ein, dass die Begegnung mit dem Fahrradboten im Winter gar nicht geträumt war. Ich habe es verdient. Der Rest des Traumes ist verschwommen.

Im Halbschlaf starker Juckreiz, auch zwischen den Arschbacken. Beim Kratzen löst sich ein fühlbar blutstropfengroßes Kotknödelchen, das ich mir aus den Arschhaaren zupfe und neben das Bett fallen lasse. Ein subtiles, aber deutlich vernehmbares Landegeräusch. Ekel über das, was ich getan habe. Am nächsten Morgen ist nichts zu entdecken, meine Finger riechen neutral. Ich bin normal.

Zweiundzwanzig. Böse Jungs

Wie als Antwort der Wirklichkeit auf meinen seltsamen Traum gab es eine erzählenswerte Begegnung in der U-Bahn. Als ich einstieg, entdeckte ich sofort eine Gruppe junger Männer, die den gesamten hinteren Bereich des Waggons in Beschlag genommen hatte. Obwohl sie nur zu viert waren und genug Platz für zehn Personen gewesen wäre, machten sie sich so breit, dass sich sonst niemand mehr hätte hinsetzen können. Sie benahmen sich, als sei dieser Ort ihr Privateigentum, soffen rülpsend Dosenbier, ihre dreckigen Schuhe hatten sie demonstrativ jeweils auf die gegenüberliegende Sitzbank geklotzt. Als legten sie es darauf an, in die Schranken gewiesen zu werden, dachte ich.

Aus einer faustgroßen Boombox krächzte billiger, dosenhafter Techno. Die umstehenden Leute schauten betreten zu Boden; es war zwecklos, sich gegen die Herrschaft der Rüpel zur Wehr zu setzen. Innerhalb weniger Sekunden hatte ich mir ein Bild der Lage gemacht: Das dort waren unsere U-Bahn-Tyrannen, und wir ihre willigen Untertanen, die jede Belästigung aushalten würden. Niemand wird sich wehren, dachte ich, sondern die Fahrt stumm ertragen und einfach nur froh sein, wenn sie vorbei ist.

Wie wird man so cool wie ihr?, fragte ich. Durch die laute Musik verstanden sie mich wohl nicht richtig. Sie mussten meinen, sich verhört zu haben. Ich machte einen Schritt auf sie zu, baute mich vor ihnen auf und wiederholte meine Frage. Einer senkte per Knopfdruck den Pegel und schaute mich von oben bis unten an; wahrscheinlich nahm er Maß, um einzuschätzen, mit wie vielen gezielten Faustschlägen er einen Gegner meiner Statur niederstrecken könnte.

Ich wäre auch gern so cool wie ihr, sagte ich, wie wird man das? Reicht es da, einfach die Füße auf die Sitzbank zu geben, oder muss man auch saufen und schlechte Musik hören?

Die Rüpel sahen sich verdutzt an, einer knackte schon erwartungsvoll mit den Fingerknöcheln. Die umstehenden Leute machten instinktiv einen Schritt von uns weg, vor Angst wurden die Augen groß, auch Erregung muss dabei gewesen sein, gleich würde es eine kurze, dreckige Schlägerei geben, eine sehr kurze, bei der ein Einzelner von vier zornigen Burschen unschön zertreten werden würde. Gewalt lag in der Luft.

Bitte verratet es mir, stichelte ich unbeherrscht weiter, wie kann ich auch so cool sein?

Die Leute bedauerten mich. Ein Hampelmann, dachten sie wohl, ein hühnerbrüstiges Weichei, dem wird gleich eine Lektion erteilt. Andererseits mussten sie mich für meine Kaltschnäuzigkeit auch bewundern, schließlich hätte sich niemand sonst getraut, den Besatzern die Stirn zu bieten.

Einer – wohl der Anführer – stand auf und stellte sich breitbeinig vor mich hin, doch anstatt mir einen Schlag ins Gesicht zu geben, hielt er mir grinsend eine Bierdose hin. Magst du?, fragte er. Es war das Signal an sein Gefolge, sich zu entspannen, einer drehte die Musik wieder laut. Die bösen Jungs entpuppten sich als zahm und zutraulich. Ich öffnete meine Dose, wir stießen an. Sie luden mich ein, mich dazuzusetzen, was ich ohne Hemmungen tat.

Anstatt mich niederzumachen, waren sie von meiner Intervention amüsiert, es schien sie richtig zu freuen, dass ich mich mit ihnen anlegte, was vermutlich nicht sehr oft geschah. Die anderen Passagiere empfanden die Verbrüderung mit den vier Störenfrieden wohl als Verrat, denn mit einem Mal, mit dem ersten Schluck vom lauwarmen Dosenbier, war ich einer von ihnen. Viel hatten wir einander nicht zu sagen, doch das war gleichgültig. Während ich trank und zur schlechten Musik nickte, dachte ich an Gangsterfilme, in denen der unscheinbare Protagonist erst durch mutige Feindseligkeit den Respekt des Mafiabosses erwirbt. Der Pate könnte den Eindringling jederzeit töten oder einen seiner Handlanger mit einer einzigen beiläufigen Geste anweisen, das zu übernehmen, und gerade, weil er es könnte, tut er es nicht, denn es wäre so unendlich leicht, dass man vor Langeweile am liebsten selbst tot umfallen wollte. Und wenn es etwas gibt, das ein Leben interessant macht, dann die unverhoffte Irritation, eben genau das zu tun, was man von sich selbst am wenigsten erwartet. Ich wäre den Rüpeln eine allzu leichte Beute gewesen. Vielleicht hatten sie auch gerade keine Lust, sich an diesem gemütlichen Abend an einem wie mir die Hände schmutzig zu machen. Hätte ich eine Spur bedrohlicher gewirkt, dann wären sie einer kleinen Handgreiflichkeit vielleicht gar nicht abgeneigt gewesen.

Als ich nach ein paar Stationen mit dem Bier fertig war, hielt mir einer seine halb ausgetrunkene, rundum bereits stark eingedrückte Dose hin, doch ich lehnte dankend ab, eines sei genug. Bei der nächsten Station stieg ich aus. Man sagt: Hunde, die bellen, beißen nicht.

Ich sage: Von Menschen, die so hartnäckig auf Ärger aus sind, geht keine Gefahr aus. In Acht nehmen sollten wir uns vor den leisen Verbrechern, die im Verborgenen Pläne schmieden und bloß auf den geeigneten Moment warten, uns hinterrücks abzustechen. Von ihnen gibt es mehr, als man denkt.

Ich war froh, mich mit den U-Bahn-Rüpeln angelegt zu haben, denn wofür ich mich mittlerweile am meisten verachtete, war meine eigene unsägliche Harmlosigkeit.

Dreiundzwanzig. Sisyphus
Büroarbeit ist eine Lebenseinstellung. Seit einigen Jahren ging ich nun schon in diesem hellen, sauberen Gebäude ein und aus und konnte mir gut vorstellen, dass es bis zum Schluss so weitergehen würde. Meine Aufgabe bestand darin, innerhalb der Firma für eine reibungslose Kommunikation zwischen den verschiedenen Abteilungen zu sorgen. Ich empfand das als schrecklich banal und doch als unverzichtbar, denn der Unternehmensapparat war derart aufgebläht und die Strukturen waren so weitreichend verästelt, dass der Austausch gut organisiert werden musste. Ich war ein winziges Rädchen einer großen Maschine, die mir gut geölt all meine Kraft entzog. Mit meinen Kollegen erarbeitete ich effiziente Projektabläufe und Verfahren zum transparenten Darstellen des jeweiligen Fertigstellungsgrades. Ein bisschen stolz war ich auf ein innovatives Zeiterfassungssystem, das zu guten Teilen auf meinem Mist gewachsen war. Einzelne meiner Tätigkeiten fas-

zinierten mich, und wann immer ich etwas in eine Datenbank einpflegen musste, erinnerte ich mich daran, dass ich das Wort *einpflegen* liebte. Es war so schön, als hätte es ein gelassener Mensch an einem ereignislosen Donnerstag erfunden. Wer es aussprach, hatte den Geschmack von warmem Schokopudding im Mund.

Die Stimmung im Team war gleichbleibend angespannt, aber gut. Im Grunde sorgten wir dafür, dass die eine Untergruppe stets darüber informiert blieb, was in der anderen vor sich ging, wie weit gediehen ein Arbeitsauftrag war, wann sich etwas für die nächste Phase in Bewegung setzen konnte. Ich erstellte Interfaces, nahm Feedback entgegen, arbeitete es ein, optimierte die Interfaces, erstellte Tabellen, sammelte Erfahrungsberichte, legte Listen an, befüllte Tabellen, und vor allem stand ich jedem, der Fragen oder Anliegen hatte, mit aller gebotenen Freundlichkeit und Geduld zur Verfügung. Ich konnte mich kaum je auf eine Sache konzentrieren, denn ständig wollte jemand etwas von mir.

Wir kommunizierten so viel, dass es kaum mehr möglich war, eine Nachricht mit der nötigen Sorgfalt zu behandeln, doch ich gab mir redlich Müde – als einer der wenigen, was sich herumsprach; ich kam nicht mehr hinterher, die Anfragen häuften und stapelten sich, regelmäßig legte ich Überstunden ein, um der Dinge Herr zu werden, während die meisten meiner direkten Kollegen längst dazu übergegangen waren, den Großteil der eingehenden Sendungen zu ignorieren und erst nach häufigem, immer bohrenderem Nachfragen überhaupt noch aktiv zu werden. Ich saß an meinem Schreibtisch und versuchte, die von mir geforderte

Leistung zu erbringen, während andere mit dem Kopf schon längst im Wochenende waren und etwas andeuteten, das wie Arbeit aussehen sollte, und es machte keinen Unterschied, weil das verbindende Element unserer Tätigkeiten eine gottverlassene Sinnlosigkeit war. An solchen Tagen empfand ich nicht nur die Firma und mein Team, sondern gleich die ganze Welt als grotesk: Was wir auch tun, es gibt keine Erlösung. Wir alle rollen den Stein des Sisyphus.

Ich wollte für die Menschen da sein, auch wenn die siebte unsinnige Nachfrage kam, weil sich die von uns entwickelten Eingabefelder ja meistens von selbst erklärten, doch ich bemühte mich, Verständnis zu haben oder es wenigstens zu heucheln, und fügte mich den Launen der begriffsstutzigen Nachfrager, die allesamt ohne Gesicht blieben, denn persönlich begegnete ich kaum jemandem, mit dem ich in Kontakt trat, sie saßen in anderen Gebäuden, die ich mir genauso hell und sauber vorstellte. Die meisten, mit denen ich zu tun hatte, kannte ich nur *vom Schreiben*. Meine Interaktion beschränkte sich auf Geräte, anstatt in menschliche Augen starrte ich auf Bildschirme, anstatt eine menschliche Stimme zu hören, las ich Zeilen binären Codes, der mir als lesbare Buchstabenschrift angezeigt wurde. Ein zeitgemäßer Berufsalltag, würde ich sagen. Vielleicht war das diese ominöse Entfremdung, von der es seit ein paar Jahren hieß, sie werde unsere gemarterten Seelen auffressen. Man wird sehen.

Ich hatte mit niemandem im Stockwerk ein Problem. Das Einzige, was mich an meinem Team störte: dass ich der unausgerufene *Kaffeetrottel* war. Ohne dass es jemals klar benannt worden wäre, war ich derjenige, der an jedem Montagmorgen den alten Filter aus der Maschine nehmen musste. Dieser war oft noch labberig und feucht, was ich mir nicht erklären konnte. Wer machte am Wochenende Kaffee?, fragte ich mich, hätte es jedoch niemals laut in die Runde gefragt. War der Filter bereits ausgetrocknet, dann musste er von Freitagnachmittag stammen. Erstaunlich, dass niemand in der Lage war, ihn nach dem Austrinken des letzten Kaffeerests zu entsorgen, und keiner sich zuständig sah, montags eine neue Kanne aufzusetzen; diese Aufgabe blieb stets an mir hängen. Jeder schien darauf zu warten, dass ich mich darum kümmerte. Die einzige Abzweigung aus meiner Misere wäre gewesen, wenn ich aufgehört hätte, Kaffee zu trinken, sodass niemand mehr hätte darauf vertrauen können, dass ich früher oder später einsichtig meinen Pflichten nachkommen würde, doch das kann man von jemandem, der im Büro arbeitet, nicht verlangen. Kaffee ist manchmal das Einzige, was einen noch von den Toten unterscheidet.

Beim Feierabendbier war ich selten dabei. Die anderen machten sich wenig Gedanken über das große Ganze. Hin und wieder drückte ich mir unbemerkt zusammengedrehte Taschentuchfetzen in die Ohren, um mir ihre belanglosen Gespräche nicht anhören zu müssen. Sie sprachen über Urlaubsorte, an denen sie bereits gewesen waren oder an die sie eines Tages reisen würden, sie beschwerten sich über die Vergesslichkeit ihrer Partner oder neckten sich mit lausbubenhaften Sticheleien. Weil ich nicht überheblich wirken wollte, verdeckte ich den Gehörschutz zur Kollegenseite hin, indem ich mir die Hand an die Ohrmuschel hielt, wie um als Entspannungsübung daran herumzukneten.

Aus dem Nebenraum drang stundenlang das seichte Radiogedudel eines Lokalsenders, der die *Hits* spielte, auch Klassiker aus Pop und Rock, die jeder mitsummen konnte. Zeitungen, die durch den Gemeinschaftsraum flatterten, waren meistens bilderreich und lockten mit knalligen Überschriften. Es gab einen, der mit angefeuchteter Zeigefingerspitze genüsslich darin blätterte, und allein dafür hätte ich ihn umbringen können. Ich war unterfordert, aber immer beschäftigt, was mir einen gewissen Stress bescherte, der sich im Rücken festsetzte; Verspannung wäre gar kein Ausdruck gewesen. Spazierengehen war die beste Medizin.

Die Nachteile meines Arbeitsumfelds waren nicht so gravierend, dass ich sie zum Anlass genommen hätte, an meiner Situation etwas zu ändern. Auch Lester bestärkte mich darin, mit dem, was ich hatte, zufrieden zu sein – beim derzeitigen Arbeitsmarkt sei es geradezu fahrlässig, eine feste Anstellung ohne triftigen Grund aufzugeben. Abgesehen davon, dass sie mich zum Kaffeetrottel erklärt hatten, waren meine Kollegen gutherzig. Sicher lösten sie all jene Versprechen ein, die sie sich selbst einmal gegeben hatten. Wir waren ein Team, und gemeinsam hielten wir alles am Laufen. Wir rollten den Stein.

Vierundzwanzig. Weirdness Collector
Dass die Welt radikal interessant ist, habe ich schon gesagt.

Ich wollte alles erfahren und hielt das nicht für etwas Besonderes, ich wollte alle hörenswerten Podcasts hören, was sich beim Kochen und Abwaschen gut einrichten ließ, ich wollte alle sehenswerten Nachrichtensendungen und Dokumentationen sehen, was ich in regelmäßigen Sessions erledigte. Spielfilme und Serien gab es ebenfalls, und Bücher wollten gelesen werden, Lesen war meine geheime Leidenschaft, ich wollte alles kennen, die Klassiker genauso wie vielversprechende Neuerscheinungen und obskure Nischentitel. Dazu kam, dass alles nur ein Nebenschauplatz war zum eigentlichen Geschehen, das sich auf der Straße abspielte und das ich mir ebenfalls nicht entgehen lassen wollte. Um mit meinem täglich veranschlagten Medienkonsum halbwegs zurechtzukommen, erhöhte ich die Geschwindigkeit – wortwörtlich, nicht im übertragenen Sinn. Bei Audiodateien war das kein Problem, jeder handelsübliche Player ließ einen die Wiedergabe entsprechend manipulieren. Doch ich ging einen Schritt weiter.

Ich suchte und fand ein entsprechendes Plug-in für den Browser, das mit wenigen Klicks installiert war. Der *Video Speed Controller* blendete automatisch oben links ein transparentes Kästchen ein, sobald sich ein Videofenster öffnete. Die Ausgangsgeschwindigkeit 1.00 ließ sich mit festgelegten Tastaturkürzeln in Zehntelschritten erhöhen und senken. Die Sendungen des öffentlich-rechtlichen Rundfunks rauschten von da an mit 1.40 bis 1.60 über den Bildschirm – mir war bis dahin nie aufgefallen, wie *laaangsam* und einschläfernd sie produziert waren, wohl für ein aussterbendes Klientel, das aus dem Altersheim heraus im Halbschlaf an der Gesellschaft partizipierte.

Spätestens hier erkannte man die Schwächen der heimischen Mediathek, deren technische Umsetzung seit jeher auf sehr wackeligen Beinen stand: War es über Jahre hinweg normal gewesen, dass ein Beitrag abbrach, sobald man nur die Bildgröße veränderte – was mittlerweile gelöst worden war –, so zeigten sich nun Probleme bei Eingriffen in die Wiedergabegeschwindigkeit. Die Sendungen waren streng in Clips unterteilt, beim Übergang auf den nächsten sprang der Regler jeweils zurück auf den Ursprungswert. Zwar ließ sich die Geschwindigkeit beliebig erhöhen; wenn man sie jedoch verringerte, begann der Clip aus unerfindlichen Gründen von vorn. Aber ich verliere mich in Details. Fakt ist, dass mir schnelle Gespräche und flotte, verwaschene Gesten zum Normalzustand wurden.

Besonders schnarchnasige Interviews mit Politikern stellte ich auf mindestens 1.70, hin und wieder erreichte ich ein waghalsiges Plateau auf 2.00. Bei doppelter Geschwindigkeit hielt ich ihre Wortmeldungen besser aus, sie wurden mir als Personen wieder erträglich. Herzeigbaren Informationsgewinn gab es selten, der Inhalt war zweitrangig, den konnte man im Nachhinein als schriftliche Zusammenfassung überfliegen, es ging darum, *wie sich jemand schlug*, ob er den Stolperdrähten eines geübten Fallenstellers ausweichen konnte. Reizvoll waren Art des Gesprächs und Interviewführung des Moderators, daraus erhoffte ich mir Erkenntnisse über die Verfasstheit unserer Diskussionskultur, die ich in meine Notizen für Verrückte einfließen lassen konnte.

Amerikanische Produktionen waren rasanter gestaltet, da gab es sogar die eine oder andere Zeichentrickserie, die ich in Originalgeschwindigkeit konsumierte, um die Detailfülle des Bildgeschehens wahrnehmen und die anspielungsreichen Pointen in den gewitzten Dialogen wertschätzen zu können. Deutschsprachiges Fernsehen empfand ich als nicht mehr zeitgemäß, einer anderen Ära entsprungen, hier ließ sich mein Video Speed Controller ohne Sinnverlust in ungeahnte Höhen schrauben.

Dieses winzige, doch mächtige Zusatzprogramm wurde ein guter Freund. Es verhalf mir zu einer ungeheuren Zeitersparnis, frei gewordene Ressourcen konnte ich in das rastlose Anschauen weiterer Beiträge investieren. Die erhöhte Geschwindigkeit färbte allerdings auf mich ab. Ich wurde davon gehetzter und ungeduldiger, stolperte zusehends über mich selbst. Der exzessive Gebrauch des Video Speed Controller führte dazu, dass die anderen sich für meine Wahrnehmung in Zeitlupe bewegten und sprachen. Die Langsamkeit der Menschen wurde mir nach und nach lästig.

Im Internet haben wir alle denselben Beruf. Wir werden zu einer Art *weirdness collector.*

Im Kalten Zimmer kam ich auf die Idee, mit neuen Tagesrhythmen und Schlafzyklen zu experimentieren. Was wäre zum Beispiel, wenn mein Tag statt vierundzwanzig plötzlich fünfundzwanzig oder sechsundzwanzig Stunden hätte? Es könnte lohnenswert sein, diese Möglichkeit auszuloten, doch war ich mir bewusst, dass sich so meine Verbindung zur Alltagswelt der Normalsterblichen verschieben und irgendwann auflösen würde. Vorerst wollte ich mich den Gesetzmäßigkeiten der anderen noch fügen.

Ich musste achtgeben, bald wieder festen Boden unter den Füßen zu bekommen, ein bisschen Ruhe und Erholung wären ausreichend gewesen. Ich hätte irgendwo hinfahren sollen. Wäre es möglich gewesen, hätte ich es getan.

Die Welt blieb radikal interessant.

Fünfundzwanzig. Einfach kompliziert
Lester hatte sich einen Bart wachsen lassen. Ich erzählte ihm von meinem Problem der Informationsfülle, der ich kaum mehr Herr werden konnte. Er kenne das von sich selbst, sagte er, was mich beruhigte; ich war nicht allein. Allerdings dürfe man nicht dem Missverständnis aufsitzen, auch auf alles reagieren zu müssen. Die Welt drehe sich weiter und komme ganz gut ohne unseren Kommentar aus.

Ich fragte ihn, ob er mit seinem Projekt weiterkomme. Ja, sagte er, es laufe ganz gut, jedenfalls sei er zufrieden.

Gab es in letzter Zeit schöne Begegnungen?

Die eine oder andere. Er sei froh, hier normale Gespräche führen zu können.

Ich stimmte zu. Es machte nicht den Anschein, als habe Lester beim Spazieren auch eine Bekanntschaft gemacht, aus der sich mehr hätte entwickeln können. Was das anging, war er sehr diskret. Die Stimmung draußen auf der Straße wurde immer unruhiger und gereizter.

Es war einmal alles sehr kompliziert. Versammlungen waren mittlerweile großteils verboten, nur in Ausnahmefällen erlaubte die Polizei noch kleinere Kundgebungen zu unverfänglichen Anliegen. Die Empörten entgingen den Verordnungen, indem sie versuchten, in Bewegung zu bleiben, denn was nicht klar verortet war, konnte wohl kaum als Versammlung im eigentlichen Sinn gewertet und geahndet werden. Ihre Spaziergänge waren oft flankiert von lautstarken Gegnern, einzelne vermummt, und spätestens jetzt wurde es kompliziert. Man musste sich schon ins Kalte Zimmer zurückziehen – ins tatsächliche oder ein inneres –, sich die Dinge zurechtdenken und die einzelnen Gedankenschritte einen nach dem anderen gehen. Und wenn ich schon nicht in der Lage war, mir Antworten zu geben, dann wenigstens den Fragen eine schlüssige Form.

Die Empörten gingen auf die Straße gegen die Regierung, weil sie sich nicht verbieten lassen wollten, es zu tun. Ihre Gegner gingen auf die Straße gegen alle, die auf die Straße gingen, weil es ihnen nichts bedeutete, es zu dürfen. Sie rekrutierten sich aus politisch eher links Eingestellten, die sonst regierungsskeptisch waren, in diesem Fall jedoch nicht, da sie der Meinung waren, die Empörten würden aus den falschen Gründen und auf die falsche Weise und mit den Falschen auf die Straße gehen, wofür man auf die Straße gehen musste, auch mit schwarzgekleideten Anarchisten, die überhaupt gegen alle waren, da sie das System und die *herrschende Klasse* grundsätzlich hinterfragten. Vielleicht behagte es den Gegenempörten nicht, dass andere ihnen die Regierungskritik als Markenkern wegnehmen wollten.

Sie dachten: Nur wir gehen auf die Straße, auf unsere Weise und mit den Richtigen. Mir waren beide Seiten nicht geheuer.

Ich kam mit einer Polizistin ins Gespräch. Sie trug einen Helm und war maskiert, sodass ich ihr Gesicht nicht sehen konnte, zwei Sehschlitze gaben lediglich ihre Augen frei. Die erzählten mir nicht viel. Ich hätte nicht sagen können, ob sie hübsch war, was ich beruhigend fand, da es mich stark irritierte, wenn ich attraktive Polizistinnen sah. Jene, die im Streifendienst eingesetzt wurden, hatten meistens langes, blondes Haar – ganz einem althergebrachten Politessen-Klischee entsprechend –, als handle es sich um eine Einstellungsvoraussetzung.

Sie fragte mich, was ich hier machte. Mich umschauen, sagte ich wahrheitsgemäß. Gehören Sie zu *denen da*?, fragte sie, und es klang leicht verächtlich. Nein, sagte ich. Dafür sei ich aber sehr *dabei*, sagte sie. Ich dachte nach. Wer sich einen Spaziergang ansehen will, der muss zwangsläufig mitspazieren, dachte ich, wenn auch mit dem nötigen Sicherheitsabstand. Ich sei nicht *dabei* dabei, sagte ich, sondern eben nur dabei – ich bemühte mich, bei diesen Worten eine gewisse Beiläufigkeit mitschwingen zu lassen, um ihre Frage vorwegzunehmen, inwieweit ich mit den Forderungen der Bewegung sympathisiere. Sie nickte, als würde sie den Kopf schütteln.

Ich hätte das Gespräch gern weitergeführt, wusste aber nicht, was ich hätte sagen sollen. Sie war seit Langem die erste Uniformierte, die mir – obwohl sie sich nicht zu erkennen gegeben hatte – als Mensch gegenüberstand. Ihre Stimme klang vertraut wie die vage Erinnerung an etwas. Ich glaube, ich mochte ihren Geruch.

Lester sammelte mich wieder ein. Wir gingen in ein Fastfoodrestaurant. Es herrschte Totenstille, niemand hatte sich angestellt, der Gastraum war mit rot-weißen Signalbändern streng abgesperrt, die Sessel waren verkehrt auf die Tische gestellt. Ich hatte einen digitalen Coupon für ein kleines Menü: Cheeseburger, Pommes frites und Getränk. Am Handybildschirm zeigte ich den Code vor. Die Verkäuferin verstand mich schlecht, dem Aussehen nach war sie philippinischer Abstammung. Sie lächelte.

Cola?, fragte sie und hatte es bereits eingegeben. Nein, sagte ich. Sie löschte den Artikel. Was wolle ich trinken? Wasser, sagte ich. Sie tippte an der elektronischen Kassa herum, deutete auf den hinter ihr stehenden Getränkeautomaten und murmelte einen Satz mit *Cola*. Wasser, wiederholte ich. Prickelnd, sagte ich, mit Kohlensäure. Sie lächelte. Sparkling, setzte ich versuchsweise nach. Sie lächelte und nickte. Das gehe nicht. Mit dem Coupon?, fragte ich. Es gebe nur, was es gebe. Ich studierte die angebrachten Logos auf der Getränkemaschine. Mineralwasser bitte, sagte ich. Sie lächelte, nickte, drückte herum. Ob sie mein Handy noch einmal sehen könne? Ich zeigte es vor. Sie löschte wohl die gesamte Bestellung und scannte den Code nochmal ein. Cola?, fragte sie. Bitte nicht. Gibt es Wasser?, fragte ich. Nur was es gibt. Irgendetwas ohne Zucker, sagte ich. Orangensaft? Nein, ohne Zucker. Sie lächelte. Mittlerweile wusste ich selbst schon nicht mehr, was ich eigentlich wollte oder ob ich überhaupt etwas wollte. Orangensaft?, fragte sie. Dann will ich gar nichts, sagte ich, drehte mich um und ging.

Eisiges Lächeln bohrte sich mir in den Rücken. Lester hatte derweil beim Eingang gewartet und durch die Nachrichten gescrollt; meinen tapferen Kampf mit der Angestellten hatte er verpasst. Er bohrte in der Nase. Nichts an uns war *geschichtsträchtig*, dachte ich und musste davon so grinsen, dass es wehtat. Ach, Welt! Lester hatte schon gegessen. Wir gingen weiter, mir knurrte der Magen.

Sechsundzwanzig. Samsa

Lester musste eingestehen, dass die Abgrenzung zu bestimmten Gruppierungen nicht ausreichend gelang. Wenn ich es mir aussuchen könnte, würde ich viele nicht neben mir haben wollen, sagte er, sah jedoch das Hauptproblem bei den Behörden, die pauschal Versammlungsverbote aussprächen, ohne die Konsequenzen mitzubedenken. Anstatt rechtmäßige Treffen jeweils für sich stattfinden zu lassen – mit zuvor eingereichtem Sicherheitskonzept, gezielt abgestellten Ordnern und klar definierten Ansprechpartnern –, werde alles blind untersagt, doch hinaus und sichtbar werden wollten die Menschen ja trotzdem, es sei ihr tiefster Impuls, auf sich und ihre Anliegen öffentlich aufmerksam zu machen. Was man auf diese Weise schaffe, sei ein ungeordneter Haufen, in dem die Gruppen und Interessen und Weltanschauungen wild durcheinandergerieten, das eine vom anderen und der eine vom nächsten nicht mehr sauber zu trennen sei.

Ich wollte seine Erklärung nicht als billige Ausrede abtun, fand aber, dass er es sich ein bisschen einfach machte. Darauf senkte er betreten den Kopf – enttäuscht von sich selbst oder mir, seinem lästigen Dreinredner. Er könne nichts dafür, dass es so sei, sagte er, oder müsse man sich neuerdings dafür entschuldigen, wenn man auch nur ein bisschen recht habe? Es war einmal ein Märchen.

Es wäre für alle Beteiligten von Vorteil, wenn angemeldete Kundgebungen in geordneter Weise stattfinden könnten, sagte Lester, nicht zuletzt für die Einsatzkräfte, die jeden Verstoß gegen Auflagen klar zuordnen, dokumentieren und ahnden könnten. Im Moment würden aus dem ungeordneten Haufen immer wieder versprengte Teilnehmer abgesondert und bestraft oder gar festgenommen, ohne dass es nachvollziehbare Gründe gebe. Irgendwo hinten links tauche ein verurteilter Straftäter auf, und alle im Umkreis seien mitgemeint und mitangefeindet. Man müsse beinah vermuten, der Verzicht auf Trennung geschehe absichtlich, sagte er, so könnten sich die Regierenden hinstellen und glaubwürdig sagen: Seht her, was für üble Gesellen sich dort draußen versammeln, wir stellen uns dagegen.

Wer könnte dem widersprechen? Denn es stimme ja, ein paar Hetzer und Verbrecher seien dabei – wie aber sich von ihnen distanzieren, wenn die Polizei, deren Aufgabe es wäre, Distanz zwischen den Lagern zu gewährleisten, ebendiese nicht herstelle? Ratlosigkeit.

Der Kanzler habe die Menschen auf der Straße *widerlich* genannt, sagte Lester. Ich selbst war beim Hören dieser Aussage vor dem Bildschirm zusammengezuckt. Dieses abschätzige *widerlich* blieb in Lester stecken wie der Apfel im Käferpanzer aus Kafkas *Verwandlung*. Das Wort nistete sich ein und faulte vor sich hin, wahrscheinlich würde sich die Einschlagstelle entzünden und giftige Stoffe absondern, zum schwelenden Krankheitsherd werden. Widerlich. Lester schien darauf zu warten, dass ich Einspruch erhob.

Es war einmal ein anderes Land, in dem sich einer in die Mitte eines großen Platzes stellte und sich anzündete. Das führte aber zu nichts.

Siebenundzwanzig. Troll
In meinem erweiterten Bekanntenkreis gab es zwei Gleichaltrige, die sich vermehrt virtuell beflegelten und mit ihren Streitigkeiten beim anderen jeweils das Schlechteste zum Vorschein brachten. Kaum dass einer etwas postete, kam schon der Störenfried dazu und kommentierte wacker dagegen an. Die Algorithmen sorgten dafür, dass genau diese zwei regelmäßig aneinandergerieten, die Beiträge mussten jeweils mit höherer gegenseitiger Sichtbarkeit geschaltet worden sein, sodass eine Interaktion herausgekitzelt wurde.

Den einen kannte ich flüchtig und hatte ihn immer meinungsstark gefunden, mittlerweile hielt ich sein Verhalten für rechthaberisch. Den anderen kannte ich gar nicht persönlich, er musste mich irgendwann einfach so zu seiner Freundesliste hinzugefügt haben. Dieser Fremde war mir nicht geheuer, sein erratisches Verhalten ließ auf eine psychische Erkrankung schließen. Ich stellte mir vor, wie er einsam im Zimmer saß – womöglich dem verdunkelten Kellerraum des Elternhauses –, Kartoffelchips mampfte und in die Tastatur hackte. Mir war schon länger aufgefallen, dass er gern stichelte und mit großer Lust provozierte. Im Rechthaberischen hatte er seinen Meister gefunden. Beide trugen einen dunklen Vollbart, den sie stolz präsentierten, und beide waren handelsübliche Trolle.

Ob die zwei einander persönlich kannten, wusste ich nicht, aber es hätte wohl keinen großen Unterschied gemacht. Sie hatten sich aneinander festgebissen, brauchten diese Gegnerschaft wie Wasser oder Luft. Das war auch der Grund, weshalb sie nicht einfach voneinander ablassen konnten: Das gegenseitige Aufstacheln war ihnen zur liebgewonnenen Routine geworden. Ich hielt mich raus, las nur interessiert mit und schulte an den beiden mein Gespür für rhetorische Spitzfindigkeiten. Im Gespräch oder jedenfalls im angeregten Austausch mit einem Kontrahenten gelingen einem oft gestochen scharfe Formulierungen, die man in einsamer Nachdenkpose nie gefunden hätte. Wer nur Puzzles zusammensetzte und mit dem Angebot der Streamingdienste ewiges Bildschirmflimmern erzeugte, der enthielt sich etwas vor.

Die Trolle natürlich waren ein gutes Beispiel, wie man es *nicht* machte, wie man in einer zivilisierten Gesellschaft eben nicht mit anderen umging. Ich konnte an ihnen studieren, auf welche Weise ein Konflikt eskalierte und wo der Punkt war, an dem man diese Entwicklung noch abfangen könnte. Ich glaube, solche Menschen nennt man negatives Vorbild. An- und wieder abschwellende Erregung nach Tagesverfassung und den verlässlichen Gezeiten des Alkoholspiegels – radikales Rechthaben. Viele lasen auf diese stumm begleitende Weise mit und lernten etwas für den Alltag.

Mal stimmte ich gedanklich dem einen zu und mal dem anderen; wobei der Rechthaberische mir weltanschaulich näher stand als der Fremde, bei ihm schien tatsächlich die Gesundheit bereits angeschlagen. Wenn ich mich geirrt habe, dann tut es mir leid. Vielleicht erkannte man an ihm einfach die Zeichen jener psychischen Ausnahmesituation, in der wir uns alle mittlerweile befanden.

Ihre Diskussionen drehten sich im Kreis, hatten längst ihren Anfang verloren und würden auch kein Ende mehr finden. Sie mitzuverfolgen, kostete Kraft. Manchmal lag ich mit Herzrasen im Bett und stellte mir treffende Entgegnungen vor oder versetzte mich in eine der handelnden Personen und nahm in der Argumentationslinie eine findige Abzweigung. Die Trolle wurden Teil meiner Schlaflosigkeit.

Ich hätte so vieles zu erwidern gewusst, noch konnte ich es mir verkneifen. Sie waren es nicht wert; regelmäßig erbrachten sie den Beweis, nicht empfänglich für neue Sichtweisen zu sein. Man musste sie lassen, jede Einmischung war sinnlos. Sie waren nicht diskursfähig, so wie es früher – in Zeiten von missverstandener Männlichkeit und Ehre – Leute gegeben hatte, die nicht satisfaktionsfähig waren und kein Recht hatten, jemanden in den Kampf zu zwingen. (In einem französischen Historienfilm über die Dreyfuss-Affäre gibt es die Stelle, an der ein des Hochverrats Bezichtigter den unschuldigen Dreyfuss zum Duell herausfordert, woraufhin dieser entgegnet, es handle sich um einen *gemeinen Verbrecher*, er müsse also keineswegs annehmen und seine Ehre verteidigen. Ähnlich verhält es sich mit Aufforderungen zum Streitgespräch in sozialen Netzwerken: Stammten sie von einem gemeinen Troll, der nichts anderes im Schilde führt, als einem ohne Not das Leben schwerzumachen, dann kann man ruhigen Gewissens ablehnen, ohne sich den Vorwurf gefallen lassen zu müssen, man verweigere sich dem produktiven Gespräch. *Nicht diskursfähig* – das Todesurteil für den modernen Edelmann des Internets.)

Die zwei brachten es in den Kreisen, in denen ich mich bewegte, zu einer gewissen Bekanntheit, als Trolle wurden sie zu kleinen lokalen Legenden. Eine sehr fragwürdige Berühmtheit, fand ich.

Lester konnte es nicht lassen. Er funkte manchmal dazwischen, wenn er fand, etwas müsse richtiggestellt werden. (Die zwei Trolle gehörten zu jenen paar Profilen, bei denen sich unsere sozialen Felder überschnitten.) Ich sagte ihm, das bringe nichts, er solle sich da lieber raushalten. Ihm bleibe nichts anderes übrig, sagte er, die zwei brächten so vieles in Umlauf, das man auf keinen Fall so stehen lassen dürfe. Er solle die beiden entfreunden oder auf *unsichtbar* stellen und ihre Abtäusche ausblenden, riet ich. Nein, sagte Lester, das sei das Verhalten von Kindern, die ihre Augen schlossen und sich die Hände auf die Ohren legten, um sich vor der Wirklichkeit zu verstecken. Natürlich könne er das machen, die beiden loswerden und alles ausblenden, und wahrscheinlich wäre das die beste Lösung für seinen Seelenfrieden, aber ihre Wortmeldungen gebe es ja weiterhin als Tatsachen im Raum, nur dass sie dann unkommentiert blieben. Das alles sei anstrengend, sagte er, doch könne er sich zu einem feigen Rückzug nicht durchringen.

Lester und seinesgleichen hielten das Geschehen am Laufen. Wie zwei redegewandte Menschen, die oft erst einen Dritten brauchten, der ihnen zuhörte, um beim Diskutieren in Fahrt zu kommen, so suchten die Trolle ihr Publikum, vor dem sie sich ihr Geplänkel lieferten.

Stolz bin ich darauf, ein Wort erfunden zu haben. Der Rechthaberische liebte es, englische Begriffe zu verwenden, die in den letzten Jahren aufgekommen waren, um unser Verhalten in der digitalen Öffentlichkeit zu beschreiben, wie *gaslighting*, *dogwhistling* oder *virtue signalling* oder – als Totschlagargument aus dem Ärmel geschüttelt – *whataboutism*. Ich glaube, dass er sie nicht richtig verstanden hatte, sondern sie nur benutzte, um damit anzugeben. (Beliebt war auch moralische Erpressung à la: Hier ist Leid – und jetzt halt die Klappe! Du verstehst gar nichts, ich verstehe schon alles für dich. Wenn du es anders siehst, erzeugst du Opfer und lädst Schuld auf dich.)

Meine Wortschöpfung, die ich dieser Liste hinzufügen möchte, lautet *burying*. Wer *burying* betreibt, der müllt seine Pinnwand mit harmlosem Material zu, um einen Beitrag verschwinden zu lassen, der einem peinlich geworden ist. Man traut sich nicht, ihn zu löschen, weil so der Vorwurf käme, berechtigte Kritik zu scheuen – auch als Eingeständnis eines Fehlers könnte es gedeutet werden. *Burying* ist die perfekte, unverfängliche Lösung: Indem man innerhalb kürzester Zeit eine Handvoll belangloser Wohlfühltextchen, Katzenbilder oder Urlaubsfotos teilt, verschwindet der betreffende Beitrag ganz weit unten in der Timeline und wird zur verblassenden Erinnerung – *burying* eben. Es geht darum, etwas weiterexistieren zu lassen, dessen Sichtbarkeit jedoch gezielt zu verringern. Der Rechthaberische macht das sehr oft, ihm möchte ich dieses neue Wort widmen, das hoffentlich bald in den allgemeinen Sprachgebrauch übergeht. Nichts verschwindet. Alles bleibt gespeichert im Gedächtnis der Zeit.

Wie verlockend erschien manchmal die Vorstellung, sich auszuklinken aus der Wirklichkeit, die Welt für erfunden zu erklären, alles stehen- und liegenzulassen, den gesamten Besitz zu Geld zu machen, sein Leben zu verlassen und weit weg zu gehen, in ein fernes Land, wo einen niemand kannte, und dort ganz von vorn anzufangen, in einer Blockhütte im Wald, um sich von dem zu ernähren, was die Natur einem gab.

Achtundzwanzig. Dürfen müssen
Mein Zeiterfassungsprogramm, das ich im Büro perfektionierte, wurde immer ausgefeilter. Es ging von der Grundidee aus, dass Anwesenheit nur durch Leistung

gerechtfertigt war. Das Hauptanliegen der Firma bestand darin, in den unteren Ebenen Leerlauf möglichst auszumerzen. Eine fest vereinbarte Stundenanzahl gab es bei den ungelernten Hilfskräften nicht, sie wurden nach Bedarf hinzugeholt und auf Werkvertragsbasis bezahlt. Daneben gab es speziell qualifizierte Arbeitskräfte, die für die Dauer eines bestimmten Projekts beschäftigt waren, diese hatten feste Wochenpläne, die *flexibel gestaltet werden durften*. Hier kam meine Software ins Spiel.

Ich fand es seit jeher erstaunlich, wie uns Arbeitnehmern die Flexibilisierung der Arbeitszeit als für uns vorteilhafte Gefälligkeit verkauft werden konnte. In unserer Abteilung kam es kaum vor – wir waren, wie man so sagt, im Dauereinsatz –, doch anderswo war es üblich, jemandem freundlich *vorzuschlagen*, er oder sie *könne weniger Stunden machen*. Das geschah immer dann, wenn die Auslastung merklich am Abklingen war, was den regulären Angestellten unter normalen Umständen eine Verschnaufpause gegeben hätte, eine Phase von Tagen oder Wochen, die weniger arbeitsreich waren und ein bisschen Erholung boten – ohnehin nur ein Kräftesammeln für kommende Belastungen. *Weniger Stunden* wurden einem *vorgeschlagen*, aber eigentlich *nahegelegt*. (Es ist schwer, ein Geschenk abzulehnen, ohne unhöflich zu sein.) Dafür musste man sich dann lächelnd bedanken, obwohl man in der Hosentasche mit stiller Wut die Faust ballte; als würde es einem etwas bringen, statt acht nur fünf oder sechs Stunden vor Ort zu sein, auf die Tagesplanung hatte das kaum Einfluss, ein Besuch im Schwimmbad oder eine Familienwanderung gingen sich deshalb ja trotzdem nicht aus.

Ein Phänomen, das sich weltweit beobachten ließ: Leerläufe der Produktion oder Lücken im Ausführen von Dienstleistungen wurden nicht an die Belegschaft weitergegeben. Der Arbeitgeber traf die Entscheidung, wie viel Zeit für eine Tätigkeit veranschlagt werden sollte, und genau so viel wurde einem für die Erledigung gewährt. Der unerbittlichen, kurzsichtigen Logik von Profitmaximierung folgend, war diese Zeit sehr knapp bemessen.

Ein bisschen haderte ich mit meiner Rolle in diesem Spiel, doch ich muss zugeben, dass es mir auf sehr schlichte Weise große Freude bereitete, zu sehen, wie eine von mir geschriebene Software so zuverlässig ihren Zweck erfüllte. Wie selten sind wir an etwas beteiligt, das einfach funktioniert. Wie schön ist es, in etwas gut zu sein und dafür anerkannt zu werden. Für meine kluge Herangehensweise bei der Grundausstattung des Programms sowie für meine Problemlösungsfähigkeiten bei laufenden Updates wurde ich sehr gelobt. Ich fühle mich heute noch geschmeichelt, dass mein Werkzeug so nützlich bleibt, dass all die unbemerkten Details den Kollegen helfen, ihre Pflicht zu erfüllen. Der Gedanke an die Software löst in mir tiefe Befriedigung aus.

Ich wurde eingeladen, einer Arbeitsgruppe anzugehören, die Abläufe der firmeninternen Kommunikation vereinfachen und Reibungsverluste durch Überinformiertheit einzelner Teilhaber erkennen und vermindern sollte – jeder sollte nur das erfahren, was für ihn Relevanz hatte; bei mehr Information ergaben sich Rückfragen und Missverständnisse. Ich wurde *einge-*

laden, hin und wieder bei einem Gedankenaustausch im kleinen Kreis teilzuhaben, selbstverständlich außerhalb der Arbeitszeit. Es war ein Privileg, dieser erlesenen Gruppe an Fachleuten als teilnehmender Beisitzer anzugehören. Ich *dürfe ruhig mitschreiben*, wurde mir gesagt – ich wurde also durch die Blume aufgefordert, ein Sitzungsprotokoll anzufertigen. (Der Jargon der modernen Arbeitswelt kam ganz sanft und unscheinbar, oft verführerisch daher; hatte man den Schlüssel erst einmal entdeckt, konnte man alles sehr schnell dechiffrieren und in normale Menschensprache übersetzen.)

Als ich selbst einige Ideen beisteuerte, lud man mich ein, diese auch umzusetzen – neben meiner eigentlichen Arbeitsbelastung. Dieses Angebot nahm ich bereitwillig an, weil es eine Gelegenheit war, mich zu beweisen, man *gab mir eine Chance*, die ich unbedingt nutzen wollte. Wie hätte ich es ausschlagen sollen, ohne denjenigen vor den Kopf zu stoßen, der auf mich baute? Eines habe ich als Bewohner und Begünstiger und Bewerkstelliger der modernen Arbeitswelt verinnerlicht: Es ist nicht selbstverständlich, überhaupt etwas zu tun zu haben, es ist ein Geschenk, *Leistung erbringen zu dürfen*.

Neunundzwanzig. Standesrecht
Der öffentlich-rechtliche Rundfunk gab eine offizielle Dienstanweisung aus, wonach seine Mitarbeiter auch auf privaten Profilen in sozialen Netzwerken gewisse Spielregeln beachten sollten. Lester verglich das mit dem Standesrecht, wie man es zum Beispiel vom An-

waltsberuf her kannte. Wer ein Amt bekleidete oder eine verantwortungsvolle Position innehatte, war auf eine Weise dem Gemeinwohl verpflichtet, sollte also in der Öffentlichkeit bis zu einem gewissen Grad seine Vorbildfunktion wahren und die Würde der vertretenen Institution nicht beschädigen. Die Selbstverständlichkeit dieses Mäßigungsgebotes beruhe allein auf der Integrität der Einzelperson.

Die paar Journalisten und Medienleute in meinem Umfeld waren politisch sehr klar einzuordnen, sie machten keinen Hehl aus ihrer Meinung, was ihr gutes Recht war, dennoch fand ich es begrüßenswert, dass es klare Richtlinien gab, wie deutlich sie sich in dieser Hinsicht positionieren und wie angriffig sie sich artikulieren sollten; Unvoreingenommenheit gegenüber Andersdenkenden war ihre Pflicht. Manche sprachen von einem *Maulkorberlass*.

Lester hätte es noch strenger ausgelegt, mir war es streng genug. Verlangt wurde nicht mehr, als eine gewisse Zurückhaltung an den Tag zu legen, sich Polemik und Untergriffe zu verkneifen – also all das, was für zivilisierten Umgang zwischen Normalsterblichen ohnehin angemessen war. Konkrete Sanktionen bei Verstößen wurden nicht genannt – wer sollte sie auch umsetzen? Schließlich war nach unserem Kenntnisstand noch kein Gremium oder Weisenrat eingerichtet worden.

Nicht mitgemeint waren unhinterfragenswerte Standpunkte zu Meinungsfreiheit oder Menschenrechten, das Aufzeigen von Benachteiligungen bestimmter Minderheiten, war das unmissverständliche Bekenntnis zur Freiheit im Denken, Sprechen und Handeln innerhalb der Grenzen friedlichen Zusammenlebens; die Mitarbeiter des öffentlich-rechtlichen Rundfunks taten auch privat gut daran, eine Phalanx zu bilden gegen Machtmissbrauch und Verdummungstendenzen. Eindämmen wollte man dagegen das abschätzige Niedermachen von konkreten politischen Akteuren und Gruppierungen.

Lester sagte, er kenne eine Journalistin, die öfter übers Ziel hinausschoss und Sachen verbreitete, die ihr im Nachhinein unangenehm waren und von ihr entfernt wurden. Sie benehme sich wie eine pubertierende Jugendliche, launenhaft und unvorhersehbar, sehr abhängig von ihrem Gemütszustand. Deshalb habe er begonnen, ihre Einträge zu archivieren. Es gebe Seiten, die Geistversionen von Websites speicherten, dort könne man längst bereinigte Profile wiederauferstehen lassen. Wer sich in die Materie vertiefe, der finde Mittel und Wege, die unliebsame Vergangenheit einer Person jederzeit aus dem Köcher zu holen.

Mich fröstelte bei der Vorstellung, er mache das auch bei mir, er lege ein Archiv meiner Unzulänglichkeiten an, von denen ausreichend vorhanden waren. Nicht umsonst gab es Firmen, deren Geschäftsmodell das Ausmerzen unserer Fehltritte war, Spurenverwischer des Cyberspace. Lester sagte, die Journalistin biete eine reichhaltige Sammlung bedenklicher Mitteilungen, die er durchforste und verwalte; manchmal komme es ihm vor, als wühle er in ihrem schlechten Gewissen, als sei *er selbst* dieses schlechte Gewissen.

Es sei alles eine Frage der Haltung. Welches Selbstverständnis lege man an den Tag? In einer Informationsgesellschaft komme dem Journalismus die wichtige Aufgabe der Einordnung zu, ähnlich viel Verantwortung trügen Lehrer, die ihren Schülern Medienkompetenz vermitteln sollten, Rüstzeug für den Versuch des Zurechtfindens, auch im digitalen Raum, der einem Narrenfreiheit vorgaukle, die so nicht existiere. Bei Anwälten bestehe eine Treuepflicht gegenüber dem Mandanten, den er parteiisch vertreten solle und auch müsse – Journalisten täten gut daran, diese Pflicht nicht gegenüber dem eigenen Vorteil zu sehen, sondern gegenüber Ausgewogenheit der Berichterstattung.

Dreißig. Toutes les années de ma triste jeunesse
Das Volk lebt mit seinen Vertretern in einer Art stillschweigender Ablenkungsvereinbarung. Den Menschen werden Regeln auferlegt, wie man Kindern im Spiel immer knifflige Rätsel aufgibt, damit sie der grauen Wirklichkeit enthoben bleiben. Jetzt sind sie wieder eine Zeitlang beschäftigt, seufzen die Eltern und wenden sich erleichtert ihren Erwachsenendingen zu, und das könnten auch die Volksvertreter sagen, deren Regeln immer ausgefeilter und kleinteiliger werden, vor allem müssen sie stets den neuen Gegebenheiten angepasst bleiben, die sich beständig wandeln. Es gehört auch zum Spiel, dass die launenhaften Kinder maulen und motzen, sich zieren und beschweren. Insgeheim wissen sie natürlich, dass es ihnen gefällt.

Die Fügsamen machen sich einen Sport daraus, sich an alles zu halten, denn das ist zu jedem Zeitpunkt grundsätzlich möglich, wenn auch manchmal an unansehnliche Verrenkungen geknüpft; oft gleicht es einer Slalomfahrt, die so eng gesteckt ist, dass man leicht aus dem Rhythmus gerät, alle paar Tore stockt und innehält, um sich neuerlich auszurichten. Die paar wenigen, denen all das zuwider ist, sind nicht der Rede wert.

Der Hauptanteil der Volkskinder spielt brav mit, sie halten sich an die Regeln und freuen sich, dass sie beschäftigt werden; die Spielleiter genießen es sowieso, die Racker beschäftigt zu wissen, denn so können sie in Ruhe schalten und walten. Das Volk ist abgelenkt vom Eigentlichen und tut ein bisschen so, als hätte es etwas dagegen; seine Vertreter stiften Ablenkung, die interessant bleibt. Jeder weiß etwas, das er nicht ausspricht. So geht sie also, die stille Vereinbarung, der wir alle gehorchen und der wir gehören.

Der Straßenzeitungsverkäufer meines Vertrauens sagte, ich sehe müde aus. Wer war ich, ihm zu widersprechen? Sein Name war Arthur, englisch ausgesprochen. Er durchschaute so manches, was anderen verborgen blieb, und war über das Weltgeschehen hervorragend informiert, obwohl er keinen Fernseher hatte – oder eben *weil* er keinen hatte. Zeitungen las er auch nicht, weder online noch gedruckt, seit mindestens zwei Jahren. Das meiste erfuhr er von Freunden, die ihm erzählten, was so vor sich ging. Würde einmal etwas wirklich Wichtiges passieren, zum Beispiel eine Kernschmelze in einem Atomkraftwerk oder der Ausbruch einer Seuche, dann würde er es bestimmt mitbekommen, sagte er. Alles andere bereite ihm wenig Kopfzerbrechen. Er lächelte ehrlich.

Arthur stand an seinem üblichen Platz ein paar Meter vom Eingang eines Supermarkts entfernt. Er hatte seine Stammkunden, die ihm ein Heft abkauften oder nur so etwas spendeten und mit ihm ein bisschen plauderten. Ich beschränkte mich darauf, ihn zu fragen, ob er etwas essen wolle, was er meistens bejahte, dann nahm ich ihm aus dem Supermarkt etwas mit. Diese Jausengabe war uns zur liebgewonnenen Gewohnheit geworden. Fester Bestandteil war eine kleine Flasche prickelndes Mineralwasser, dazu ein Sandwich mit Eiaufstrich oder Putenschinken, da er kein Schweinefleisch aß, außerdem legte ich Wert darauf, immer etwas Süßes mitzubringen, am besten eine größere Packung einzeln verpackter Schokoriegel, jedenfalls immer etwas, das ich selbst mit großer Lust gegessen hätte, keine Billigware, sondern Markenprodukte. Es hätte auch hin und wieder ein Stück Obst sein können, aber es war nicht meine Aufgabe, ihn zu gesunder Ernährung oder bewusster Lebensführung zu erziehen, ich wollte ihm eine kleine Freude machen, die ihm seinen recht beschwerlichen Alltag ein bisschen auflockerte.

Arthur war stets guter Dinge und wäre niemals auf die Idee gekommen, über seine Situation zu jammern, was mich an ihm sehr beeindruckte. Einmal berichtete er von seinem Bruder, der im fernen Heimatland zurückgeblieben war, den er sehr vermisse und mit dem er lose in Kontakt geblieben sei. Die Jahre hatten an ihrer Verbindung genagt. Beim Sprechen über seine Familie wurde er nachdenklich und musste in bildstarken Erinnerungen kramen, ich hatte aufrichtiges Interesse, wollte aber nur so viel weiterfragen, wie es bei ihm keine

Betretenheit auslöste. Wir hatten eine Nähe, die zwar Wurzeln schlug, aber an der Oberfläche blieb. Unser stilles Einverständnis waren Mineralwasser, Sandwich und Schokolade, eine reine Straßenfreundschaft, Menschen im Vorbeigehen.

Einunddreißig. Yppen
Am späten Vormittag ging ich zum Markt. Es wuselte und ich verlangsamte den Schritt in ein gepflegtes Flanieren. Die Sonne kam heraus und gab wieder für vieles einen Grund. Obwohl ich das Markttreiben kannte, erlebte ich es wieder wie zum ersten Mal, als Tourist in der eigenen Stadt. Ich lächelte alles an und es störte mich nicht, dass ich dabei vermutlich aussah wie ein Trottel. Ich inhalierte Gerüche und Geräusche, die Sinne hatten Arbeit, es war dicht.

Ein afrikanischer Metzger hackte in ein Stück Fleisch, ein Obstverkäufer rief mir heiser Preise ins Ohr, eine alte Frau beschwerte sich, der Stangensellerie habe vorgestern weniger gekostet, das wisse sie bestimmt, denn sie habe ihn eigenhändig gekauft, eine Geldtasche war aus echtem Leder, ein Gürtel sah aus wie ein flaches, langes Krokodil, ein Teigballen wurde gekugelt und geknetet und geklopft, wurde zum Fladen und kam mit Sesam bestreut ins Backrohr, ein Fladenbrotviertel wurde großzügig mit Falafel befüllt, ein grobes Wurstpaar hing vom Haken, ein Gewürzstand strömte weit aus bis zum großen Parkplatz. Ich hatte ein bisschen gefrühstückt und war satt und wünschte mir, nicht satt zu sein, um von allem kosten zu können, nur einen Bissen, und bei den Pizzaschiffchen mit Lammfleisch wurde ich beinahe schwach, aber dann doch nicht.

Die Menschen trieben Handel, zeigten und schöpften und gestikulierten, wogen ab und feilschten, bezahlten und bekamen, sie aßen und tranken und lachten. So geht Frieden, dachte ich. Er war mir neu. Um all das wurde kein Aufhebens gemacht. Miteinander auszukommen war keine Aufgabe oder Pflichtübung, sondern normal, ein Urzustand des angeregten Verschiedenseins. Ich war mit den Menschen als meinen Artgenossen einverstanden.

Ein Korbgeflecht sah handgemacht aus, ein Spielzeughelikopter blinkte nervös, ein Krautfass schlappte beim Öffnen befriedigt, ein Käsestand roch penetrant nach Käse, und das Strickzeug einer Standlerin juckte allein vom Hinsehen. Ein Mann bahnte sich seinen Weg mit einer Kiste, eine Frau ging neugierig aus dem Weg, ein Hund bellte wo, ein Ofen rauchte, ein Blumenladen erblühte in sanften, pastelligen Farben und eine Beschwingtheit stellte sich ein, die mir nicht geheuer war. So kannte ich mich gar nicht, und ich hatte es an mir vermisst.

Ein Lastwagen piepte im Rückwärtsgang zum Entladen in die Einfahrt eines Geschäfts und die Sonne war stark genug, gegen die Wolkenschicht anzukommen, ein weißer Plastiksack mit Geflügelteilen war prall, als würde er gleich platzen, überall war Fleisch, gesundes, glattes, totes Fleisch. Ich fuhr mir mit der Zunge über die Lippen. Ein Salatkopf blitzte auf, und man dachte das Wort *knackfrisch*, doch ich fand seinen Anblick im Vergleich zu den schmatzenden Metzgersbrocken armselig. Salat ist nur Wasser, grünes, festes, rundes, Photosynthese betreibendes Wasser, das nach gar nichts schmeckt – warum sollte ich mir die Mühe machen, es bissenweise zu kauen, wenn ich es genauso gut einfach trinken könnte? Fleischhunger, als wäre ich ein Tier, das Witterung aufnimmt.

Ich war so glücklich, dass ich jemanden hätte anrufen wollen, um es zu erzählen, jemanden hätte anrufen müssen, um nicht zu platzen wie ein praller Sack Geflügel. Ich nahm das Handy, aber wusste nicht, wen. Ich schämte mich für mein Mitteilungsbedürfnis, wollte es aber unbedingt befriedigen, und die Sonne, ach, die Sonne. Ich öffnete das Telefonbuch und lernte das Alphabet, ich scrollte durch die Namen von Menschen, die ich kannte, viele davon hatte ich schon länger nicht mehr gesehen. Kurz verweilte ich bei Lester.

Ich hörte ins Marktgemurmel hinein und verstand, dass es zwei Arten gab, die Welt zu betrachten, zwei Wege, sie in jene Richtung zu lenken, die einem am friedensstiftendsten erschien: Einerseits gab es jene, die den Konsens in sich selbst herstellen wollten, die sich alle verfügbaren Informationen zuführten und den Austausch mit anderen suchten, die unermüdlich abwägten, um schließlich einen Kompromiss zu finden, den sie leben konnten. Andererseits gab es jene, die eine Extremposition bezogen, weil sie sich als Teil der großen Balance verstanden, als ein Element, das klar nach einer Seite hin ausschlug, und ihnen war bewusst, dass sie erst im Zusammenspiel mit ihrem Gegenüber im anderen Extrem das Gleichgewicht der Gemeinschaft herstellten. So viel dazu.

Ich tupfte auf Lesters Namen und dachte, dass ich eher zur ersten Gruppe gehörte, ich wägte gerne ab und verlor mich in Selbstreflexion, mir war es ein Anliegen, alles mitzubedenken und in meine Überlegungen miteinzubeziehen, mein Ergebnis, das ich offen vertrat, sollte unangreifbar sein, *hermetisch* nannte ich das. Lester wiederum verstand sehr gut, dass er sich in manchen Ansichten und Verhaltensweisen aus dem Fenster lehnte, doch er hatte kein Problem damit, er trug dafür die Verantwortung und stellte sich der Auseinandersetzung, und wenn es sein musste, dem Kampf.

Meine Gedanken kreisten über dem Eintrag und ich fragte mich, ob eine der beiden Haltungen besser war, ob eine der beiden Haltungen einfacher, anstrengender, moralischer, konsequenter, zukunftsweisender oder menschenfreundlicher war, kam jedoch zu keinem befriedigenden Ergebnis. Dort stand Lester, hier stand ich; jeder auf seiner richtigen Seite. Überall war Fleisch und ich rief ihn nicht an.

Die Marktstraße öffnete sich auf einen Platz mit weiteren Ständen, Obst und Gemüse, selbstgemachtes Brot und andere Produkte aus hofeigener Herstellung waren an Bauernständen ausgelegt, handgezogene Kerzen, Salben und Tinkturen, Honig, einfache Pflegeprodukte wie Seifen und Duftöle. Menschen standen in kleinen Gruppen herum, oft nur zu zweit oder zu dritt, sie tranken Wein und Tee aus Bechern oder gluckerten ein erfrischendes Joghurtgetränk direkt aus dem Saftpackerl, ich schluckte wohlig mit, da und dort verspeiste einer einen Kebab oder einen anderen deftigen Snack. Es war ein Leben.

Kinder entführten die Smartphones ihrer Eltern, um damit etwas zu filmen, und wenn man sie rief, dann purzelten sie atemlos herbei. Ein Teenager drehte mit dem Roller stumm und mürrisch seine Runden. Ich sah mir das alles wohlwollend an und dachte, dass es uns gibt. Unschlüssig, wohin ich weitergehen sollte, blieb ich stehen. Ich lernte ein paar Gesichter auswendig und dachte, dass heute ein Tag war.

Ein zotteliger Hippie saß an der Gehsteigkante und zupfte an der Gitarre, über dem nackten Oberkörper trug er nur eine Lederweste, die beim Spielen die steifen Flügel hob und den Blick auf seine Brustwarzen freigab. Er hatte keinen Hut vor sich liegen und wollte kein Geld, musizierte einfach nur so für die Luft. Ein Kind war ratlos, weil es gern zuhörte, aber niemanden um eine Münze fragen konnte. Ich überlegte, mir einen Gürtel zu kaufen, war mir aber nicht sicher, ob ich im Kleiderschrank nicht noch einen hatte, den ich mir vor Jahren als Ersatz zugelegt hatte. Kann man je zu viele Gürtel haben? Jedenfalls kann man vergessen, dass man sie hat. Ich löste mich von den Gesichtern, dem Fleisch und dem Platz und entfernte mich in Richtung einer mehrspurigen Straße, die sich um die inneren Bezirke ringelt. Mit der Musik im Rücken tröpfelte der Markt in mir aus. Bald hörte ich nur noch Verkehr. Die Stadt war zurück.

Am nächsten Tag las ich in der Zeitung, dass nur wenige Stunden nach meinem Besuch bei genau diesem Markt, an genau jenem Platz eine illegale Versammlung aufgelöst worden war. Die Polizei hatte bei einer routinemäßigen Kontrolle mehrere Gruppen vorgefunden, deren Gesamtgröße die genehmigte Personenanzahl überstieg, außerdem habe es vor Ort eine Art Konzert gegeben. Es habe sich um eine nicht genehmigte Veranstaltung gehandelt. Nur widerwillig leisteten die Anwesenden dem Platzverweis Folge. Den Sicherheitskräften sei es gelungen, die unerlaubte Zusammenrottung weitgehend gewaltfrei aufzulösen, dabei habe es mehrere Identitätsfeststellungen und Anzeigen gegeben, auch seien Organstrafmandate ausgesprochen worden.

Es war bezeichnend, dass gerade dieses Erlebnis, das in mir etwas so Fundamentales geradegerückt hatte, von den Behörden als gefährlich und schädigend eingestuft wurde. Mein seltenes Gefühl war verflogen. Ich bekam Zweifel, ob ich wirklich nur Menschen gesehen hatte, die frische Luft und Sonne tankten, ob es sich tatsächlich um Geselligkeit und Lebensfreude gehandelt hatte, und nicht um ein Verbrechen, das mit aller Härte des Gesetzes bestraft werden musste. Wo war mein Ort, fragte ich mich, gab es ihn? Der Fleischgeruch hing mir noch warm und süß in der Nase, ich bekam Hunger auf eines dieser Pizzaschiffchen mit Lammfaschiertem. Es gab nur einen Schluss, den ich aus all dem ziehen konnte. Mein Blick auf die Polizei hatte sich mit diesem Tag nachhaltig verändert.

Zweiunddreißig. 26,9815384(3) u

Es gibt keine Verschwörung. Keine dunklen Mächte, die im Geheimen unsere Gegenwart lenken. Es gibt weder einen Masterplan zur sogenannten Umvolkung noch irgendwelche Nanobots, über die man uns von einer unterirdischen Zentrale aus orten oder gar unsere Gehirnströme beeinflussen kann. Es gibt keine Sendemasten, die als Strahlenkanonen eingesetzt werden. Es gibt keine Formwandler oder andere Außerirdische, die unter uns weilen und finstere Pläne schmieden, wir Menschen tragen schon selbst die Verantwortung für alles, was auf dem Planeten vor sich geht.

(Im Wiederlesen zucke ich beim Wort *Umvolkung* zusammen, denn es ist eines, das es nicht geben darf. Ich hätte es streichen sollen. Und doch lasse ich es stehen, weil es als mahnendes Unwort seine Gültigkeit hat. Man soll es eben sehen und dabei zusammenzucken, darüber stolpern wie über die eigenen unausgeleuchteten Stellen. Es wird immer jene geben, die eine möglichst homogene Bevölkerungsstruktur als erstrebenswert erachten, sie beginnen mit ganz subtilem Herausstreichen des Eigenen und enden in Verdammungen des Fremden; wo das hinführt, ist bekannt. Wer sich bewusst auf dieses Terrain begibt, der verfügt über unzureichende Geschichtskenntnisse.)

Es gibt keine Verschwörung, weil es gar keine braucht. Alles liegt offen. Es gibt Absprachen und Gespräche in Hinterzimmern, es gibt eine unappetitliche Machtkonzentration bestimmter Konzerne, die durch geschickte Lobbyarbeit ihre Interessen voranbringen. Es gibt Geheimdienste mit versteckten Rechenzentren, in denen wir alle als gleichförmige, leicht zu verwaltende Datenpakete eingelagert sind und als detaillierte Persönlichkeitsprofile existieren. Es gibt uns mehrmals, einmal als uns selbst und vielfach als Kopie der Kopie der Kopie. Man kann uns auswerten, einstufen und vergleichen, uns gezielt Teilinformationen als Nachrichten zuführen. Man kann uns insofern steuern, als dass wir empfänglich für Manipulation und Werbung sind.

Nirgendwo lauert das große Geheimnis. Dass Reichtum einen reich macht, ist ein Grundgesetz der Marktwirtschaft. Es sollte möglich sein, sie in ein elaboriertes Regelwerk einzubetten, das Chancengleichheit herstellt. Die Dinge liegen ausgebreitet vor uns, man braucht nur die Augen zu öffnen. Die Mechanismen sind zwar nett verpackt, doch eigentlich ist es sehr leicht, den Finger anzusetzen und die Hülle anzukratzen. Alles kommt zum Vorschein.

(Irritation entsteht dort, wo das für unplausibel Gehaltene tatsächlich eintritt. Solche Fälle sind zum Glück sehr selten. Trotzdem muss die eigene Wahrnehmung dafür empfänglich bleiben. Das Richtige wird ja nicht plötzlich falsch, bloß weil es aus dem Mund von jemandem kommt, mit dem man weltanschaulich grundsätzlich nichts anfangen kann. Es gehört zum Erwachsenwerden, Widersprüche auszuhalten und beim Blick aufs Ganze das Einzelne nicht aus den Augen zu verlieren.)

Lesters Verachtung für Verschwörungsgläubige war grenzenlos, denn sie unterminierten, was er für berechtigte Forderungen hielt. Er meinte, sie würden jede Bewegung, auch jene der Spazierenden, verunreinigen. Die Verrückten, sagte er, kontaminieren und diskreditieren das Aufbegehren der Vernunftmenschen. Es ist alles eine Frage der Perspektive. Für mich war Lester ein bisschen verrückt, aber für ihn waren wieder andere die Verrückten. Einer musste versuchen, sich in den anderen hineinzuversetzen. Es gibt tausend Gründe, das zu tun.

Es dauert sehr lange, bis jemand wirklich verloren ist. Ich spreche von jenen Randgestalten, die nicht mehr mit sich reden lassen, weil sie sich in der vorhandenen Medien- und Meinungslandschaft bloß noch als herabgesetzte Witzfiguren abgebildet sehen. Wenn es aber einmal passiert ist, dass sich jemand verabschiedet und innerlich zugemacht hat, dann bekommt man ihn nur sehr schwer wieder zurück ins Gespräch.

Selbstermahnung zu besserer Haltung: Wie würdest du jetzt dastehen, wenn eine Fernsehkamera auf dich gerichtet wäre oder du einen epochalen Kinofilm im Breitbildformat drehen würdest? Anders, nämlich so: Brust heraus, Schultern zurück, Bauch einziehen. (Es könnte immer weniger Bauch sein.)

Dreiunddreißig. Toxische Männlichkeit
Männer sind krank. Als Mann weiß ich sehr genau, wovon ich spreche, und traue mir diesen schmerzhaften Befund zu. Wir leiden am Wahn, uns beweisen zu müssen, um Weibchen anzulocken und uns fortzupflanzen, so steckt es uns in den Genen und wird uns von einer Gesellschaft mit überkommenen Geschlechternormen konsequent eingetrichtert.

Einige von uns befanden sich in einer echten Notlage, wir mussten uns mit beengten Wohnsituationen und prekären Arbeitsverhältnissen herumschlagen; die Einsicht, nicht mehr mitzukommen, abgehängt zu werden, rasanter Wandel von Berufszweigen mit ihren Wissensgebieten und Aufgabenbereichen, die über Nacht verschwanden, langjährige Ausbildungen und entbehrungsreich erworbenes Erfahrungsgepäck, das für wertlos erklärt wurde. Schleichender Verfall des eigenen Selbstbilds. Wer kann jemandem vorwerfen, dass er sich im Abseits wähnt und Enthemmung voranschreitet? Jede Radikalisierung braucht einen fruchtbaren, aufgelockerten Boden, in dem sie Wurzeln schlagen kann.

In anderen schwelte eine gefährliche Saturiertheit. Wir waren satt von allem: überfressen, fettgesoffen, liebesmüde, lebenssatt. Das allgemeine Sättigungsgefühl entwickelte sich zur Dekadenz, was sich auch in einer Austauschbarkeit der Loyalitäten und einer Beliebigkeit der politischen Einstellungen niederschlug. So entstanden Kräfte, die von Rechtspopulisten und radikalen Gruppen abgeschöpft und für ihre Zwecke missbraucht werden konnten. Aus dem Wunsch nach Befriedigung von Bedürfnissen wird Geltungsdrang wird mitgeschwiegene Grenzüberschreitung wird Mitläufertum in den Abgrund. Ein Krieg – eine Art Krieg – war unausweichlich, dafür würden die Herren der Schöpfung schon sorgen.

Im Kleinen deutete es sich bereits an, nämlich auf der Ebene zwischenmenschlicher Beziehungen. Kaum eine Woche, da kein gekränkter Verschmähter seine ehemalige Partnerin niederschoss oder mit einem Hammer erschlug. Das warme Schmatzen von Haut an Haut, das zittrige Bröseln von Knochen. Gewalt sickerte in die Wohnungen und fraß sich dort fest. Im Kern basiert jeder barbarische Akt auf einer tiefsitzenden Kränkung, hervorgerufen durch empfundene Unterdrückung, Überforderung oder jede erdenkliche Form der Demütigung. Verzweiflungstaten wohnt das Versprechen inne, das Gesicht zu wahren – wenn auch nur für den Moment, in der langen Sekunde des Niederdreschens einer Gegenrede. Glauben wir einem Mann, wenn er sagt: Gewalt ist etwas Urmännliches.

Männer sind Tiere. Das weiß ich, weil ich einen Spiegel besitze. Wir paaren uns mit Grunzlauten und klammern uns vergeblich an den Artgenossen fest. Wir sind verloren, wie sehr wir auch vorgeben, es nicht zu sein. Unser Tier frisst den Menschen innerlich auf, und früher oder später bricht es daraus hervor. Unter den Empörten waren feiste Krawallbrüder mit ledriger, sonnengegerbter Haut, denen die sinnlose Gewaltlust regelrecht aus den Augenhöhlen quoll. Sie sehnten sich nach Gruppenzugehörigkeit und fanden echte Kameradschaft – schwurbesiegelt, biergesellig, klüngelnd.

Oft dachte ich mir, ein verbindendes Element der Spaziergänger war nichts als toxische Männlichkeit, so unappetitlich und banal, wie es klingt. Es waren Männer, die mit Schaum vor dem Mund protestierten, und es waren Männer, die ihre Hände zur Faust ballten. Drohgebärden einer aussterbenden Rasse. Wenn ich sie so ansah, meine fehlgeleiteten Brüder, dann war mir klar, wie sehr sich unsere Demokratie in eine Sackgasse manövriert hatte. Die Nutznießer der – wenn auch in Maßen eingeschränkten – Freiheit verwendeten diese, um die Gesetzmäßigkeiten der Demokratie auszuhebeln. Sie kamen daher und sagten: *So, ihr wünscht euch also eine freie Gesellschaft? Dann beweist eure Freiheitsliebe, indem ihr uns gewähren lasst!* Überall dort, wo das nicht geschah, konnten die Spalter mit dem Finger darauf zeigen und lästern: *So frei ist eure Gesellschaft also auch wieder nicht!* Schon war die Demokratie als scheinheilig entlarvt, ihre rechtmäßigen Vertreter als heuchlerisch gebrandmarkt. Wir erlaubten das ausgangsoffene Experiment, ob sich Demokratien mit demokratischen Mitteln außer Kraft setzen oder sogar abschaffen ließen. Hier ist anzumerken: Die Zeit war vor allem interessant. Aufgabe jeder neuen Generation: das Versöhnliche in Männern kultivieren – ihr Tier domestizieren.

Früher hatte ich die Empörten mit wohlwollenderen Blicken bedacht. In wessen Verantwortung lag es, sich von den Radikalen abzugrenzen? In der jedes Einzelnen; wer es nicht tat, stimmte zu. Man merkt sehr genau, mit wem man im Boot sitzt, dafür braucht man sich bloß links und rechts umzusehen. Wenn ich Lester so anschaute, dann dachte ich mir: Es müsste eine Möglichkeit geben, all diese aufgestaute Wut, diesen Zerstörungswillen zu ernten und zu organisieren. Es müsste einen Weg geben, diese Empörungsenergie produktiv nutzbar zu machen. Dazu hätte es Mechanismen gebraucht, die zielgerichteten Fokus herstellen; wie bei einem Bündel Licht, das durch eine Lupe im richtigen Winkel Sonnenstrahlen in einen Laserstrahl verwandelt. Ohne Konsensbereitschaft war das undenkbar. Wir Männer hätten dabei unseren Stolz hinunterschlucken müssen. Ich Mann kann dazu nur sagen: Träum weiter. Es gibt einen Selbsthass auf die Welt.

Männer sind radikal. Die Empörten wurden zum Auffangbecken für Rechtspopulisten und Schlägertypen, das Hemdsärmelige und Kumpelhafte wirkte bedrohlich und widerte mich an. Es war weniger Angst, die mich davon abhielt, mich ihnen interessehalber zu nähern – wie als Recherche zu einem seltenen Käfer –, als ganz banaler Ekel vor menschenverachtender Denkfaulheit. Ihnen stand jene Verbitterung ins Gesicht geschrieben, die sich mit den Jahren einschleicht, wenn man für seine erbrachte Leistung nicht jene Anerkennung erfährt, die einem nach eigenem Ermessen zustehen würde. Das macht bitter und gehässig. Verantwortlich sind dann gern jene, die anders sind als man selbst oder von woanders kommen oder – Gott bewahre! – denen es vermeintlich besser geht als einem selbst. Ich wünschte mir, den demokratiefeindlichen und teils gewaltbereiten Strömungen würde die Deutungshoheit über allgemeine, uns alle betreffende Fragestellungen entzogen. Ich sah jämmerliche Gestalten, sie rekelten sich im Wettbewerb um den *missverstandensten Mann des Jahrhunderts*. Das Gefühl, die Welt lasse einen nicht jenen Platz einnehmen, der einem eigentlich zustünde, lässt einen taumeln; übersehen und verkannt ist man zu nichts mehr imstande und zu allem fähig. *Deine Zeit wird kommen!* ist der heilendste Satz. Die Gewalt auf dem Weg dorthin empfindet man als Notwehr.

Die großen Freiheitserzählungen der Widerstandskämpfer berichten von einer Minderheit, die mutig dagegenhält – die Mehrheit würde ihren Kampf niemals legitimieren, man bleibt also zwangsläufig auf der Seite des Unrechts. Von dieser Warte aus scheint jedes Mittel recht und ordnet sich ein in notwendigen Ungehorsam und Wehrhaftigkeit. Auch Konversation ist Konfrontation. Die Grenzen des Sagbaren waren sehr eng gesteckt und könnten stets noch klarer definiert sein. Sprache ist Tat. Satz ist Handlung. Rede ist Akt.

Ich hätte mir deutlichere Wortmeldungen gewünscht; auch dem Schweigen kann ein subversives Moment innewohnen. In welcher Verantwortung wäre es also gelegen, die toxischen Männer auszuladen? Immer noch in der jedes Einzelnen. Kann man jemandem verbieten, sich neben einen zu stellen? Man kann von ihm abrücken – wenn es sein muss, kommentarlos; man kann etwas erstens gutheißen, zweitens ignorieren und drittens verurteilen. Wenn es meine Rolle gewesen wäre, ich hätte den Empörten dringend geraten, Letzteres zu tun. Sich die eigene Ratlosigkeit nicht von anderen wegnehmen und als Kriegslust zweckentfremden zu lassen, verlangt eine Unermüdlichkeit, die man durch nichts ersetzen kann.

Vierunddreißig. Vorsehung
Es gibt eine Sehnsucht nach Auslöschung. Diese betrifft im Kern einen selbst und erst im weiteren Verlauf einen anderen. Jetzt kann ich darüber lachen. Wir lebten in der Vorzeit eines Krieges, den wir nicht mehr hätten

abwenden können. Wann wäre der Zeitpunkt gewesen, einzulenken und eine Umkehr herbeizuführen? Da kann man tatsächlich nur bitter lachen – wenn man sich das fragen muss, ist es bereits zu spät.

Ich hatte damals Momente, in denen ich das Kommende als eine Art Vorwärtserinnerung ablaufen sah. Dass ich nicht in der Lage war, die Dinge in andere Bahnen zu lenken, kann man mir als Schwäche oder Schuld auslegen. Ich werde nicht widersprechen, möchte nur zu bedenken geben: Einen so großen Stein rollt man nicht ohne Verstärkung. Man musste nun wirklich kein Seher sein, um zu erkennen, was uns bevorstehen würde. *Zeichen* habe ich viele gesehen, *Wunder* allerdings wären mir keine aufgefallen.

Ich sah eine Energie, die kein Ventil fand. Sie konnte nicht kanalisiert werden in eine oder mehrere der bereits existierenden oder neu entstehenden politischen Kräfte, dabei war es ein Strom der Verwirklichungsenergie mit Veränderungswillen, er war stark, aber diffus, die Ziele und Gruppen waren verstreut, einzige Gemeinsamkeit war ihre Empörung, der Hass auf alles Bestehende, das hinweggefegt werden sollte, und diesen wollten sie sich auch von niemandem wegnehmen lassen. War er alles, was sie hatten?

Ich habe mich oft gefragt, was geschehen müsste, um der Bewegung den Wind aus den Segeln zu nehmen – eine landesübergreifende Dialogkampagne mit Bürgergesprächen und Workshops, eine radikale Neuaufstellung des Steuerwesens und eine Neuerfindung des Arbeitsmarkts? Ich weiß es nicht. Manches wurde halbherzig versucht. Vielleicht hätte man die Bewegung totschweigen müssen. Mangelnde Berichterstattung hätte aber wohl nur noch mehr empört und sie wachsen lassen. Die Energie faulte ungenutzt in den Menschen vor sich hin, gärte im Körperinneren und vermengte sich mit langgehegten Ressentiments, was eine übelriechende, gefährliche Mischung ergab.

Es braute sich etwas zusammen.

Heute weiß ich, dass ich mit meiner Zukunftsahnung nicht allzu falsch lag. Jetzt, da es vorbei ist, bleibt Zeit, all das, was man vorher nur gewusst hat, auch zu verstehen. Gab es die Stellschrauben, an denen hätte gedreht werden können? Wo die Empörung sich ausbreitete, das war keine Frage des Wohlstands, es war eben gerade ein Phänomen der wohlhabendsten Gesellschaften. Hier stellte sich die Frage der Verteilungsgerechtigkeit, und jene der Zulässigkeit all der Marktmechanismen, denen wir als Menschen unterworfen sind. Und war nicht überhaupt Gerechtigkeit der einzige Maßstab, war nicht sie herzustellen – oder wenigstens glaubwürdig und aufrichtig den Versuch zu unternehmen – das einzige Mittel, *Unfrieden abzuwehren*? (Vom Glauben an ein *Herstellen des Friedens* haben wir uns längst verabschiedet.)

Es gibt keine Versöhnung. Wenn die Staatenlenker gesagt hätten: *Kommt alle her, wir machen einen runden Tisch und setzen uns zusammen. Wie lauten eure Forderungen, was muss sich ändern?* Lautes Schweigen. Wer hätte sich berufen gefühlt, die Sehnsucht einer Masse zu artikulieren? Wer hätte sich an diesen Tisch gesetzt? Es hätte jene gegeben, denen genau das nicht gestattet worden wäre. Es gibt immer Benachteiligte und Übergangene und Zukurzgekommene, jene, die sich als Opfer erkennen und allein dadurch im Recht sind. Es gab jene, die unsere Gesellschaftsordnung in ihrem Kern erschüttern wollten. Neben der Sehnsucht nach Auslöschung gibt es eine Lust, die Welt brennen zu sehen. Wenn die Menschen wollen, können sie eine Naturgewalt sein.

Es war einmal die Stille als Geräusch, als dröhnender Klang eines zu Ende gedachten Gedankens. Wer konnte sie noch ertragen? Unsere Welt war einmal etwas Weites und Entdeckenswertes, die Gleichförmigkeit der Tage machte sie unendlich klein.

Fünfunddreißig. Feuer
Nachts streunte ich durch den Park. Als ich über eine Brücke ging, sah ich Feuer. Unten, am Ufer des Kanals, zündelten ein paar Jugendliche. Ich blieb stehen und schaute ihnen zu. Da waren fünf oder sechs junge, unfertige Männer, neben ihnen gloste ein Haufen. Einer, der Hauptakteur der Aktion, fuchtelte mit einem aufgefalteten Pappkarton herum. Vielleicht von einem Fernseher oder Kühlschrank, dachte ich. Er trug sehr eng anliegende Jeans, was seine mageren Beine unvorteilhaft betonte. *Streichholzbeinchen*, dachte ich. Ein anderer gab ihm ein Feuerzeug, mit dem er den Karton anzuzünden versuchte, was ihm nicht sofort gelang. Wieder ein anderer saß beinah regungslos an einer

Steinkante. Er hatte den Kopf in die Hände gelegt – erschöpft, resigniert –, vor ihm eine Lacke mit Erbrochenem. Ich bildete mir ein, ihn unwillig stöhnen zu hören.

Streichholzbeinchen hatte es geschafft, den Karton anzuzünden, und lachte irr. Der Karton ging schön in Flammen auf, noch konnte er ihn gut halten. Er streckte den Arm aus, und ich sah, wie er dem Erschöpften den brennenden Karton direkt unters Gesicht hielt, und die Flammen leckten nach oben. Der andere stöhnte und richtete sich auf – er *sprang* nicht auf, das hätte er in seinem Zustand nicht mehr gekonnt. Die anderen standen sinnlos herum. Er hielt sich die Hände vors Gesicht und setzte sich ein paar Meter weiter wieder hin. Es konnte nicht so dramatisch gewesen sein, ich hatte die Situation ernster wahrgenommen, als sie eigentlich war. Streichholzbeinchen behielt, so lange er konnte, den brennenden Karton in der Hand. Jener, der ihm zuvor das Feuerzeug gegeben hatte, grinste beeindruckt. Jetzt machte der Feuerbeherrscher ein paar Schritte auf den Erschöpften zu und triezte ihn erneut. Waren sie Freunde? Wie sagt man so schön: Wer solche Freunde hat, braucht keine Feinde mehr. Ich schaute hinunter und bewegte mich nicht. Der Hingesetzte war seltsam entfernt von seiner Kotzlacke, die eine logische Fortsetzung seines jämmerlichen Anblicks gewesen wäre. Er stöhnte auf und trat mit einem Bein schlaff nach dem Irren. Der machte einen Schritt zurück. Er würde seinem Freund schon nichts tun, es waren ja nur Kinder. Jetzt sahen sie mich.

Ich zuckte innerlich zusammen, ließ mir allerdings nichts anmerken, um ihnen keine Angriffsfläche zu bieten. Es war Streichholzbeinchen, der mich im Umherschwenken des Kopfes entdeckt hatte. Sofort verzerrte sich sein Mund zu gehässigem Ekel. Ich winkte wie ein alter Bekannter. Was machst du?, kreischte er in meine Richtung. Trotz der Entfernung sah ich, dass er wahnsinnige Augen hatte, ein krankes Tier, das sich selbst nicht versteht. Ich schaute hinunter und lächelte freundlich, wie man es anderen Menschen gegenüber tat, wenn man signalisieren wollte: Wir sind einander keine Gefahr. Ich komme hinauf!, brüllte er und ballte probeweise die Faust. Fick deine Mutter, brüllte er. *Fick deine Mutter, fick deine Mutter!* Ich behielt mein Lächeln bei; anstatt weiterzugehen, schien ich es mir in meinem Stehen noch gemütlicher zu machen. Was macht ihr da?, fragte ich, war ehrlich neugierig, was sie so die ganze Nacht trieben.

Hast du nicht verstanden, kam es von unten, geh weiter oder ich ficke dich!

Erst ich meine Mutter, und jetzt er mich, dachte ich.

Der Irre machte Trippelschritte wie im Boxring, streng auf ein sehr kleines Feld begrenzt. Die anderen standen neben allem wie auf den Zuschauerrängen des eigenen Lebens. Hatten sie etwas genommen? Flaschen lagen keine ringsum, nur Verpackungsmaterial, teilweise bereits in Asche verwandelt, und irgendwelche verkohlten Reste. Ich stellte mir vor, wie etwas sanft zu Pulver zerfiel, das zuvor gebrannt hatte. Es hätte mir Freude gemacht, mich am Feuer zu beteiligen.

Geh weiter, sonst komme ich rauf!, brüllte der Irre. Die anderen machten keine Anstalten, ihn zurückzuhalten, weiter anstacheln wollten sie ihn allerdings auch nicht. Jetzt zog mich eine unsichtbare Hand davon, vielleicht war es eine Art erinnerte Vernunft. Ganz langsam setzte ich mich in Bewegung und spazierte weiter über die Brücke. Als ich mich einmal umwandte, funkelte Streichholzbeinchen mich immer noch böse an. Der Erschöpfte lallte irgendetwas Unverständliches. (*Unintelligible* wäre in den Untertiteln eines Films gestanden, obwohl man oft erahnen kann, was die Figur murmelnd von sich gibt.) Sie waren mich los. Es roch verbrannt.

Das war nicht die Harmlosigkeit der U-Bahn-Rüpel, sondern etwas anderes. Diese Burschen waren wesentlich jünger, gerade der eine hatte einen unverstandenen Hass ausgestrahlt, den er unbedingt mit der Welt teilen musste. Ich wunderte mich, dass er nicht heraufgekommen war. Mich hätte interessiert, was geschehen wäre und wie sich die anderen verhalten hätten.

Am Ende der Brücke kam mir ein junger Mann entgegen. Ich warnte ihn vor der Gruppe, die am Kanal ihr Unwesen trieb. Die sind komisch, sagte ich, sie haben Feuer gemacht. Der junge Mann bedankte sich für den Hinweis, sagte aber, er könne nicht anders gehen als über die Brücke. Im Scherz wünschte ich ihm viel Glück. Er sei gut zu Fuß, sagte er. Wir gingen auseinander. Ich hoffe, sie haben ihn nicht erwischt.

Sechsunddreißig. Ein unerheblicher Moment
Ich stand auf der Rolltreppe und legte meine Hand auf den Handlauf. Mein Körper bewegte sich gemächlich hinauf, und meine Hand bewegte sich von mir weg.

Sie war schneller als meine Beine. Ich schaute meine Hand an, die ihren eigenen Kopf hatte. Sie wanderte aus. Ich stellte mir ein langgezogenes Oval vor, um das ein zweites, größeres verlief. Jedes dieser Ovale hatte in der Umlaufbahn ein Objekt. Würden sich beide Objekte mit derselben Geschwindigkeit bewegen, dann wäre das innere früher wieder am Ausgangspunkt angekommen. So jedenfalls stellte ich es mir vor. Ergab es Sinn, dass meine Hand – als am Handlauf ruhendes Objekt – schneller war als meine Beine? Treppenstufen und Handlauf mussten unterschiedliche Strecken zurücklegen; wäre das mit derselben Geschwindigkeit passiert, hätten die Beine bald Vorsprung gehabt. Um dieses Missverhältnis auszugleichen, bewegte sich der Handlauf etwas schneller. Doch er lief etwas zu schnell; anstatt synchron zu sein, schnurrte die Hand den Beinen davon. War es möglich, den perfekten Gleichlauf herzustellen? Existierte irgendwo auf der Welt eine Rolltreppe, bei der die Einstellung der verschieden großen Ovale im Verhältnis zueinander exakt gelungen war? Meine Hand war am Ende des Körpers angekommen. Um mich nicht nach vorne beugen zu müssen, hob ich sie ab und legte sie zurück an ihren Platz direkt neben mir. Was das Warnbild einer Selbstentfremdung hätte sein können, rief eher in Erinnerung, nicht in alles zu viel hineinzuinterpretieren. Hand und Körper waren sich wieder einig.

Für Lester befanden wir uns in einer Expertokratie, bei der einer dem anderen die Verantwortung zuschanzen konnte: Die Staatsmänner beriefen sich in ihren Entscheidungen auf Experten, die bestimmte Maßnahmen als notwendig oder wenigstens vertretbar beschrieben, die Experten wiederum beriefen sich auf die Staatsmänner, die ja entscheiden würden, sie selbst standen nur daneben und riefen vom Spielfeldrand aus freundliche Hinweise ins Getümmel. Jeder konnte für sich in Anspruch nehmen, Macht auszuüben, keiner musste eine Schuld auf sich laden, sobald etwas nicht die gewünschte Wirkung entfaltete. So entstehe eine Art *Verantwortungsvakuum* bei gleichzeitiger Machtkonzentration. Es sei der Idealzustand für eine Kaste aus Privilegierten, sagte er, weil ihre Argumentation stets glaubwürdig bleibe; niemand müsse lügen oder sich verstellen. Ziemlich schwierig allerdings, sich ohne einen Knoten im Kopf bildlich vorzustellen, wie sich einer hinter dem anderen verstecke und sich das mit unseren drei Dimensionen des Raumes tatsächlich ausgehe.

Nachts brauchte ich die Stadt mit niemandem zu teilen, sie gehörte allein mir. Bloß sporadisch waren Hundebesitzer und Jogger unterwegs, die verbissen ihren Trainingsplan einhielten. Diese Stunden des Unterwegsseins waren eine willkommene Abwechslung, die ich mir, so oft ich konnte, herausnahm. Ich dachte darüber nach, was Lester zu mir gesagt hatte: dass autoritäre Strukturen in Wahrheit auf Freiwilligkeit basierten, dass sie also erst dann greifen konnten, wenn ein Großteil der Bevölkerung dahinterstand. Wir wollen unsere Ruhe.

Bevor ich es hörte, spürte ich es: das Beobachtetwerden durch eine unsichtbare Instanz. Etwas oder jemand blieb mir hartnäckig im Rücken. Unbeteiligt ging ich weiter. Dann wurde ein Scheinwerfer auf mich gerichtet. Es folgte eine Durchsage über Lautsprecher: *Gehen Sie sofort nach Hause, sonst bekommen Sie eine Anzeige.* Die Stimme kam nicht vom Band; eine sachliche, neutrale, alterslose Männerstimme, die so gar nicht zum rabiaten Satz passen wollte. Da ich ohnehin auf dem Heimweg war, hatte ich nichts zu befürchten. Es war dunkel und kalt.

Zweiter Teil
Wie es beginnt

Siebenunddreißig. Masse als Macht
Der Sturm hatte sich angekündigt. Ich sah ihn aus der Ferne; mittendrin hätte ich auf keinen Fall sein wollen. Es war ein Tag wie jeder andere. Wieder hatten sich die Empörten versammelt, diesmal mehr als sonst – oder waren sie nur anders verteilt? Sie erstreckten sich über einen Platz im Regierungsviertel und zogen von dort aus gemächlich weiter. Es gab kein Startsignal oder jemanden, der sie dazu aufgefordert hätte, Ziel und Richtung der Bewegung kamen aus ihr selbst. Die Empörten waren an diesem Tag gut aufgelegt, das Verschmelzen mit den anderen und das Verschwimmen der Trennungslinien zwischen den Einzelmenschen, das Masse-Sein also gab ihnen Stärke und die Berechtigung, den Übertritt zu wagen.

Ich versuchte mir ein Bild zu machen, Lester hatte ich längst aus den Augen verloren. Die Empörten bewegten sich auf ein Gebäude zu. Noch war es ein Spaziergang, der an jenen Barrikaden zum Stillstand kam, die vor einiger Zeit aufgestellt und seitdem der Einfachheit halber nicht mehr abgebaut worden waren. Ich selbst war mir als Teil einer Masse immer unheimlich, bekam sogar im Fußballstadion Herzrasen, bei den wenigen Malen, da ich von begeisterten Freunden mitgeschleift worden war. Auch Großkonzerte mied ich. Die Masse verleiht einem eine unerhörte Macht, und aus der folgt – das wusste schon Spiderman – große Verantwortung. Entweder waren sich die Empörten dieser Dinge nicht bewusst oder sie legten es im Gegenteil auf die Entgleisung an. Bleibt die Frage, was bedenklicher gewesen wäre. Sie drängten gegen die Absperrungen, noch hielten Polizisten die Stellung. So oder so ähnlich hatten wir das schon in den Nachrichten gesehen. Das Stürmen von Regierungsgebäuden musste in Mode gekommen sein.

Ich erinnere mich an Fernsehbilder eines angeheizten Mobs, der mit stetem Drängen Sicherheitsleute davonschiebt und in verbotene Zonen eindringt. Es sind austauschbare Bilder, bei denen ein Land durch das andere und eine geschwenkte Flagge durch die nächste ersetzt wird. Was man immer sieht, ist das Ausüben dumpfer Gewalt, die sich gleichmäßig auf alle Teilhaber verteilt. Wenn etwas geschieht, dann war es keiner oder waren es alle. Wird ein Gegner zerdrückt, dann ist er Opfer einer Naturgewalt, einer menschlichen Stampede, die wissentlich und willentlich losgetreten wurde, eingedenk der damit verbundenen Konsequenzen. Ich erinnere mich an Livestreams, es gibt Bilder, die sich mir fest eingebrannt haben.

Menschen drängen den Hügel hinauf und erstürmen ein Gebäude, das für eine Entscheidungsgewalt steht, der sie sich unterworfen fühlen, als deren Opfer sie sich verstehen, sie drängen und drängen, sie stürmen und stürmen, bis der Schutzwall nachgibt und die kleinere Kraft der größeren weicht. Die Unbedingtheit des letzten Gefechts. Sie bringen diesen Akt nur deshalb über sich und nehmen Kollateralschäden in Kauf, weil sie sich im Widerstand sehen. Sie glauben, dass die Geschichte ihnen recht geben wird. Menschen erstürmen den Palast, in dem sich jedoch kein despotischer Führer verschanzt hat, sondern in dem gewachsene demokratische Strukturen walten. Alles, was sie wollen, ist *hinein* – und sind bereit, dafür alles zu geben. So mancher geht bei diesem Kampf zu Boden. Sie wollen hinein – aber wenn sie es geschafft haben, wenn sie drinnen sind im vermeintlichen Zentrum der Macht, dann wissen sie nicht weiter. Dann stehen sie da, schüchtern und kindgleich, überfordert vom Erreichen ihres Ziels, zurückgeworfen auf ihre eigene Überfragtheit. Es gibt kaum einen jämmerlicheren Anblick als Menschen, die mit ihrem Ansinnen erfolgreich sind und dann keine Ahnung haben, was sie damit anfangen sollen. Diese Wendung war nicht mitgedacht, dieser Twist in der Story nicht vorgesehen. Sie hätten schön sterben wollen – in Würde untergehen. Jetzt stehen sie blöd in der Gegend herum.

Damit spiegeln sie, was mit so manchem Populisten geschieht, wenn er eine Wahl gewinnt. Er hat keine Agenda und keine Idee von der Zukunft, schon gar keine Vision oder einen Möglichkeitssinn; er weiß nur zu sagen, was andere hören wollen. Durch Stimmabgabe wird er an die Spitze gespült und gerät in Panik. Es hätte nur ein Gag sein sollen, ein Umrühren im Shitstorm, das den Marktwert des eigenen Nachnamens und des Familienunternehmens erhöht. Wahlkampf als Branding. Und jetzt das! Jetzt die mühselige Arbeit des Regierens, des Austarierens von wechselhaften Kräften. Da müsste man ja zeitig aufstehen. Der Schock sitzt tief, die Luft bleibt weg wie beim Sprung ins eiskalte Wasser; in die Euphorie über das Eintreten von etwas Unerwartetem mischt sich die Verzweiflung des Überforderten. Dem Dampfplauderer, der plötzlich in den Chefsessel plumpst, ergeht es wie den Tatmenschen, die in den Staatskern eindringen – beide scheitern am Erfolg. Das Wahrwerden der eigenen Wunschvorstellung ist nicht vorgesehen. Sie werden erschlagen vom eigenen Willen. Mit dem Erstürmen des Regierungsgebäudes aus Treue zu ihren Verführern schließen die Empörten einen Kreis. Eine Episode findet ihr schlüssiges Ende, das Chaos erweist sich als Selbstähnlichkeit der Geschichte; im Hintergrund erklingt das Gelächter des Quantengotts, der amüsiert unsere Zeitalter verwaltet.

An solche Bilder musste ich denken, als ich an diesem gewöhnlichen Tag mitansah, wie auch hierzulande die Empörten in ein Gebäude drängten. Dumpf grollte die Gewalt. Das Vor und Zurück der Absperrgitter bekam einen Rhythmus. Noch hatten sie es nicht geschafft, noch stand die Polizei. Der Einsatz von Pfefferspray wurde angeordnet, rot brennende Augen mit prickelndem Mineralwasser aus Halbliterflaschen ausgespült. Husten und spucken, Speichel und Schleim, Galle und Rotz. So geht *Wille*, und er hat seinen Preis.

Was tun Menschen, die es geschafft haben? Sie stehen ratlos herum und diskutieren, was jetzt getan werden soll. Sie posieren vor den Symbolen der Macht, stellen sich neben Statuen und machen Schnappschüsse, die sie öffentlich teilen und die von den ermittelnden Behörden als Beweisfotos herangezogen werden können. Wie Kinder, dachte ich, wie Touristen am Schauplatz des von ihnen verübten Verbrechens. Der Ort wird *Tatort* und entweiht. Es werden Gegenstände entwendet und prustend herumgereicht, Dreck wird gemacht und Unordnung hinterlassen; destruktives, planloses Verhalten. Sie dachten, es würde alles ändern, hereinzukommen, jetzt sehen sie, dass es nicht einmal hier eine Lösung gibt, die auf sie wartet. Es gibt Tote und Verletzte. So scharfe Galle und so gelber Rotz.

Achtunddreißig. Sturm

Wo Gebäudestürmer und Sicherheitskräfte einander gegenüberstehen, handelt es sich um zwei Gruppen, die einander nur bedingt als Feinde begreifen. Ja, die einen wollen hinein, und die anderen haben die Aufgabe, genau das zu verhindern – dafür werden sie bezahlt und darauf haben sie einen Eid abgelegt. Doch einer erkennt sich im anderen wieder. Nicht selten, dass man Sätze hört wie: *Ihr gehört zu uns!* oder *Ich bin einer von euch!*

Unter den Empörten gibt es ehemalige Militärangehörige und Staatsbedienstete, auch Polizisten; und unter den Polizisten gibt es viele, die ebenfalls nicht einverstanden sind mit dem Vorgehen der Regierung, die am liebsten ihre Uniform abstreifen und einen fliegenden Wechsel auf die Gegenseite vollführen würden.

Aus dichtem Stehen wird Schieben nach vorn. Manchmal hält einer den anderen zurück, wenn der Nebenmann wüst in die Menschenkette fuchtelt und einem Behelmten aufs Visier klopft. Einer redet dem anderen ins Gewissen. Sie sind überfordert damit, gegeneinander kämpfen zu müssen. Am liebsten wären sie alle zu Hause bei ihrer Mama.

Eigentlich darf einen nichts überraschen oder erschüttern. Kein Anblick darf einem mehr neu sein. Egal was es ist: Tun wir von jetzt an bei allem so, als wäre es das tausendste Mal, dass es uns zu Gesicht kommt. Behaupten wir stur eine Unbeeindruckbarkeit. Das lebe ich. Wir müssen uns *entstaunen*.

Es war einmal ein Sturm. Ich hatte den Überblick verloren und kam näher, um zu verstehen. Das Wetter war ziemlich gut; kühl, aber sonnig. Ein Tag wie jeder andere. Der stille Triumph des schieren Dabeiseins: Endlich wieder Teil von etwas – was es auch sei. Ich hielt mich am Rand, ich war nicht *dabei*. Erleichterung stellte sich ein, als ich das Geschehen mit jenem verglich, das man anderswo sah: wenig Camouflage, kaum Schutzausrüstung oder Bewaffnung, nur vereinzelt schwenkte jemand eine zweifelhafte Fahne. Das hier war die Provinzausgabe der politischen Gewalt, die Schrumpfversion der Revolte. Die Empörten spielten etwas nach, das sie sich bei Vorbildern – im wahrsten Sinne des Wortes – abgeschaut hatten; ja, dachte ich, es war das Nachspielen von etwas, mit abgenutzten Phrasen und lächerlichen Posen. Nicht einmal ihren eigenen Akt der Befreiung brachten sie zustande. Es war die Aufführung eines Kindertheaters. Ein Seismograf hätte vor sich hin gezittert: leichte Erdbebenwellen, keine nachwirkenden Erschütterungen. Sie brachen nicht durch, ihre Versuche blieben halbherzig. Die Empörten wussten sehr genau, welche Grenze sie nicht überschreiten durften, um eine letzte Gesprächsmöglichkeit bestehen zu lassen. Sie wollten sagen können: Wir gehen nur spazieren.

Es war einmal. Die Bilder verschwimmen. War es so? Wir lügen uns die Welt zu unseren Gunsten um. Dinge werden zurechterinnert, um Schaden abzuwenden. Wie war es wirklich? Kann ich mir als Erzähler vertrauen? Die Empörten drängten gegen das Gebäude. Hinter den Absperrgittern waren Polizisten in Stellung gegangen. Wo war Lester eigentlich die ganze Zeit? Aufpassen, dass du nicht stolperst. Wir sind alle *da*, aber sind wir *dabei*? Ich blieb am Rand. Die schiere Anwesenheit kann doch unmöglich zur Tat umgedeutet werden.

Ich sah etwas liegen. Zuerst kam mir vor, es sei eine Art Seesack, in dem jemand Jacken oder Zeltteile verstaut hatte, dann stupste ich mit dem Fuß dagegen und bemerkte, dass dieses Objekt ein ordentliches Gewicht haben musste. Ich war umstanden von gesichtslosen Massemenschen, viele maskiert, wir standen so eng, dass ich immer wieder auf die Zehenspitzen stieg, um nach Luft zu schnappen, die Arme hatte ich angewinkelt vor dem Körper platziert, was Druck von meinem Brustkorb nehmen sollte. Die Wege der Menge sind unergründlich, und in absichtslosen Gezeiten war mein Rand des Geschehens zu seinem Zentrum geworden. Das Objekt am Boden war schwer und lag im Weg und ich fragte mich, ob es eine Hinterseite war – der Rücken von etwas, dachte ich. Ein Stoffbeutel in der Farbe einer Polizeiuniform.

Die Menge drückte mich weiter. Später würde es Aufnahmen des Nachmittags geben, die von einem Hubschrauber aus gemacht worden waren. Die Vogelperspektive ist der schönste und beruhigendste

Überblick, den man sich von einem Ereignis verschaffen kann. Man konnte Wellenbewegungen sehen, ein unverrückbares Menschenheer, das organisch von Schwingungen durchpulst war, die oft wirkten, als sei das Bild nur gleichmäßig verschwommen.

Es sind sehr unscheinbare Katastrophen, die sich ergeben, wo zu viele Personen auf zu wenig Raum in verschiedene Richtungen wollen. Ich stand unten und hörte den Helikopter über uns kreisen. Später würde ich mich selbst als Punkt in der Fläche erkennen. Ein ruderloser Fetzen Plankton im Ozean. Mit der Luft wurde es besser, ich bekam einen Arm so weit frei, dass ich ihn heben und mich mit dem ausgefahrenen Zeigefinger an der Nase kratzen konnte; dieser leichte Juckreiz war sehr lange ungestillt geblieben.

Eine aufatmende Weite stellte sich ein, aus dem Schieben und Ziehen waren schwächere Impulse geworden, denen man sich nicht leblos fügen musste, wo man vorsichtig dagegenhalten konnte. Der Helikopter schraubte sich in geneigtem Flug davon, bloß um später umso aufdringlicher wiederzukehren. Alles, was mir Nähe aufzwang, drückte ich davon, die anderen um mich bedachte ich mit luftknappen Kraftausdrücken. Wie gern wäre ich jetzt dort oben gewesen, in der Welt über der Stadt, und hätte mir hier unten zugesehen.

Neununddreißig. Still
Ich sah einen weiteren Sack – auch er in den gedeckten Farben des Staates –, diesmal sah ich genauer hin. Von ihm zweigten armdicke Wülste ab, symmetrisch an die

Seiten gesetzt. Am oberen Ende lag wacker ein Helm. Ein Mensch hatte aus sich eine Kugel gemacht. Eingeigelt, dachte ich, zusammengekörpert. Ich schob jemanden zur Seite, sank nieder und bekam eine Armbeuge zu fassen, zog und zog, mit welcher Kraft, kann ich nicht sagen. Der Sack regte sich. Als er merkte, dass er gerade den nötigen Platz hatte, sich aufzurichten, tat er es.

Ich brachte uns ins Stehen und rief, man solle uns durchlassen. Vor uns teilte sich das Meer – nein, das tat es nicht, aber immerhin entstand mit jeder Wiederholung für jeweils ein paar Meter ein Schlitz, der breit genug war, uns beide hindurchzudrängen. Ich hielt den Körper so nah an mich, als wäre es mein eigener. Humpelte er? Unser Gehen bekam eine Ruhe und Gleichmäßigkeit, nach und nach dünnte sich die Menge aus. Irgendwohin gab es eine Lücke. Wir sind nur Wasser, das sich den Weg des geringsten Widerstands sucht, das dorthin ausweicht, wo es das leichteste Durchkommen gibt.

Der Körper dämmerte langsam hoch, beteiligte sich immer mehr selbst am Gehen. Jetzt brauchte ich auch kaum mehr etwas zu sagen; wer im Weg stand, schaute auf und erkannte die Lage. Der eine oder andere wies uns sogar mit einer Geste die Richtung, wie ein Kellner, der einem mit Kopfnicken den reservierten Tisch andeutete.

Der Körper würde sich bei mir bedanken, dachte ich, er würde froh sein, dass genau ich zur richtigen Zeit am richtigen Ort gewesen war, doch er würde mich auch fragen, wieso ich überhaupt zu dieser Zeit an diesem Ort hatte sein müssen. Noch während des immer leichteren Gehens legte ich mir Antworten zurecht, die wie Entschuldigungen klangen und wahrscheinlich nicht mehr als faule Ausreden waren. Ich bin nur *da*, dachte ich, nicht *dabei*.

Wir waren ein sehr ungleiches Paar. Der Körper hatte weiche Stellen, wo ich sie nicht vermutet hätte; Uniformen kaschieren, und diese hier war nicht sehr zeigefreudig. Doch je freier wir gingen und je besser ich hin und wieder mit Seitenblicken den Zustand meiner Fracht überprüfen konnte, desto klarer wurde mir, womit ich es zu tun hatte. Der Körper war jener einer Frau, der Sack mit Beinen war eine Polizistin. Sie war am Leben, ich holte tief Luft. Sie war in Sicherheit, wir hatten es geschafft.

Kaum dass wir außer Gefahr waren, versuchte sie sich loszureißen und umzukehren, wohl um nach ihren Kollegen zu sehen, doch ich konnte sie davon überzeugen, dass sie in ihrem Zustand keine große Hilfe wäre. Wir hätten gar nicht lange zu diskutieren brauchen: So schnell sich die Lage verfinstert hatte, so schnell lichtete sich alles. Verstärkung rückte an und trennte die Menge in einzelne Segmente. Dem Chaos wurde mit beherrschter Ordnung beigekommen. Uns ließ man weiterhumpeln, niemand achtete auf uns, als seien wir unsichtbar. Wir brachten uns außer Hörweite des Hauptgeschehens. Es ist erstaunlich, dass man selbst inmitten der Großstadt bloß um ein paar graue Ecken gehen muss, schon befindet man sich in der Einfahrt einer Tiefgarage und ist weitab des Lärms. Das Dröhnen der Rotoren war ganz leise geworden. Wir befanden uns außerhalb der Geschichte.

Vierzig. Lexi

Ich half ihr, den Helm abzunehmen und die schwarze Sturmhaube vom Kopf zu ziehen. Ihr Gesicht war stark verschwitzt und an Druckstellen gerötet, doch unversehrt. Stand ihr der Schreck ins Gesicht geschrieben? Nein, sie wirkte nur müde und erleichtert. Sie streifte die klobigen Handschuhe ab, ihre Hände zitterten leicht. Sie öffnete die Jacke, was einen Brustpanzer zum Vorschein brachte, der verschoben war. Die Polizistin klopfte sich oberflächlich ab, knetete an sich herum und konnte keine gröberen Blessuren feststellen. Sie würde Prellungen und blaue Flecken davontragen, gebrochen war nichts. Ich gab ihr meine Wasserflasche, die stets im Seitenfach des Rucksacks verstaut war – nicht nur heute zum Auswaschen von Pfefferspray.

Sie trank gierig, rülpste zufrieden und wischte sich mit dem Handrücken den Mund. Etwas hielt sie davon ab, sich zu bedanken, für das Wasser und überhaupt, und ich wusste, was es war: die Tatsache, dass sie durch mich und meinesgleichen überhaupt in diese missliche Lage gebracht worden war, aus der ich sie gerettet hatte. Außerdem war gar nicht sicher, dass sie tatsächlich gerettet worden war und hatte gerettet werden müssen. Es kam ganz darauf an, wie sich die Wellen der Masse verlagert hätten und wem sie in die Hände gefallen wäre. Ich wollte mich nicht als strahlenden Helden aufspielen. Die Polizistin schaute mich lange an. Ich kenne dich, sagte sie.

Sie erinnere sich, dass wir vor einiger Zeit – vor ein paar Wochen? – am Rande eines Spaziergangs kurz gesprochen hätten. (Bei einem von ihr *betreuten* Spaziergang, sagte sie, was ich nicht für angemessen hielt, weil es an den Sonntagsausflug von Irrenhausbewohnern denken ließ, was vielleicht genau jene Assoziation war, die sie herstellen wollte. Ich legte keinen Widerspruch ein.) Sie habe mich gefragt, ob ich hier *dabei* sei, und ich hätte geantwortet, dass ich nur dabei sei. (Ich erinnerte mich.) Das habe ihr zu denken gegeben, sagte sie. Weil ich einerseits recht hätte, und andererseits unrecht. Sie habe sehr viel darüber nachgedacht. Wie ist das heute?, fragte sie, nur dabei oder *dabei*?

Ich nickte. Das war der Unterschied zwischen *ihnen* und *uns*, dachte ich, zwischen ihr und mir: Sie kannte nach diesem Gespräch mein Aussehen und konnte mich wiedererkennen, ich kannte ihres umgekehrt nicht und hätte sie niemals bloß an der Stimme wiedererkannt.

Sie wollte wissen, wer ich sei. Wird das eine Identitätsfeststellung? fragte ich. Nein, sie wolle nur wissen, mit wem sie es zu tun habe. Ich sagte ihr meinen Vornamen, und sie verlangte keinen Ausweis, sondern glaubte mir.

Sie heiße Lexi, wobei ich davon ausging, dass es sich um die Kurzform von Alexandra handelte. Wir gaben einander die Hand. Ich solle ihr meinen vollen Namen nennen. Es war keine Frage. Ich zierte mich. Damit ich dich in unserer Datenbank abfragen kann, sagte sie. Ich fand das weniger lustig, als sie vielleicht glaubte. Oder du gibst mir einfach deine Nummer, sagte sie, um mir einmal in Ruhe zu erzählen, wie dabei du bei allem gewesen bist. Ihre Bestimmtheit machte deutlich, dass sie all das auch anders herausfinden könnte. War das eine Amtshandlung? Musste sie zu dem Vorfall einen offiziellen Bericht aufnehmen? Ich diktierte ihr meine Nummer ins Handy und hielt ihren konzentrierten Blick, wanderte ihr Gesicht dann zentimeterweise hinunter. Lexi hatte ein punktgroßes Loch im Nasenflügel, ein unscheinbares Löchlein, in dem gemeinhin etwas steckte. Plötzlich wurde sie nervös.

Sie müsse sich zurückmelden und sehen, wie es weitergehe, sonst mache sich noch jemand unbegründet Sorgen wegen ihr. Ich sagte, sie solle sich untersuchen lassen, um abzuklären, ob es irgendwelche verborgenen Verletzungen gebe, die ihr beim flüchtigen Abtasten entgangen seien.

Es sei alles in Ordnung. Nach mir erkundigte sie sich nicht. Ihr fiel wieder ein, wer sie war und wo sie sich befand. Mit einem Mal schien Lexi panisch erregt, Tränen schossen ihr in die Augen, sie raffte alles an sich, rückte den Panzer um ihren Oberkörper zurecht und zurrte die Gurte streng nach, sie schloss die Jacke, legte Maske und Helm an, zu guter Letzt schlüpfte sie in die Handschuhe. Sie wisse nicht, was in sie gefahren sei, sich vom Dienst zu entfernen, sie müsse dringend zurück und schauen, wie es den anderen gehe, ob sie jemandem helfen könne. Wahrscheinlich stand sie unter Schock.

Einundvierzig. Zwei Leben

Wir führen zwei Leben: eines vor unseren Freunden, Verwandten und Kollegen, bei denen wir vieles aussparen, das uns gerade beschäftigt, vielleicht sprechen wir Dinge an, doch ins Detail gehen wir nicht, weil wir uns sorgen, missverstanden zu werden; eines vor uns selbst und ganz wenigen anderen, die vieles an uns verstehen, das wir schwer in Worte fassen können.

Die Eingeweihten dieses Zweitlebens stimmen uns nicht in allem zu, sondern haben ein offenes Ohr und haken ein, wo sie der Meinung sind, dass wir uns an etwas festgedacht haben, sie verstehen den Unterschied zwischen *ernstnehmen* und *rechtgeben*.

Ernstnehmen heißt: hinschauen, Interesse zeigen, nachdenken, prüfen, hinterfragen, Meinung bilden, sich äußern, womöglich handeln. Im Affekt rechtgeben heißt: all das unterlassen, eben nicht hinschauen, kein Interesse zeigen, kaum nachdenken, wenig prüfen, nachplappern statt hinterfragen, Meinung schon vorher gehabt haben und sie als Kurzschlusshandlung in Nuancen den Gegebenheiten anpassen, sich unbedarft äußern und mutwillig handeln.

Als ich Lester fragte, wie er den Sturm erlebt habe, gab er nur ausweichend Antwort. Es sei alles sehr unübersichtlich gewesen, teilweise sei er recht weit vorne gestanden, zum Glück aber nicht von einem Gummigeschoss getroffen worden, auch sonst habe er nichts abbekommen. Sobald sich die Menge zerstreut habe, sei er unbehelligt nach Hause spaziert. Von meiner Begegnung und der Rettungsaktion erzählte ich nichts; Lexi war etwas, das ich für mich behalten wollte.

Die Medien würden alles übertrieben darstellen, sagte er, es habe keinen wie auch immer gearteten *Sturm* gegeben, wenn auch eine nicht genehmigte Großkundgebung. Der stete Zulauf an Menschen, die sich nicht mehr gleichmäßig verteilen konnten, sei jedoch der mangelhaften Polizeistrategie geschuldet gewesen, die Einkesselung habe zu einer Panikreaktion geführt. Er zeigte sich ehrlich bedrückt wegen der Eskalation, das lenke ab von der Sache. Ich wies ihn darauf hin, dass Menschen zu Schaden gekommen waren. Er spuckte innerlich aus. Das sei besorgniserregend, sagte er, verdeutliche aber nur den Ernst der Lage. Es habe Opfer auf beiden Seiten gegeben.

Grundrechte seien Grundrechte, eben weil es Grundrechte seien. In bestimmten Situationen, zum Beispiel mit Argumenten des Infektionsschutzes, könne es sinnvoll sein, ein Versammlungsverbot auszusprechen, es könne sogar nötig sein, um Schaden von Staatsbürgern abzuwenden, etwa bei erhöhter Terrorwarnstufe – es dürfe aber gar nicht *möglich* sein, die Grundrechte zu beschneiden, wie wohlbegründet es auch sei. Für ein paar Tage, sagte Lester, das lasse er sich ja vielleicht noch einreden. Grundrechte seien wie Gravitation – ja, das treffe es eigentlich ganz gut, sagte er, ein unsichtbarer Kitt, der in demokratischen Gesellschaften der aufgeklärten Welt alles zusammenhalte. Die Schwerkraft sei auch nicht Verhandlungssache. So viel müsse ausdiskutiert und ausjudiziert werden, da brauche es ein paar Dinge, die in Stein gemeißelt seien, allein schon für die geistige Gesundheit. Es müsse Dinge geben, auf die müsse man sich bedingungslos verlassen können: Meinungsfreiheit, Personenfreizügigkeit, Rechtsstaat. Solche Dinge, sagte er, Schwerkraft eben. Beim Schlüsselbund fragten wir uns ja auch nicht, ob er hinunterfalle, wenn er uns aus der Hand rutsche –

wir wüssten es. Schütteln wir den Baum, dann fällt der Apfel, sagte er, und niemand wird es hinterfragen. Ist die Schwerkraft plötzlich außer Kraft gesetzt und alles beginnt Kopf zu stehen, dann bröckelt das Vertrauen ins Unverhandelbare. Und wenn das passiert, Lester seufzte, wenn wir bemerken, wie Dinge möglich sind, die wir seit unserem Heranwachsen zum bewussten, reflektierten, politischen Menschen stets für unmöglich gehalten haben, dann verstehen wir die Welt nicht mehr, und niemand kann uns verdenken, dass wir uns fragen, was jetzt noch alles möglich ist, jetzt, da der Damm gebrochen ist.

(Hätte ich ihn gefragt, ob er da nicht übertreibe, dann hätte er zurückgefragt, ob ich da nicht untertreibe, und wir hätten uns im Kreis gedreht.)

Die Tatsache, dass diese Entwicklung den meisten Mitbürgern herzlich egal sei, mache ihn betroffen, sagte er, aber auch vorsichtig und wach. Es stimme: Die meisten würden es ja nicht einmal merken, wenn man ihnen die eigene Freiheit direkt vor der Nase wegschnappte. (Andere bemerken es dort, wo es gar nicht geschieht.)

Vielleicht musste man uns beide – ihn, den Schwarzmaler, und mich, den Beschwichtiger – ineinanderknallen lassen, um aus den Trümmern eine Welt zu bauen, die eine angemessene Version der unseren darstellte. Wo wir Zuversicht verströmen, dort gehorchen wir einer Art umgekehrter Paranoia, einem Glauben an Schutzengel, die aus dem Verborgenen heraus zu unseren Gunsten intrigieren: Irgendwo tun sich welche zusammen, die es gut mit mir meinen; ich kenne sie nicht und bin ihnen niemals auch nur unwissentlich begegnet, und trotzdem hecken sie etwas Schönes für mich aus.

Zweiundvierzig. Mastix

Unterwegs legte ich mich mit einem Kaugummiautomaten an. Bereits am Vormittag war es so warm, dass ich mir die Jacke ausziehen musste und sie mir über die verschränkten Arme legte. Der Rücken meines T-Shirts war nassgeschwitzt; ich erinnerte mich, dass wir längst Frühling hatten, und ich fragte mich, seit wann. Mir war auch aufgefallen, dass mein Kaltes Zimmer nur noch selten hielt, was es versprach, was in Ordnung war, da ich den Zustand, in den mich ein Aufenthalt darin versetzte, zu Teilen auch ohne äußere Hilfsmittel aus mir selbst heraus herstellen konnte.

Schnellen Schrittes ist eine Wendung, die sehr gut beschreibt, wie rasant und zielstrebig ich marschierte, als ich direkt neben einem Kaugummiautomaten plötzlich festgehalten wurde. Sein Drehhebel war horizontal ausgerichtet, mein Jackenkragen hatte sich im Vorbeigehen unglücklich verfangen. Das Handy, in dem ich lustlos gescrollt hatte, knallte auf den Gehsteig. Ich war einigermaßen verdutzt und machte mir ein Bild von der Situation. Ein paar Meter weiter stand ein Knirps an seinem Kinderwagen, die Mutter achtsam versetzt. Er war richtiggehend erschrocken. Ich sah, wie die Mutter ihn beobachtete, wie fasziniert sie miterfuhr, welche Eindrücke er sammelte, wie er ständig etwas *zum ersten Mal* sah. Eine solche Verbindung stellte ich mir magisch vor.

Mein Handy war mit dem Bildschirm nach unten schroff aufgeschlagen, trug aber unerklärlicherweise nicht einen einzigen Kratzer davon.

Hoppla, sagte ich, was war das denn? Ich rang mir ein Lächeln ab.

Das hätte mir auch passieren können, sagte die Mutter, ganz ums Betonen einer Gewöhnlichkeit bemüht. Ihr Kind war noch unschlüssig, ob es zu dem Vorfall in Tränen ausbrechen sollte.

Ich stellte laut und für alle hörbar fest, was der Fall war: Ich war so schnell unterwegs, und dann bin ich mit der Jacke an dem Automaten hängengeblieben, sagte ich in kindgerechtem Ton, der einen komplexen Zusammenhang in sehr einfachen Worten erklärte. Jetzt war dem Kleinen wohler, denn er verstand. Das ist aber lustig, sagte ich gespielt erfreut, obwohl ich mich über meine Ungeschicklichkeit ärgerte. Das Kind war endgültig beruhigt: Die Lautstärke des Knalls und die Plötzlichkeit des Augenblicks hatten einen großen Effekt gehabt, nun stand fest, dass alles nur ein Missverständnis zwischen Mensch und Objekt gewesen war. Hätte ich anders reagiert, geflucht oder dem Automaten einen Fußtritt verpasst, dann wäre dem Kind vorgelebt worden, wie ungerecht und entbehrungsreich unser Alltag ist. Das Kind schaute andächtig zu, wie ich behutsam die Jacke glattstrich. Unter der dünnen Haube lugte ein bisschen Flaum hervor.

Die Mutter lächelte mich dankbar an, das hatte sofort etwas Verschwörerisches. Sie schätzte meinen souveränen Umgang mit dem Missgeschick, ich war das Beispiel für einen lebenstauglichen Erwachsenen. Aus dem Kindergesicht war jede Verunsicherung gewichen, es stimmte ins gemeinsame Lächeln mit ein. Zu schnell, wiederholte es erstaunt. Ich hatte mich vom Gehsteig aufgesammelt und setzte meinen Weg fort – jetzt in gemäßigtem Tempo und aufmerksamer für meine direkte Umgebung.

Als ich mich umdrehte, hatte das Kind immer noch nicht den Blick von mir lassen können. Diese vermeintlich unscheinbare Begebenheit hatte einen nachhaltigen Eindruck hinterlassen. Ich hatte mich in meinem Kampf wacker geschlagen. Sind vielleicht Kaugummiautomaten die besseren Windmühlen? Mit offenem Mund schaute das Kind mir nach, die Mutter folgte gutmütig seiner Blicklinie. Das schlichte Erlebnis war ihm in seinem staunensbereiten Kindergehirn zum bedeutsamen Ereignis geworden. Ich würde dem Kind erhalten bleiben, da war ich mir sicher. Es wird von mir träumen, dachte ich, es wird träumen von dem wundersamen Mann, der Jacke und dem Hebel und dem Knall. Am wahrsten wird es träumen von dem Knall.

Dreiundvierzig. Ein Vorfall am Kopierer
Es war einmal eine Geschichte. Ich bin mir im Klaren darüber, wie sehr mir das Erzählen entglitten ist. Verlief es anfangs noch in halbwegs sicheren, geordneten Bahnen, so ist es mittlerweile ein unbedachter Wechsel aus Anwürfen, Vermutungen und beschreibenden Szenen mit Lokalkolorit. Im Wiederlesen erkenne ich die Uneinheitlichkeit des Tons, die ich bestehen lasse, weil sie die jeweils unterschiedlichen Erregungszustände

abbildet, in denen das Geschriebene entstanden ist. Ich stelle mir vor, es könnte ergiebig sein, weil sich darin eine *andere* Wahrheit verbirgt.

Ich erkenne die Unerbittlichkeit, mit der ich manche Dinge vereinfache. Doch was bleibt mir anderes übrig? Jedes Wort und jeder Satz ist eine Entscheidung, die man genauso gut anders hätte treffen können – und gar nicht zu erzählen ist auch keine Lösung. Es stimmt schon so. Und wenn ich auch nichts begreife, dann bleibe ich immerhin einer Sache beharrlich auf der Spur. Dass es verrückt wäre, mir irgendetwas zu glauben, habe ich bereits mit Nachdruck festgestellt.

Ich will versuchen, die Geschehnisse in Ruhe einzuordnen. Nach der Eskalation – dem *Sturm* – wurden die Maßnahmen verschärft, was von einer Mehrheit der Bevölkerung mitgetragen wurde, gab es doch spätestens jetzt allen Grund dazu. Eine Untersuchungskommission sollte feststellen, wie es zur Katastrophe hatte kommen können, wo behördliches Versagen vorlag und wie Derartiges in Zukunft zu verhindern wäre. Ein Abschlussbericht ließ auf sich warten, konkrete Ergebnisse sind mir nicht bekannt.

Interessant fand ich, dass der Büroalltag davon unbehelligt blieb und sich mein Arbeitsaufkommen im Gegenteil noch steigerte. Ich spielte meine Rolle und erfüllte meine Pflichten zu allgemeiner Zufriedenheit. Kopfzerbrechen bereitete mir die Unzuverlässigkeit der anderen, die sogar zugenommen hatte. Alle schienen zu merken, dass es bald keinen Unterschied mehr machen würde, wer seinen Aufgaben wie gewissenhaft nachkam; es war nur eine Ahnung, aber selbst als Ahnung blieb es das Sirren des kommenden Umbruchs. In jedem Klicken auf ein leeres oder hakenbesetztes Kästchen, in jedem Tastaturklackern für eine eilig angeordnete Eingabe, in jeder einzelnen Tätigkeit schwang die Frage der Sinnhaftigkeit mit. Es war ein Singen in der Luft. Wer möchte, kann es immer noch hören.

Es gab Tage, da konnte ich mich beim besten Willen nicht mehr erinnern, was in der Firma eigentlich hergestellt oder als Leistung angeboten wurde. Auch die Art meiner Beschäftigung gab mir hin und wieder Rätsel auf. Den Abteilungsleitern entging diese Verunsicherung.

Jedes Büro ist ein Abbild der Gesellschaft und verdeutlicht in konzentrierter Form die Gesetzmäßigkeiten eines sozialen Gefüges: Etwa zehn Prozent der Menschen halten alles am Laufen, während neunzig Prozent reine Nutznießer sind. Eine Wechselbeziehung zwischen den Sphären besteht nur bedingt. Die Zehnprozentler würden in ihrem eigenen Ansehen weit absinken, lehnten sie sich zurück und gäben sie ihre Arbeitsmoral auf, und die Neunzigprozentler verfügen weder über die Fähigkeiten noch die Motivation, an ihrer Situation etwas zu ändern, solange sie für ihr halbherziges Mitschwimmen im Strom keine gröberen Sanktionen zu erwarten haben. Die Gleichgültigkeit im Büro war allumfassend; die meisten ließen im Betrachten der Geschichtsläufe die nötige intellektuelle Schärfe vermissen. Ich möchte versuchen, darüber so wenig wie möglich zu urteilen. Die Firma ist egal, das Büro ist egal. Sie sind alles, was wir haben.

Da mein privater Drucker zu Hause zu spinnen begonnen hatte und es nur angemessen ist, wenn der Arbeitgeber mit seinen Ressourcen ein bisschen großzügiger umgeht, druckte ich ein paar Seiten im Büro aus. Ich kam auf den Geschmack und nahm regelmäßig Material mit, um es zu kopieren, was niemand bemerkte. Das Abwarten des Kopiervorgangs versetzte mich in eine kribbelnde Nervosität, von der ich heiße Ohren bekam. Einige Male ging alles gut, und ich hätte mein Ausdrucken und Kopieren munter weiterbetrieben, wäre mir nicht einmal ein Fehler unterlaufen: Gedankenverloren ließ ich meine Originale im Gerät zurück. Den fiesen Warnton, mit dem es zur Entnahme der Blätter aufforderte, hatte es da wohl vergessen.

Ein Kollege – eigentlich eine integere Person – trat bald darauf an das Gerät, nahm meine Sachen heraus, ohne zu wissen, um was es sich handelte, lachte hämisch auf. Ich zuckte zusammen und verstand, worum es ging, bevor ich noch richtig mit dem Drehsessel zur Seite gerollt war. Er fächerte die Blätter auf, überflog das Geschriebene, lachte noch einmal – diesmal noch verständnisloser –, schüttelte den Kopf und warf alles in den Papierkorb. Damit war es entschieden. Die Frage, ob er oder irgendjemand sonst hätte wissen können, um was es sich dabei handelte und dass es von mir stammte, bereitete mir lange schlaflose Nächte. Insgesamt kann ich aber nichts Schlechtes über den Kollegen sagen.

Später an diesem Tag, als alle gegangen waren, schlich ich zum Papierkorb und wühlte darin nach meinen Seiten. Eine Putzfrau, die ihre Runde durch unser Stockwerk begonnen hatte, ertappte mich dabei und drehte sich peinlich berührt weg. Es war nicht die Tatsache an sich, dass ich etwas aus dem Papiermüll holte – das allein konnte ja ein sehr nachvollziehbarer Vorgang des Büroalltags sein –, es war die Art, *wie* ich es machte, dass ich mich vor den Eimer hingekauert hatte wie eine hungrige Kreatur, mit welcher unwürdigen Versessenheit ich darin grub, als könnte ein bisschen Papier etwas ändern; es war das Suchen als Akt, den ich in großer Heimlichkeit beging. Ich muss ein jämmerlicher Anblick gewesen sein. Die Putzfrau quietschte mit ihrem Rollwägelchen davon. Ich fischte meine Seiten heraus, faltete sie eilig zusammen und steckte sie ein. Sie durften nicht in fremde Hände fallen.

Vierundvierzig. Gestalten
Pünktlichkeit gehört zu jenen erfreulichen Dingen im Leben, die nichts kosten. Im Gegenteil kann man sich durch sie sogar einiges ersparen, zum Beispiel Stress oder unschöne Vorhaltungen, und nicht zuletzt Zeit. Sie gehört zum Grundvokabular der Höflichkeit. Lexi verstand das. Zwar irritierte es mich, dass sie sich nicht gleich die Hände wusch, nachdem sie meine Wohnung betreten hatte, doch sie darauf hinzuweisen, hätte ich als unangemessen empfunden. Mit eingehängtem Nasenpiercing wirkte sie gar nicht so viel anders oder unernster als ohne. Ich konnte den Sturm noch an ihr riechen.

Lexi sah nach wie vor keinen Grund, sich zu bedanken, und das würde sie auch nicht so bald tun. Ich bot ihr einen mittelteuren Weißwein an, den sie ablehnte;

sie trinke gerade nicht. Mir schauderte beim Gedanken, mein Leben ohne die besänftigende Wirkung von Alkohol bewältigen zu müssen. Wein, Bier und Konsorten sind Milderungen in einer Gefangenschaft, die auch deshalb funktioniert, weil wir davon abgelenkt sind. Alles ist willkommen, das uns davon abhält, uns zu erinnern. Lexi sagte kein Wort, als sie mich gegen den Kasten drückte, um mir anzudeuten, dass sie gegen den Kasten gedrückt werden wollte. Überhaupt war sie sehr gut darin, dieses Wollen und Nicht-Wollen ohne Laute in aller Klarheit zwischen zwei erwachsenen Menschen und sehr deutlich zum Ausdruck zu bringen.

Sie wollte nicht, dass ich es ihr mit der Zunge machte, was schade war, da es mir erstens selbst Vergnügen bereitet hätte und ich mir zweitens einiges darauf einbildete, ein gewisses Talent dafür zu haben; jedenfalls war mir das früher von der einen oder anderen schon dankbar zugeseufzt worden. Lexi wehrte meine Versuche ab, mich an ihr auszuprobieren. Zweimal wanderte mein Kopf ganz beiläufig und natürlich zwischen ihre Beine, und beide Male holte sie ihn sanft, aber bestimmt wieder zurück an ihre Brust. Vielleicht war es ihr zu intim. Wie bei Prostituierten, dachte ich, bei denen man fürs Küssen extra bezahlen musste. Ich bin noch nie bei einer gewesen und kann nicht aus eigener Erfahrung sprechen, mein Vergleich beruht rein auf angelesenem Halbwissen und melancholischen Dokumentationen über den Straßenstrich an der Peripherie irgendeiner Großstadt.

Aus Pornoclips kannte ich diese Kussphobie. Nicht selten wurde man Zeuge, wie sich ein Darsteller im

Überschwang zielgerichteter Penetration dazu hinreißen ließ, der Partnerin die Lippen aufzupressen, worauf diese sich leicht angewidert abwandte, ohne jedoch den Dreh der Szene zu unterbrechen. Küssen, das blieb vielleicht ihrem Ehemann oder Freund vorbehalten. Mich erregte diese Grenzübertretung jedes Mal, war sie doch etwas Echtes, Ungeplantes inmitten einer vorher festgelegten Abfolge von Stellungen und Winkeln. (Mit der Echtheit ist das so eine Sache. Nie verstanden habe ich, wie Schauspieler behaupten können, sie küssten einander auf der Bühne oder am Set nicht wirklich, wo doch jeder sieht, wie sie es tun. Kein Wunder, dass sie an ihren komplizierten Beziehungen zu Kollegen den Verstand verlieren und früher oder später in psychologische Behandlung müssen. Es sei ja bloß ein *Filmkuss*, der wie bei Kindern *nur im Spiel* geschehe.)

Wieder setzte ich den Mund an ihre Scham, wieder legte Lexi ihre Hände an meine Ohren, übte leichten Druck aus und hob mich sacht zurück an ihr Gesicht. Vielleicht war sie verunsichert, weil ihr einmal jemand gesagt hatte, dass sie dort unten nicht gut rieche, und sie ließ sich das einreden, weil es einem Klischee entsprach, das mit schmutzigen Witzen über flirtende Blinde und Fischmärkte am Leben gehalten wurde. Ich hoffe, du denkst das nicht, dachte ich, hätte mich aber niemals getraut, es ihr auch zu sagen, jedenfalls noch nicht, erst später, wenn sich eine gewisse Komplizenschaft eingestellt haben würde, eine berauschte Verschworenheit gegen die Welt. Lexi schien mir genau die Richtige für so etwas zu sein. Umgekehrt wollte sie mich in den Mund nehmen, was ich anstandslos geschehen ließ und mich so zurücklehnte, dass ich sie dabei beobachten konnte.

Es fiel mir schwer, die Wirklichkeit auch als solche wahrzunehmen und anzuerkennen. Ich stellte mir vor, wie ich an meinem Laptop saß und mir ein Video von uns beiden ansah. Ich legte einen aufgefalteten Müllsack hin, kniete mich davor und knöpfte mir die Hose auf. Während wir miteinander schliefen, sah ich uns von außen als abgefilmte Szene. Was sind wir denn mehr als Gestalten, leise in die Nacht gesetzt. Lexi wusste sehr genau, wie sie die Zunge kreisen lassen musste, um mich wahnsinnig zu machen. Wenn es nicht schon längst passiert wäre, dann hätte ich dank ihrer fähigen Behandlung den Verstand verloren. Neugierig beobachtete ich Art und Geschwindigkeit ihrer Bewegung. Lexi war mit Ernst bei der Sache und machte Schmatzgeräusche, als würde es ihr schmecken. Vielleicht war das ihre Art von Dank.

Ich schaute ihr zu und dachte an Grundrechte als Schwerkraft. Zuschauen und Denken fanden in eine zuträgliche, sinnliche Verquickung aus körperlicher und geistiger Forcierung. Lexi speichelte mich glatt, so glatt. Grundrechte sind Axiome, dachte ich, dort finden sie ihre Entsprechung, in der Mathematik, es sind unhinterfragbare Grundsätze, unverrückbare Konstanten, auf die sich eine Gesellschaft verständigt hat. Sie bedürfen keiner Beweisführung und keiner Begründung. Grundrechte sind keine Fragestellung, dachte ich, sondern das Fundament, auf dem alles basiert. Lexi blickte manchmal hoch, um sich für ihr Tun Bestätigung abzuholen, und jedes Mal bekam sie von mir ein flehendes Nicken nach mehr.

Jeder Eingriff ins Fundament ist tödlich heikel, dachte ich, hat unter Vorbehalt und unter enormem Rechtfertigungsdruck zu geschehen. Passt man nicht auf, bricht das Gebäude in sich zusammen. Wenn etwas außer Kraft gesetzt wird, dann aus *guten Gründen*, dachte ich, es sind immer gute Gründe. Dabei ist ein Ausnahmezustand eben kein guter Grund, denn genau für diesen sind die Grundrechte installiert, genau für den Fall, dass ausgehebelt wird, was selbstverständlich war. Im Normalbetrieb der Demokratie gibt es keine Noterlässe, da passieren die Gesetzesvorschläge schön brav und gemächlich die für sie vorgesehenen Instanzen. Grundgesetze sind nicht erfunden worden für lauwarme Sonntagnachmittage, beweisen müssen sie sich dann, wenn es ernst wird. Wie gefestigt eine Demokratie ist, misst sich daran, auf welche Weise die gewählten Vertreter agieren, wenn sie an ihre Grenzen stößt. Ob Lexi merkte, dass ich abgelenkt war?

Sie arbeitete unerschöpflich und wirkte unersättlich nach meinem Fleisch. Ich wusste, dass ich länger brauchte, als für einen Mann meiner Konstitution angemessen sein mochte. Es lag nicht an ihr, im Gegenteil; sie wusste sehr genau, wie gut sie war. Mit Lexi zu schlafen und an Grundrechte zu denken, passte seltsam gut zusammen. Ich zerwühlte ihr Haar. Nur Gestalten. Als ich aufgehört hatte, zu denken, und an gar nichts mehr dachte, ging es sehr schnell. Ich kam in ihren Mund und sie schluckte. Danach streckte sie die Zunge heraus, wie zum Beweis.

Ich streichelte ihren Kopf und es lag eine gewisse Erleichterung darin. Mir wäre nicht im Traum eingefallen, sie um so etwas zu bitten, umso eindrücklicher war es, dass sie es von sich aus darauf angelegt hatte. Lexi war mit sich zufrieden und katzte an mir herum. Es ekelte mich, sie jetzt gleich zu küssen. Sie brauchte sich nicht die Zähne zu putzen, doch wäre es mir recht gewesen, wenn sie ein paar Schluck Wasser getrunken hätte. Ich brachte ihr ein Glas; sie trank gierig, dann küssten wir uns. Gern hätte ich mich revanchiert, doch bis dahin würde es noch dauern. Es war etwas, das Lexi sich aufheben wollte.

Während sie schon schlief, machte ich mir heimlich Notizen über die Nacht. Ich erzählte die Geschichte von einem Mann und einer Frau, die miteinander schliefen. Eigentlich zählte ich nur auf, was alles geschieht. Wie gut sie ihn in den Mund nimmt, wie er sie manchmal ablöst und selbst mit der Hand weitermacht, und als er sagt, es sei gleich vorbei, übernimmt wieder sie und führt die letzten notwendigen Bewegungen aus, um ihn zum Höhepunkt zu bringen. Wie schamlos sie ansaugt und alles aufnimmt und saugt und alles herauslockt, als sei es eine kostbare Flüssigkeit, von der kein Tropfen verschwendet werden dürfte, und er schreckt zusammen vor Wonnegefühl, kurz und heftig zittert die Hüfte, und er kann seine Überraschung und seine Erregung nicht fassen, denn beim allerersten Mal, da sie miteinander schlafen, nimmt sie ihn so bereitwillig und überschwänglich und gekonnt in den Mund, wie es das eigentlich nicht geben darf.

Lexi konnte das Bleistiftkratzen nicht hören, ich schrieb so klein, dass es ganz leise blieb. Mann und Frau gelangen. Die Geschichte war sehr kurz, aber erzählenswert. Sie gefiel mir.

In der Früh nahm Lexi ungefragt die elektrische Zahnbürste mitsamt meinem Bürstenaufsatz von der Ladestation. Während des Programms ging sie unbefangen durch die Wohnung – ein Verhalten, das mich sonst nervte. Es war erstaunlich, wie sich schon bei ihrem ersten Besuch eine segensreiche Vertrautheit einstellte; hintereinander erledigten wir jeweils unsere morgendliche Routine, bei der keiner den anderen störte. Dass ich ihr fürsorglich ein Glas Wasser aufs Nachtkästchen gestellt hatte, war nur selbstverständlich. Auch eine Packung Taschentücher hatte ich dazugelegt, falls sie sich in der Nacht die Nase putzen musste. Beides war unberührt geblieben.

Fünfundvierzig. Lyssa
Von einem Hund gebissen zu werden, ist in erster Linie interessant. Als ich mich im engen Gang des Asiasupermarkts vorbeizwängen wollte, zwickte mich ein Dackel ins Schienbein. Er bekam meine Hose zu fassen und zerrte knurrend daran. Ich war mehr überrascht als erschrocken oder böse. Ich konnte mich lösen, ohne ihm einen Fußtritt geben zu müssen; der Dackel kehrte übergangslos in seine Betretenheit zurück. Die Besitzerin hatte ihn kaum zurückgehalten, die Leine hing schlaff zwischen ihnen. Seine Attacke war ihr nur halb aufgefallen. Ich schob mein Hosenbein hoch und sah, dass die Stelle leicht blutete. Ich wies die Frau darauf

hin, dass ich von ihrem Hund gebissen worden war. Sie fauchte ihn an, er solle das *endlich lassen*. Dann beschwerte sie sich bei mir, weil es in letzter Zeit öfter vorgekommen sei. Die Frau war geistig beeinträchtigt. Die Supermarktverkäuferin schaltete sich ein und bat sie, zu gehen. Auch sie selbst sei von dem Hund bereits gebissen worden, und zwar *hier* – dabei öffnete sie die Hand und kniff sich in die geschmeidige Stelle zwischen Daumen und Zeigefinger. (Ich konnte das verstehen, war es doch eine ansehnlich weiche Stelle, ganz ohne lästige Knorpel oder Knochen. Wäre ich ein Hund, ich hätte mir keine andere ausgesucht.) Sie habe sich bloß hinuntergebückt und Instantnudeln ins Regalfach geschlichtet, da habe das Tier sie ohne Vorwarnung – kein Knurren, kein Bellen, gar nichts – attackiert. Vor ein paar Wochen sei das gewesen. Die Besitzerin stimmte zu und riss mehrmals schroff die Leine hoch, was ihren Dackel aufjaulen ließ. Ich schlug einen Beißkorb vor, was sie gar nicht hörte; die Frau war woanders. Eine andere Kundin sagte, man solle die Polizei rufen. Ob ich stark blute? Abermals zog ich das Hosenbein hoch, auf dem sich bereits ein briefmarkengroßer Fleck gebildet hatte. Nicht schlimm, sagte ich. Die Besitzerin sagte, er habe mich nur gezwickt, was mir jedoch nicht half. Der Hund war nicht normal, er hatte einen seltsam unbeteiligten, abwesenden Blick, passte also gut zu ihr. Das bedauernswerte Paar machte sich aus dem Staub, und alle waren froh und hofften, es würde den Asiasupermarkt niemals wieder heimsuchen.

Ich kaufte Limetten, Koriander und Chili, und um die Verkäuferin für die Aufregung zu entschädigen, für die ich selbst – wenn auch nicht freiwillig – mitverantwortlich war, rundete ich großzügig auf. Heute war ein Limettentag, es kullerte gut in mein Stoffsackerl. Ich begutachtete ein letztes Mal den kleinen, wüsten Bisskreis und sah, dass die Wunde bereits ruhig und das Blut eingetrocknet war. Die Kundin sagte, man sollte bei solchen Leuten am besten gleich die Polizei rufen. Ich bedankte mich für ihre Hilfe. Dann ging ich nach Hause, um mich zu verarzten.

Ich fragte mich, was geschehen wäre, wenn wir tatsächlich die Polizei gerufen hätten. Um zu verhindern, dass die Hundebesitzerin samt ihrem gemeingefährlichen Dackel abhaute, wäre uns nichts anderes übrig geblieben, als sie festzuhalten. Niemand hätte dafür sorgen wollen, dass sie lange genug blieb. Bis die Polizei gekommen wäre, hätte die Frau bestimmt das Weite gesucht. So trieb sie nun weiter ihr Unwesen und ihr schlecht erzogener Hund biss in ahnungslose Körper. Irgendwann erwischte es bestimmt den Falschen.

Alles muss im Keim erstickt werden, schon dann, wenn es bloße Tendenz ist, nicht erst, wenn es bereits Richtung oder Strömung hat werden können. Ein Problem wird oft nicht angegangen mit dem Argument, es sei zu klein und damit unerheblich. Neben der privaten denke ich hier auch an die gesellschaftliche Dimension: Vollverschleierung bei religiösen Fanatikern, Rechtsradikale im Staatsapparat – vieles kann weggewischt werden mit dem Hinweis, es betreffe nur eine geringe Anzahl von Personen, weshalb man sich um dieses Thema nicht zu kümmern brauche. Wenn man etwas laufen lässt, galoppiert es aber womöglich davon: Irgendwann sind so viele Frauen verschleiert, dass aus der Minderheit eine anerkannte Gruppierung geworden ist, die darauf pocht, ihren Glauben nach eigenem Verständnis frei ausleben zu dürfen; irgendwann sind die Behörden und Ämter so mit radikalem Gedankengut durchseucht, dass Säuberungsaktionen wirkungsvoll sabotiert werden können und die Strukturen gleichmäßig unterwandert sind.

Korruptionsjäger wissen, dass auch nur die Ahnung einer Anfütterung streng geahndet werden muss, sonst bricht etwas auf, das ausstrahlt und sich festsetzt. Ich stelle mir sie als passionierte Gärtner vor, die jedes Fitzelchen Unkraut mit Verve aus dem Zwischenraum der Bodenplatten nesteln, in berechtigter Sorge, schon das kleinste Gänseblümchen könnte in seinem verbissenen Wachsen die Intaktheit der Terrasse schädigen. Und das ist nur ein sichtbares Geschehen an der Oberfläche – unterirdisch ranken verästelt die Wurzeln. Ein weiteres Steinrollen des Sisyphus: Was nicht sofort unterbunden wird, artet aus zur schlechten Gewohnheit.

Ein Minister trat zurück. Minutenlang war ein leeres Podium zu sehen. Dann stellte sich jemand hin, schob ein paar Zettel zurecht und las ein vorbereitetes Statement vor. Es war eine Rücktrittserklärung von gewöhnlicher Art, mit wenig ausgeprägter Selbstkritik, die aber auch ohne unverhältnismäßige Anwürfe auskam. Der Minister sprach so langsam, dass ich mit dem Video Speed Controller gerne die Geschwindigkeit erhöht hätte, bei einem Livestream war das leider nicht möglich. Ihm zuzuhören, machte mich nervös. (Bei meiner Podcast-App hatte ich durch Zufall die Funktionen *Intelligente Geschwindigkeit* und *Verkürzt schweigen* entdeckt. So wurden automatisch Redepausen entfernt.)

Als Nachfolger wurde ein neuer Minister in Turnschuhen angelobt. Wer sich einen Richtungswechsel versprach, wurde bald enttäuscht. Er war etwas jünger, wirkte fitter und happier, gesünder und produktiver – *wie ein Schwein in einem Käfig auf Antibiotika*, dachte ich.

Sechsundvierzig. Boca

Jede Frau sehnt sich insgeheim nach Gewalt. Damit meine ich nicht, dass sie geohrfeigt oder verprügelt werden möchte – wie es nur von Männern zu erwarten ist, die charakterlose Schwächlinge sind –, sondern dass sie insgeheim die Sehnsucht hegt, im Liebesspiel vorsichtig niedergedrückt und gelenkt zu werden. Es geht um die sanfte Gewalt erregter Überwältigung. (Die Ausnahme stellen jene Frauen dar, die bereits echte Gewalterfahrung hinter sich haben – zur lustvollen Freiwilligkeit gehört die sichere Sphäre des Spiels. Es gibt Fälle, wo es sich anders verhält, wo die Traumatisierung wiederholt und damit aufgefrischt wird, weil die Unterwerfung im Rückzugsgefecht des Opfers zum letzten verbleibenden Mittel der Selbstwirksamkeit wird.)

Ich wiederhole diesen Satz, der bei manchen Entsetzen auslösen mag: Jede Frau sehnt sich nach Gewalt. Spätestens jetzt habe ich viele verloren, die meiner Erzählung bis hierher noch bereitwillig und interessiert gefolgt sind. Der Satz ist eine Abscheulichkeit, und es gehört sich nicht, ihn zu verbreiten. Ich kann allerdings nichts für die Wahrheit und sehe keinen Sinn darin, mich für sie zu rechtfertigen. Ich bin nicht der Erfinder von Mutmaßungen, sondern der Feststeller unverrückbarer Tatsachen. Aus verschiedenen Gründen mache ich mir um meinen Ruf längst keine Sorgen mehr. Diese Gleichgültigkeit ist eine Superkraft, die mir niemand mehr nehmen kann und die mir so manches ermöglicht, was für die meisten undenkbar ist. Es interessiert mich nicht, was andere von mir denken. Ich glaube, ich werde es auch niemals erfahren. Deshalb noch einmal: Frauen sehnen sich nach Gewalt.

Bei den paar wenigen, mit denen ich im Laufe meines Lebens eine Verbindung eingegangen bin, fällt mir keine ein, die mich nicht früher oder später gebeten hätte, ihre Handgelenke zu umfassen und sie festzuhalten, alle wollten sie am Hintern gepackt oder kräftig geklatscht werden. Es ging um das ernste Spiel, sich an einer körperlichen Überlegenheit zu messen, um den angedeuteten Schmerz, den man nicht zur Vollendung bringt. Im fortgeschrittenen Stadium der Unterwerfungslust wollten manche gewürgt oder geohrfeigt werden, hingezischte Wünsche, denen ich anfangs nur widerwillig und mit der uns allen anerzogenen Gehemmtheit nachkam. Mit der Zeit erkannte ich die Nuancen eines schmerzverzerrten Gesichts, konnte einordnen, ob etwas mit Erregtheit oder Unwillen geschah. Manchmal blitzte beides auf.

Lexi hatte nicht aufgeräumt. In ihrer Wohnung lag Gewand verstreut, was in meinen Augen Gemütlichkeit ausstrahlte. Ein Ort, an dem gelebt wird, dachte ich und fragte mich, ob man das auch über mein Zuhause sagen konnte. Ich hatte keinen Wein oder Ähnliches mitgebracht, schließlich trank sie nicht, dafür ein bisschen Schokolade, von der ich glaubte, dass sie ihr schmecken würde. Ihr Bett war groß und stand frei im Raum. Während wir darin zugange waren, bildete ich mir in der Ecke des Zimmers ein Augenpaar ein. Lexi lag am Bauch und reckte mir den Hintern entgegen, sodass ich bequem in sie eindringen konnte. Ich umfasste ihre Hüften und drückte sie nieder. Kraft fand Gegenkraft. Lexi hatte die Vorhänge zugezogen und das Licht abgedreht. Sie wollte blind für uns sein. Ich hatte nichts dagegen.

In der Ecke waren Augen. Ich legte mich auf Lexi, schob mich mit meinem ganzen Gewicht in sie hinein und wusste, dass man mich beobachtete. Ich bildete es mir nicht ein: Böse, kundige Augen stierten mich aus der Dunkelheit an, wie aus einem Riss in der Wirklichkeit; der Blick eines wachsamen Meisters auf uns, geboren in einer alten Zeit ohne Tod. Mein Herz begann zu rasen, ich rieb mich verzweifelt an Lexi. Sie kam in stummen Eruptionen. In der Dunkelheit starrten die urteilenden Augen, müde, fade, nasse, schwarze Augen. Sie setzten sich ungleichmäßig in Bewegung, kamen näher, ja, sie bewegten sich unbestritten auf mich zu. Ich senkte meinen Kopf neben ihren und flüsterte ihr zu, jemand beobachte uns. Das ist mein Hase, sagte sie, er heißt Boca.

Als ich mich an Lexi verausgabt hatte, drehte sie sich um, legte sich an meine heißgelaufene Brust und kräuselte mein Haar. Wo sie genug Material fand, drehte sie mir kurzlebige Locken. Wir schliefen aneinander ein. Ich sah uns von oben dabei zu. Ich glaube, wir lagen sehr lakonisch auf dem Bett.

Am nächsten Morgen, während die Kaffeemaschine noch gurgelte und grummelte, hob ich Boca hoch, sagte zu ihm, er sei ein lieber Hase, solle mir aber nicht mehr so Angst machen. Er entpuppte sich als zutrauliches Tier, das in regelmäßigen Abständen seine Streicheleinheiten einforderte. Bald wurden wir Freunde, was Lexi mit Genugtuung verfolgte. Sie ermutigte mich, ihn zu füttern. Von da an trafen wir uns immer bei ihr.

Siebenundvierzig. Dystopia
Nach Jahren, in denen sie eher ein Nischendasein gefristet hatten, kletterten die großen Werke dystopischer Literatur wieder an die Spitzen der Bestsellerlisten, wo sie sich hartnäckig hielten und ihren Status als zeitlose Klassiker geltend machten. Neuerscheinungen der Belletristik konnten ihnen ohnehin nicht das Wasser reichen. Die Leute kauften und lasen diese Bücher aus euphorischer Verzweiflung, sie verschlangen sie regelrecht aus einem Gegenteil von Geschichtsvergessenheit – wenn es so etwas gibt. Sie waren sich ihrer Geschichte bewusst – auch jener, die sie selbst gerade zu schreiben im Begriff waren – und erkannten wieder, was sich in den zwischen zwei Buchdeckel gepressten Geschichten abspielte. Die Lektüre geschah mit woh-

ligem Schauder. Wenn überhaupt, dann war hier eine *Geschichtsgewissheit* am Werk.

Ich beteiligte mich am allgemein ausgebrochenen Lesefieber. Auch ich wollte in den Büchern sehen, wie es mit uns selbst im echten Leben weitergehen würde. Für mich war es eine willkommene, bedächtige Wiederholung, mit dem meisten war ich bereits vertraut, entweder noch aus der Schulzeit oder von im jungen Erwachsenenalter lesend vergammelten Spätnachmittagen; das bange Ausverhandeln einer Lebenstauglichkeit. Es war beglückend, an diese melancholischen Orte zurückzukehren.

Im Lesen schluckte ich Soma und war einverstanden mit der schönen neuen Welt, ich ging ein und aus im Wahrheitsministerium und verinnerlichte im Neusprech unseren Leitspruch: *Krieg ist Frieden. Freiheit ist Sklaverei. Unwissenheit ist Stärke.* Das, worüber ich da las, wiederfuhr mir; der, über den ich las, war ich. Ich führte Krieg und stiftete Frieden, ich war versklavt in die Freiheit, ich wusste nichts und fühlte mich stark. Ich las weiter und war gleich, wenn auch nicht so gleich wie andere, die ein bisschen gleicher waren. Ich wusste auswendig, bei welcher Temperatur Papier anfängt zu brennen, in Fahrenheit genauso wie in Celsius. Den Wechselkurs des Feuers kannte ich, das war Ehrensache.

Jene eskapistische Ablenkung, die man gemeinhin beim Lesen von Romanen sucht, enthielten diese Werke uns vor. Sie wollten etwas von uns, forderten etwas ein; in manchen Fällen mehr, als wir zu geben bereit waren.

Sie baten uns um unsere Zeit und unseren Geist – das Wertvollste, was wir besitzen – und boten dafür einen Ausweg, der subtiler ausfiel als weiße Strichmännchen, die aus grünen Schildchen flüchteten. Dieser Notausgang sah anders aus, er bestand aus einer Abzweigung im Kopf, die zu suchen – und zu finden – man willens und fähig sein musste.

Nicht alle, aber viele, gingen dem Unbehagen, das sich beim Lesen einstellte, in sich selbst auf den Grund. Ohne allzu arrogant oder selbstgerecht zu wirken, möchte ich für mich in Anspruch nehmen, die von längst verstorbenen Romanciers ausgestreuten Brotkrumen im Dickicht der Ereignisse entdeckt zu haben und ihnen atemlos gefolgt zu sein. Ich erkannte die Mechanismen, die in Gang gesetzt wurden – und dass wir alle Rädchen darin waren. Ich überprüfte, welche davon mir bereits in der Wirklichkeit begegnet waren, vollzog einen schonungslosen Abgleich mit der Wirklichkeit – und musste beim Ergebnis betreten schlucken. Ich begriff die unaushaltbaren Lebensumstände versprengter Gruppen, führte sie im Geiste zusammen und sah das Aufbegehren der Massen, bevor es sich als unabwendbar herausstellte.

Wir stellten die Bücher zurück ins Regal, manche von uns tödlich erleichtert, in der Fiktion nur wenig Realität wiedergespielt zu sehen, andere mit dem letzten Griff ins Ungewisse, nach dem alles, was schön ist, vorbei zu sein scheint. Die Gegenwart lässt sich am besten als Dystopie erzählen.

Das Leben fühlte sich an wie die *Vorzeit eines Krieges*. (Dieser Ausdruck ist bereits gefallen, man kann ihn nicht oft genug wiederholen.) Die sich selbst erfüllende Prophezeiung verfügt aus sich heraus nicht über die Mittel, sich *umzuerfüllen* oder gänzlich *unerfüllt* zu sein. Sie speist sich aus uns allen, aus dem, was wir im Wissen, dass etwas vorherbestimmt ist, ermöglichen, begünstigen oder bedingen.

Die Zeit bis zu diesem Krieg rieselt uns durch die Finger; ebendieser Krieg wird durch unsere Warnungen vor ihm herbeigeschrieben und ersehnt. Immer öfter träumte ich von ihm – was immerhin bedeutete, dass ich ein paar Stunden fiesen, ranzigen Schlaf gefunden hatte. Ich versetzte mich in die Lage meines Empörten, schlüpfte in seine Haut und wandelte durch die qualmenden, nachglühenden Reste unserer Hauptstadt. Auf diesen Wegen sah ich alles wie er und hatte die Vision des großen Tribunals.

Eine Art Doppeltraum (wenn es so etwas gibt)
Im ersten Teil liege ich mit Lexi im Bett, was ein irgendwie sauberes Gefühl vermittelt. Eine sirupartige Flüssigkeit rinnt mir aus dem Ohr, bei der ich glaube, es muss eine Mischung aus Blut und Eiter sein; sie ist blassorange. Eine Zeitlang lasse ich es geschehen, dann springe ich auf, hole ein Blatt Küchenrolle und tupfe es ab. Lexi schläft, sie bekommt von all dem nichts mit. Auf der Matratze bleibt ein unfreundlicher Fleck. Ich gehe ins Badezimmer, um es zu verstehen. Ich nehme das Smartphone, starte die Kamera-Funktion, halte es an mein Ohr und zoome in den Gehörgang, der weiße

Verkrustungen aufweist. Ich kann gleichzeitig die Linse ans Ohr halten und am Bildschirm die Erkundung mitverfolgen, vielleicht mithilfe des Badezimmerspiegels. Ich weiß, dass es Lexi gibt und sie auf mich wartet. *Verstetigung von Nähe*, denke ich und schleiche zurück ins Bett.

Im zweiten Teil vollziehe ich mit Lester einen Wohnungstausch. Ich versuche, mich an den Grund zu erinnern, es gelingt mir aber nicht. Beide halten wir es für eine sehr gute, sinnvolle Idee, die nur Vorteile hat. *Eine rationale Entscheidung* ist als Wendung von unserem Gespräch übriggeblieben. Bevor ich mich hier wohlfühlen kann, putze ich die Küche. Die fettbeschichteten Oberflächen sind stur; ich reibe und schrubbe wie ein Gestörter und hasse es. Da fällt mir ein, wie sehr ich meine eigene Küche vermisse, und mir wird klar, dass der Tausch ein großer Fehler war. Ich bitte Lester, ihn rückgängig zu machen, empfinde dabei leichte Scham. Er lässt nicht mit sich reden. Ich versuche ihn damit zu überzeugen, dass ich meinen Tag in seiner Wohnung damit verbracht habe, zu putzen und Ordnung zu schaffen, zähle auf, was alles erledigt worden ist. Mit Ekel schildere ich die Spinneneier unterm Heizkörper und wie ich Kaffeekreise von der Arbeitsfläche geschrubbt habe. Ich weiß nicht, wie sein Urteil ausfällt, und kann nur hoffen, dass er mir meinen Wankelmut nicht übel nehmen wird. Nebenbei erwähnt er, dass es ihn in der Bauchgegend drückt und er unter starken Blähungen leidet, was mir sehr unangenehm ist. So genau hätte ich das gar nicht wissen wollen.

Achtundvierzig. Ribqah
Der Geruch von Frauen ist immer gleich. Es mag eine jeweils andere Note sein, durchsetzt mit Pflegeprodukten und überlagert von teuren Essenzen aus Sprühflaschen, doch es gibt einen Grundduft, den man unterschwellig herausriecht. Das dachte ich, als wir lagen und uns gegenseitig die Nasen in verborgene Winkel schoben. Ich stupste Lexi und schmiegte mich an sie. Eine andere unausgesprochene Wahrheit in Liebesdingen ist, dass Männer nur gehalten werden wollen. Sie kehren heim aus Kämpfen – die heutzutage mit Kopiergeräten oder Software geführt werden – und brauchen eine warme Hand, die ihnen den Tag aus den Gliedern streichelt.

Irgendwo knabberte Boca seinen Stangensellerie, den ich ihm als Mitbringsel gekauft hatte. Lexi war ein zahmes Untersuchungsobjekt, ich bewunderte die Weichheit und Geschmeidigkeit ihres Körpers, war glücklich über jedes Fettpölsterchen, das sie mir vorenthalten wollte. Rundungen, die weich umhüllt, aber im Hingreifen fest waren, dachte ich, klassische frauliche Attribute. Ich lag ganz flach auf dem Rücken in ihrem ausladenden Bett, und sie legte sich ebenso flach auf mich. Lexi machte sich schwer. Es ist eine bedachte Schwere, mit der ein Mensch auf dem anderen liegt. Wir vergewisserten uns unserer Körper. Es gab uns.

Lexi wollte festgebunden werden, also brachte ich ein dünnes Allzweckseil, mit dem ich in meiner Jugend Indianer an Bäume gefesselt hatte, das noch zuunterst in einer Haushaltskiste mit buntem Allerlei vergraben lag. Um ihre Handgelenke zu schonen, umwickelte ich jedes mit einem Küchentuch, und erst darüber kam jeweils ein Ende des Seils. Als ich fertig war, bat sie mich, es fester zu machen. Mein ständiges vorsichtiges, höfliches Nachfragen, ob es ihr auch ja nicht wehtue, ging ihr wohl gehörig auf die Nerven. (Ich überlegte, ob bei ihrem Beruf nicht auch Handschellenspiele eine Möglichkeit wären, doch diese Entscheidung überließ ich ihr. Vielleicht wäre es interessant gewesen, hätte sie die Uniform angezogen und ich sie ihr energisch wieder aus.) Lexi versuchte sich zu befreien, und mit einiger Zufriedenheit stellte sie fest, dass es ihr nicht gelang. Selbst mit meinen eher behelfsmäßigen Fesselungsutensilien konnte ich eine brauchbare Gefangenschaft gewährleisten.

Beim nächsten Mal ersetzte ich die zwei Geschirrtücher durch einen selbstgestrickten Schal, der eine groteske Länge hatte, weshalb ich ihn für nicht sehr alltagstauglich hielt. Der Schal ließ sich so sehr dehnen, dass sich locker zwei Knoten ausgingen, ohne dass Lexis Arme dadurch unnötig eng aneinandergezwungen waren. Diese Änderung brachte kaum praktische, dafür ästhetische Vorteile, da mir die karierten Geschirrtücher von Anfang an nicht gefallen hatten. Mit der Zeit wurden unsere Konstruktionen simpler und zeitsparender.

Ich setzte Lexi eine Schlafbrille auf, damit sie nicht sehen konnte, wonach ich im Halbdunkel kramte. Aus der Küche holte ich einen Eiswürfelbehälter, klopfte einen Würfel heraus und fuhr ihr damit in Zeitlupe über die Lippen. Sie freute sich über meinen Einfallsreichtum. Ihr Körper hatte es verdient, sich damit Zeit zu lassen. Sie lag vor mir, nackt vor mich hingestreckt, wehrlos meinem Willen ausgeliefert; das Auskosten dieser Macht bestand darin, Zurückhaltung zu üben. Ich hätte alles an ihr tun können, und indem ich gar nichts tat – oder fast nichts –, bewies ich ihr und mir selbst, dass ich der Verantwortung gewachsen war und mich ihres Vertrauens würdig erwies.

Der Eiswürfel wanderte über ihre Oberfläche und schmolz in ihre Haut. Im Bauchnabel entstand eine Pfütze, die ich absichtlich geräuschvoll aufschlürfte. Lexi kicherte. Ich nahm einen zweiten Eiswürfel, den ich mir in den Mund steckte, um ihn durch einen Kuss an sie zu übergeben, nach ein paar Umdrehungen in ihrem Mund küsste ich ihn wieder daraus hervor, führte meinen Kopf an ihre Scham und drückte den Eiswürfel in sie hinein. Lexi schauderte auf. Jetzt war die Zeit dafür. Jetzt war für alles die Zeit. Ich wiederholte dieses Spiel, und mit der Wiederholung stellte sich eine aufregende Routine ein. Ich stupste Würfel in sie hinein und es war sinnlos, danach zu graben und zu wühlen, um sie wieder hervorzuholen, denn die fleischige Höhle, in der sie verschwanden, war so warm, dass sie in Windeseile zerschmolzen und sich in ihrer Feuchtigkeit auflösten. Ich sagte ihr, wie warm und feucht sie war, was ihr gefiel. Dann tat ich alles an ihr.

Neunundvierzig. Ozpinetako
Lexi amüsierte sich über meine anregenden, wenn auch recht düsteren Notizen. Auf die Gefahr hin, es mir mit ihr zu verscherzen, ließ ich sie darin blättern und stellte bald fest, dass meine Sorge unbegründet war, da sie gerade den offenherzigen, nichts beschönigenden Passagen einiges abgewinnen konnte. Da und dort nahm sie den Radiergummi, um etwas auszubessern, nicht ohne mich für meine mangelhafte Rechtschreibung zu tadeln. Sie berichtigte auch Stellen über Mann und Frau, wo sie fand, dass ein anatomisches Detail nicht stimmte oder ein Bild zu schief geraten war. Sie verstand, dass meine Sammlung nichts bedeutete und sie damit verfahren konnte, wie es ihr beliebte.

Ich genoss ihre Körperschwere auf mir. Wir verkuschelten uns in ein Kuddelmuddel aus zwei Bettdecken und einigen Kissen, bis wir den Ausgang nicht mehr fanden. Mein *Life Speed Controller* lief auf 0.8.

Ich sei so ernst, sagte Lexi, und ernst sei die Welt doch schon von allein, was brauche sie mich da noch dafür? Um ihren Vorwurf zu untermauern, schob ich die Augenbrauen zusammen, wie man es bei Comicfiguren zeichnet, um ihnen einen verdüsterten Gesichtsausdruck zu verpassen. Genau das meine sie, sagte Lexi. Sie frage sich, wann alles so kompliziert geworden sei. Wahrscheinlich sei es das immer, nur hätten wir es bis jetzt nicht gemerkt. Auf Dauer sei es anstrengend, Dinge zu wissen und recht zu haben, deshalb müsse sie heute eine Pause einlegen. (Und das von jemandem, mit dem ich stundenlang über die Verfasstheit unserer staatlichen Strukturen fachsimpeln konnte. Ehrlicherweise sei gesagt, dass mir Lexi vieles voraushatte, was sich nicht nur auf eine begnadete Auffassungsgabe beschränkte; sie war beides: alltagsklug und weise.)

Hörst du das?, fragte sie. Ich schüttelte verlegen den Kopf. Der Tag ruft nicht nach dir, sagte Lexi, er braucht dich nicht. Die Welt und ihre große Erzählung kommen sehr gut ohne dich aus. (Es stimmte.) Deshalb solle ich heute etwas Nettes und Sorgloses schreiben, etwas, bei dem es um nichts gehe, bei dem es herrlich egal sei, ob es richtig oder falsch sei, etwas über niemanden und nichts. Für mich, sagte sie.

Es war einmal eine Essiggurke namens Erik. (Wir hatten vorher welche gejausnet, mit Honigschinken, Bergkäse und süßem Senf auf Vollkornbrot.) Erik, die Essiggurke, lebte in einem freundlichen Haus am Rande der Stadt. Er lebte dort mit seiner Frau und den gemeinsamen Kindern. Das Haus war immer gut geheizt. Der Essiggurkerich mit seiner Essiggurkerin und den beiden Essiggurkerchen. Erik war eine stolze und gesunde Essiggurke. Sein Körper war mit groben Runzeln übersät, zwei davon waren seine Augen. Er sah schlecht, aber gern, um zu wissen, was sich rings um ihn so tat. Erik arbeitete in der Gurkenfabrik, wo er die Junggurken einschulte und auf ihren weiteren Lebensweg vorbereitete. Es würde ein dramatischer Einschnitt sein, in Sud eingelegt zu werden. Das wusste er aus eigener Erfahrung.

Wenn Erik morgens das Haus verließ, trug er ein braves Hemd und Hosenträger, die irgendwie traurig wirkten. Seine Frau würde sie bestimmt bald entsorgen und durch neue, weniger schlaffgetragene ersetzen. Sie war eine, die gut auf ihn schaute. Er verstand nicht, was eine wie sie mit einem wie ihm eigentlich wollte. Wie sehr er sich auch bemühte, es ging ihm nicht in den Kopf. Die Kinder wuchsen heran zu prächtigen Exemplaren ihrer Gemüsefamilie. Friedlich spielten sie in der Ecke. All das gehört mir, dachte Erik.

Hin und wieder gab es Beziehungsprobleme. Gerade bei abweichendem Krümmungsgrad der Lebenspartner konnte es zu Schwierigkeiten kommen. Es ist wichtig, sich am Ende eines langen, anstrengenden Tages sanft aneinanderzuschmiegen, um zu vergessen, wer man ist. Das gelingt nur durch einen anderen – allgemein bekannt.

Manchmal, wenn Erik nach Hause kam, saß seine Frau auf der Couch und starrte ins Leere. Nicht einmal der Fernseher lief. Sie träumte sich in ein schöneres Haus oder stellte sich vor, keine Gurke zu sein, sondern ein Fahrrad oder eine knallrote Tomate. Wie leicht hatte man es als Apfel! Erik sprach ihre kleinen, häufiger werdenden Abwesenheiten nicht an. Auch den eigenen Dämonen stellte er sich nicht.

Das Leben als Essiggurke hatte durchaus seine Tücken, da musste man nicht auch noch zum Versteher werden und alles Mögliche klären. Einmal hielt Erik inne und dachte: Wenn alle ein bisschen mehr wie ich wären, dann wäre die Welt ein besserer Ort. Aber wahrscheinlich täuschte er sich. Ende.

Fünfzig. Das böse Buch
Lester sah ich nur noch sporadisch. Unsere Bekanntschaft hatte sich über die Monate abgenutzt; außer dass sich die Lage verfinsterte und die Menge der Empörten langsam bedenkliche Ausmaße annahm, gab es keine nennenswerte Entwicklung. Ihre Würde hatten sie nach wie vor nicht zurückerlangt. Lester benutzte das Wort *Verwaltetheit*, das mich an die Polizeistreifen denken ließ, die mittlerweile jeden meiner nächtlichen Heimwege flankierten.

Er rügte mich dafür, dass ich mich in letzter Zeit so wenig hatte blicken lassen, gerade jetzt, wo die Spaziergänge nach einem Dämpfer wieder Fahrt aufnähmen. All das dokumentiere er gewissenhaft. Ob mir die Sache *zu heiß* geworden sei? Er hatte kein Recht, mich zu belehren, ich schüttelte den Kopf. Wo ich denn gewesen sei, beim letzten Mal? Ich hatte keine Zeit, sagte ich, und auch keine Lust. Das regte ihn auf. Natürlich, sagte er, keine Zeit und keine Lust. Was ich mir eigentlich einbilde; als hätte jeder immer Zeit und Lust, für eine wichtige Sache auf die Straße zu gehen, er selbst habe ja auch Besseres zu tun, als sich draußen mit indoktrinierten Beamten anzulegen. (Das bezweifelte ich.) Nächstes Mal werde er es sich auch lieber mit einer Packung Kartoffelchips auf der Couch vor dem Fernseher gemütlich machen. Er schob meine Unbedarftheit auf mein Alter. Der Klügere gab nach.

Die Begegnungen mit Lester waren immer sehr anregend gewesen, hatten mich aber auch einigermaßen erschöpft zurückgelassen; oft war ich danach heisergeredet und müdegedacht. Es gibt so etwas wie Erschöpfungszustände des Geistes, die einem Belastungsbruch vorausgehen können.

Die Lüge sei abgeschafft worden, sagte er, sie komme im Vokabular der Entscheidungsträger oder des Staatsfunks nicht mehr vor. So brauche sich auch niemand mehr zu rechtfertigen, falls es Belege gab, dass jemand geschwindelt habe. Was vor ein paar Jahren noch als Lüge gegolten hätte, das verkaufe man uns heute als *Weiterentwicklung der Wahrheit*. Wenn jemand öffentlich bekunde, es werde keine zusätzlichen Einschränkungen des täglichen Lebens geben oder eine weitere Verschärfung der bereits bestehenden Maßnahmen sei nicht angedacht – dann sage er das mit Vorbehalt. Dazudenken müsse man sich den Fortsatz: *... unter der Voraussetzung, dass sich die Grundlage für unsere Entscheidungen nicht ändert.* Alles stehe also in Klammer. Oder in Anführungszeichen. Passiere das Gegenteil von dem, was ausgemacht sei, dann liege der Fehler bei demjenigen, der so blöd sei, eine Abmachung als bindend missverstehen. *Ich wollte mein Versprechen ja halten*, sage der Amtsträger, *nur bin ich leider an den Umständen gescheitert*. Die Umstände also.

Wenn sinnvolle Maßnahmen verstärkt mit sinnbefreiten durchsetzt würden, wenn sich die tonangebenden Stichwortgeber der Zivilgesellschaft in immer gröbere Widersprüche verstrickten, die sie selbst dann nicht auflösten, nachdem sie beharrlich und geduldig damit vertraut gemacht worden seien, wenn die Menschen, wir alle also, bestimmte Regeln gar nicht mehr einhalten könnten, selbst wenn wir gewollt hätten, dann geschehe ein Vertrauensverlust und die Stimmung kippe in Resignation. Die Menschen stiegen aus. Was das bedeute, könnten wir gerade sehen.

Lester schenkte mir das neueste Werk eines umstrittenen Sachbuchautors. Der Name sagte mir etwas, jedoch hatte ich ihn als gefährliche Randfigur abgespeichert. Noch am selben Nachmittag begann ich zu lesen und war schockiert – darüber, wie wenig mich darin schockierte. Zwar verlor er sich in wenig stichhaltigen Heraufbeschwörungen kommender Crashs – des Finanzwesens, des Sozialstaats, des Pensionssystems –, doch wirklich bedenkliche Äußerungen konnte ich darin kaum ausmachen. Seine Analysen erschienen mir stichhaltig, bloß manche Schlüsse, die er daraus zog, entbehrten einer gewissen Wahrscheinlichkeit. Seltsam, dachte ich, schließlich war mir der Autor stets als finsterer Geselle präsentiert worden, dessen Bücher zwar in renommierten Verlagen erschienen und hohe Auflagen erreichten, auf den breitenwirksamen Plattformen jedoch kam er nicht vor, und wenn, dann bloß die gnadenlose Kritik an ihm. Ich nannte es das *böse Buch*. Man wollte es mir und anderen vorenthalten, weil man uns nicht zutraute, uns eine eigene Meinung zu bilden. Es stand darin vieles, dem ich nicht zustimmen konnte, und ich war dazu in der Lage. Nichts davon erschütterte mich oder setzte etwas frei in mir, das unser friedliches Zusammenleben gestört hätte. Ich war einigermaßen überrascht, wie banal und harmlos das Buch zu sein schien, interessierte mich für eine seriöse Einordnung von Werk und Autor, landete jedoch bald auf obskuren Kanälen, bei sogenannten *alternativen Medien*, wo schnell *alternative Fakten* ins Spiel kamen. Hier wurden Passagen des Buches falsch wiedergegeben oder fehlinterpretiert, die kruden Thesen der Denkfaulen krampfhaft über an sich recht nüchterne Feststellungen gestülpt. Da die Neugier der Menschen auf bestimmte Themenbereiche in der mehrheitstauglichen Öffentlichkeit nicht gestillt wurde, suchten sie anderswo nach einer Bearbeitung und fanden sie bei Aufwieglern und Umstürzlern. Das passiert, dachte ich, das passiert, wenn man jemanden ins Abseits stellt, der eigentlich wenig Grund dafür liefert. Es verwässert auch die Abgrenzung zu jenen, die tatsächlich aus dem Diskursraum verbannt gehörten.

Ich las das Buch zu Ende und nahm einiges mit. Es weckte Interesse nach mehr. Dass Lester mir Zugang dazu gegeben hatte, stimmte mich versöhnlich. Ich schaute mir ein paar Interview-Schnipsel mit dem bösen Autor an und fand ihn recht sympathisch. Lag der Fehler bei mir? Durchschaute ich sein böses Spiel nicht? Die ganze Nacht versuchte ich eine Selbstentlarvung, wollte mich eines Denkfehlers überführen. Ich bekam Bauchkrämpfe vor schlechtem Gewissen, in seine Falle getappt zu sein. Als ich ein langes Gespräch mit dem Autor anhörte, war ich endgültig fassungslos – nicht deshalb, weil sich meine schlimmsten Befürchtungen bewahrheitet hatten, sondern weil im Gegenteil die vorgebrachten Ansichten viel pragmatischer, sachlicher und nüchterner waren, als nach all den lüstern herbeigeschriebenen Skandalen um seine Person zu erwarten gewesen wäre.

Wer saß da vor mir? Verkauft wurde er mir als Aussätziger. Ich hatte mich redlich bemüht, in dem Mann das Monster zu erkennen, als das er in jenen Kreisen galt, denen ich in Meinungsbildungsprozessen so bereitwillig mein Vertrauen schenkte. Ich konnte es nicht entdecken. Wohl bemerkte ich unstatthafte Vereinfachungen und die fragwürdige Gewichtung von Statistiken, um Standpunkte zu untermauern. Alles in allem aber war er eine Persönlichkeit, mit der man sich guten Gewissens kritisch auseinandersetzen konnte, mehr Mann als Monster, dachte ich. Erschrockenheit über mich selbst, über die Verknappung der Berichterstattung, über die Scheuklappen, mit der manche beim Ausverhandeln komplexer Fragestellungen in den Ring stiegen.

Das böse Buch übte eine beunruhigende Faszination auf mich aus. Etwas musste falsch mit mir sein, wenn ich nicht in jedem Nebensatz den Teufel höchstpersönlich herauslas. Mit einer binären Sicht auf die Welt lässt sich alles rasch einordnen: null oder eins, ja oder nein, gut oder schlecht. Ein Buch mit vielen hundert Seiten, das in einzelnen Bereichen mit seinen Behauptungen übers Ziel hinausschoss, war durchgängig verabscheuungswürdig; alles, was der Betreffende jemals verfasst hatte oder in Zukunft verfassen würde, jede Aussage, die er jemals getroffen hatte oder noch treffen würde, war durchwegs zu verdammen. Ein solches kategorisches Zuweisen von Plätzen im Wahrnehmungskosmos, das reflexhafte Herziehen oder Wegstoßen an der Tränke unserer Gunst war selbstherrlich, dumm und auf Dauer fatal. Es ebnete ein und tötete ab.

Jedes sinnvolle Gespräch basiert auf der Zusage, nicht vorher schon zu wissen, zu welchen Erkenntnissen man danach gelangt sein wird. Sonst sind wir nicht besser als korrupte Polizisten, die eine Ermittlung bloß starten, um Beweise gegen jenen Verdächtigen zutage zu fördern, für den sie sich aus reinem Bauchgefühl von vornherein entschieden haben. (Für diese Offenheit braucht es keine politische Partei oder Ideologie, keine Kirche oder Religion und keinen Gott. Ich bin immer Agnostiker gewesen und werde es auch bleiben. Alles, was es braucht, ist das sture Bekenntnis zu den wenigen Grundsätzen zwischenmenschlichen Zusammenlebens, zu einem allgemeingültigen Wertekanon jenseits eingeübter Gruppenbildungen. Im Namen des Vaters und des Sohnes und des heiligen Geistes, Amen.)

Einmal las ich in der U-Bahn ein Buch, nicht das böse, sondern ein anderes, eine Streitschrift, die mir im Verlauf des Lesens so harmlos schien, dass ich sie eher als Denkschrift bezeichnet hätte, jedenfalls stand ich mit aufgeschlagenem Buch neben der Tür und bemerkte, dass eine junge Frau mir gegenüber mich anstarrte. Sie war nur etwas jünger als ich, wenige Jahre, die schon eine Distanz wie zwischen Generationen entstehen ließen. Sie starrte mich hasserfüllt an. Zuerst war ich ratlos, was das Problem sein könnte, aber dann wusste ich es: das Buch. Vielleicht hatte sie es gelesen, wobei viel wahrscheinlicher war, dass sie *darüber* gelesen hatte, wie man es eben so tat, wenn man, statt sich selbst ein Urteil zu einem Sachverhalt oder einer Veröffentlichung zu bilden, ein Fremdurteil übernahm. Sie fand den Inhalt schrecklich und mich abscheulich, weil ich mir erlaubte, es zu lesen.

In Wahrheit war ich einfach neugierig gewesen, nicht zuletzt wegen der erfrischenden Kontroverse, die das Buch ausgelöst hatte. Wenn Leute sich über etwas aufregen, wenn die Schnappatmung abgekürzter Denkwege einsetzt, dann sollten wir stutzig werden und der Sache auf den Grund gehen. Ich las das Buch aus ehrlichem Interesse, weil ich verstehen und selbst beurteilen wollte, was darin behauptet oder propagiert wurde. Was die junge Frau also beobachtete, war ein simpler Meinungsbildungsprozess, was sie aber zu erkennen glaubte, war öffentliches Zurschaustellen einer Position. Woher konnte sie wissen, wie kritisch oder unkritisch ich las? Ich wollte mir doch eben beibringen, etwas so zu lesen, dass ich nicht schon vorher wusste, was ich später davon halten würde. In ihrem Blick lag Entsetzen. *Du bist einer von denen*, sagte der Blick. Sie war fertig mit mir, und es hätte keinen Unterschied gemacht, wenn ich ein Hakenkreuz auf die Stirn tätowiert gehabt oder vor ihr einen Hundewelpen ertränkt hätte.

Am liebsten wäre ich ihr mit offenen Armen entgegengetreten, um ihr die Angst vor mir zu nehmen und ihr zu versichern, dass ich ganz anders war, als sie mich einschätzte, dass die Auseinandersetzung mit einer Sache noch lange keine Zustimmung war, doch das hätte alles nur schlimmer gemacht. Ich überlegte, warum sie diesen Denkfehler machte, und vermutete, es könnte mit den Mechanismen der sozialen Netzwerke zusammenhängen. Angenommen, ich hätte kommentarlos das Buchcover auf meinem Profil gepostet, dann wäre es völlig zu Recht als Unterstützung oder Anerkennung gewertet worden – als Werbemaßnahme für ein Produkt. Die Hasserin überführte diese Einschätzung in die reale Welt, allein das Ausstellen des Covers im öffentlichen Lesen bedeutete für sie das Bewerben der entsprechenden Inhalte. Wir hatten es mit einer nachrückenden Streberkaste zu tun, die nicht mehr in der Lage war, zwischen Wirklichkeit und virtuellem Raum zu unterscheiden. Das würde uns vor große Probleme stellen. Ich verließ ihren stur auf mich gerichteten Blick, den ich niemals vergessen würde, und versuchte, ins Buch zurückzukehren. Sie musste sich sehr zusammenreißen, mir nicht an die Gurgel zu springen.

Ich erinnere mich, wie wohltuend die Gegenmeinung ist, wie viel besser man im Formulieren der eigenen Überzeugungen wird, wenn man sich die Vertreter des anderen Lagers als Sparringpartner warmhält. Das binäre Denken spiegelt nicht die Welt wider, in der wir leben wollen; allerdings eine, in der wir nach und nach leben.

Einundfünfzig. Liebesmöglichkeit
Lexi wünschte sich eine Fortsetzung der Essiggurken-Geschichte, die ich ihr sehr gern lieferte, allerdings wies sie mich darauf hin, dass ich nach einem eher beschwingten Einstieg wieder in eine gewisse Düsternis abgebogen sei, was ich diesmal zu vermeiden versuchte. Sie war zufrieden, lobte mich für meine Sprachakroba-

tik und besserte ein paar Beistriche aus. (Mein Problem ist eher, dass ich zu viele mache anstatt zu wenige.) Sie gab mir einen neckischen Klaps auf den Hintern. Beide waren wir gespannt, wie es mit Erik, seiner Frau und den braven Gurkenkindern weitergehen würde.

Was sind Erzählungen denn mehr als angehäufte Sätze, die wiederum nicht mehr als angehäufte Wörter sind, die jeweils aus sinnhaft angeordneten Buchstaben bestehen. Vor Wochen habe ich einen Satz geschrieben, den ich selbst nicht verstand, nämlich: *Manche Menschen werden sich selbst zur Gefahr.* Jetzt verstand ich ihn. Ich ließ den Satz stehen, setzte ihn aber in Klammer, um ihm eine andere Bedeutungsebene zu geben, ihm in der Hierarchie der Sätze einen anderen Rang zuzuweisen, wovon ich mir eine aufschlussreiche Hintergründigkeit versprach.

Wenn ich Lexi besuchte, brachte ich keinen Wein mit, stattdessen Fruchtsaft aus biologischem Anbau oder ungewöhnliche, regional hergestellte Limonaden. Außer dass sie nicht trank, gab es bei ihren Ernährungsgewohnheiten keine Auffälligkeiten. Manche Menschen sind in dieser Hinsicht sehr anstrengend, mal aus dem Drang, einer Diätmode zu folgen, mal wegen einer tatsächlich existierenden Unverträglichkeit. Lexi war da angenehm unkompliziert. Sie hatte keine Laktoseintoleranz und aß gern Milchschokolade, sie ignorierte den Glutengehalt von Speisen und schätzte die Mannigfaltigkeit der hiesigen Brotkultur. Lexi war keine, die mit gerunzelter Stirn Inhaltsstoffe und Brennwerttabellen studierte. Ihr Alkoholverzicht hatte eher pragmatische

Gründe und speiste sich aus Erfahrung; sie kannte sich gut genug, um zu wissen, wie leicht sie es übertrieb und in eine ungesunde Gewohnheit kippte. Es war jedoch nicht ausgeschlossen, dass sie das eine oder andere Glas bei mir mitkosten würde.

Zum Glück war sie keine Veganerin. Im Gegenteil konnte man ihr mit einem saftigen, noch leicht blutigen Steak eine echte Freude machen. Veganer waren ihr suspekt. Wir fragten uns, ob einen eine solche Lebensweise genuss- und lustfeindlich mache. Wir kannten nur wenige, die es konsequent lebten, und wollten uns kein abschließendes Urteil erlauben. An Lexi gefiel mir außerdem, dass sie kein Hippie war, in ihrer geschmackvoll eingerichteten, nicht sklavisch ordentlich gehaltenen Wohnung gab es weder Duftkerzen noch Räucherstäbchen; meine Nachdenkpausen im leeren Zimmer nannte sie *meditieren* und verzog dabei abschätzig den Mund. Das werde sie mir schon noch austreiben, sagte sie. (Hätte ich eine Yogamatte gehabt, wäre diese schon längst in hohem Bogen aus dem Fenster geflogen.)

Wenn man Lexi nicht erreichen konnte, war manchmal einfach der Akku leer. Das gibt es doch gar nicht im richtigen Leben, dachte ich, nur in schlechten Thrillern mit unglaubwürdigem Plot, wenn die Hauptfigur gerade verfolgt wird und Hilfe rufen möchte, aber das Gerät streikt – oder es mitten im Stadtgebiet keinen Empfang gibt.

Ich sah ihr gern beim Schlafen zu. Manchmal zuckte sie wie ein Hund, der den aufregenden Tag nachträumte oder Bewegungsmuster einübte. Ihr Schnarchen hatte nichts Kratziges oder Heiseres, war mehr ein Seufzen mit sekundenlang klar gehaltenem Ton und vollem Klang, den ich ungewöhnlich laut fand. Verwunderlich, dass Lexi sich damit nicht regelmäßig selbst aufweckte, doch sie hatte einen gesegneten Schlaf, um den ich sie beneidete.

Bei mir hatte sich ein Grad der Erschöpfung eingestellt, den ich manchmal als irreversibel empfand; mir war eine Müdigkeit in die Knochen gekrochen, die daraus nicht mehr herauszuschlafen sein würde. Meine Müdigkeit ist nicht totzubekommen, dachte ich. Die Gehirnwindungen schmerzten, jede einzeln für sich. *Kopfweh* war zum Euphemismus geworden, über den ich nur noch lachen konnte. *Die Lage ist so ernst, dass man ihr nur noch mit dem gebotenen bitteren Witz begegnen kann*, hatte ich wo notiert, wenn auch in einem anderen Zusammenhang.

Zum Glück wollte sie nicht über so etwas wie Gefühle sprechen. Was hätte ich ihr sagen sollen? Dass ich mich sattgefühlt hatte am Leben, sattgelebt an der Welt? Es wäre die Wahrheit gewesen. Hätte ich ihr sagen sollen, dass ich mich nach Möglichkeit von meinen Bedürfnissen emanzipiert hatte, vor allem von dem nach Nähe? Mein Kontrakt mit der Einsamkeit sah nicht vor, dass es einen Menschen für mich gab. Vor Jahren hatte ich mich ihr zum Fraß vorgeworfen, mich ihr hingegeben und seitdem still akzeptiert, wie es um mich stand. Meine Lösung bestand darin, aus der Ferne zu bewundern, heimlich und standhaft. Es wurde der Modus, mit dem ich vertraut war; damit endgültig meinen Frieden zu machen, war ein langjähriger und schmerzhafter Prozess gewesen – was für eine Befreiung, es endlich geschafft zu haben. Und jetzt brach manches wieder auf.

Lexi atmete ganz ruhig, es roch im Zimmer süß. Es wäre ganz leicht gewesen, ihr den Mund zuzuhalten oder die Kehle einzudrücken. Ich hörte mich Dinge sagen wie: Ich habe mich längst damit abgefunden, dass es so etwas wie eine Liebesmöglichkeit für mich nicht mehr gibt. Dieser Zug ist abgefahren. Eine Familiengründung ist ausgeschlossen und ich muss mir jeden Gedanken daran zum Wohle meiner geistigen Gesundheit verbieten. Hätte ich ihr all das sagen sollen?

Mit Menschen ist es so eine Sache. Wer eine Verbindung löst, empfindet vielleicht nicht sofort Verachtung, aber immer Ekel und Scham. Mir war es so ergangen, deshalb war ich sicher, dass es anderen genauso gehen musste; ein logischer Schluss, denn schließlich bin ich ein Mensch wie jeder andere. Wer fortgeht, ekelt sich; gäbe es noch einen letzten Rest körperlicher Anziehung, brächte man es kaum übers Herz, loszulassen, würde sich noch lose weitertreffen. Die Scham kommt daher, dass man nicht versteht, wie man sich auf den anderen hat einlassen können; es ist peinlich, man geniert sich dafür.

Wie einfach sind wir gestrickt. Was ist Körperlichkeit denn mehr als das verzweifelte Aneinanderreiben von Schwellkörpern und Schleimhäuten? Es ist alles nur in Wallung gebrachtes Blut. Mit der Zeit hält man es nicht mehr für gerechtfertigt, einer anderen Person seine Anwesenheit und vor allem seinen Körper zuzumuten. Wir furzen, haben fettiges Haar, riechen nach Achselschweiß und den Ausdünstungen von scharfem Essen, wir rotzen in Taschentücher, kratzen uns unentwegt, haben Pickel am Arsch. Wer braucht das?

Ich beneidete jeden, dem es gelang, sich aus Liebesdingen weitgehend herauszuhalten. Es war ermüdend paradox: Wollte man mit jemandem wirklich und unbedingt um jeden Preis zusammensein, dann klappte es nicht, weil man sich durch seine Beharrlichkeit unattraktiv machte; wenn einem stattdessen an der anderen Person nicht sonderlich viel lag, dann warf sie sich einem zu Füßen, weil im Verhalten Unbefangenheit und Nonchalance mitschwangen, was anziehend wirkte und eine Herausforderung versprach. All das verwirrte auf Dauer so, dass man entnervt und erschöpft das Handtuch warf. Mit jedem weiteren Mal, da es einem widerfuhr, zweifelte man mehr und mehr am eigenen Urteilsvermögen; Bedürfnislosigkeit wurde zur einzigen Haltung, dem zu begegnen. Wir bleiben sortiert in unsere Einsamkeitsschalen.

Ich habe behauptet, der Geruch von Frauen sei immer gleich. Das möchte ich hiermit berichtigen, eine Ausnahme bilden *schöne* Frauen. Daran musste ich denken, als ich Lexi beim Schlafen zusah. Der Geruch schöner Frauen ist etwas ganz Eigenes, er hat eine andere Note, etwas süßer, weniger herb. Ich bin mir nicht sicher, ob es ihnen im Leben Vorteile bringt oder eher Menschen anlockt, die sie sich besser vom Leib halten sollten. Während Lexi schlief, weckte sie etwas in mir auf, das lange verschollen gewesen war, aus der Bedürfnislosigkeit schälte sich – zerschleimt und verkrüppelt – ein heimlicher Kinderwunsch. Es war für Menschen möglich, eine Familie zu gründen. Und war ich nicht auch ein Mensch? Ich fragte sie nicht, ob wir uns diesbezüglich um etwas kümmern sollten, und ging davon aus, dass sie mit ihren Mitteln alles zu regeln wusste. Und wenn nicht? Vielleicht legten wir es darauf an. Ich beugte mich zu ihr und roch an ihrem Haar.

Zweiundfünfzig. Die Baumkletterer / False Flag
Das nächste Lebenszeichen von Lester kam in Form einer seltsamen Nachricht, die er dem Zeitstempel nach mitten in der Nacht oder am heraufdräuenden Morgen – gegen vier Uhr früh jedenfalls – abgeschickt hatte. Das Verfassen musste seine Zeit gedauert haben. Da war er wieder, der Briefeschreiber Lester, wenn auch nicht in alter Stärke, sondern eine eher zerstreute Version seiner selbst. Beim Lesen beschleunigte sich der Puls, mir wurde heiß.

Es war sehr diffus und teilweise schwer verständlich. Er habe einen Ausflug gemacht, in ein heimisches Waldgebiet, das zur Abholzung freigegeben sei, wogegen Umweltaktivisten mit viel Engagement und Rückhalt der Bevölkerung protestierten. Bekanntheit erlangte die Gruppe durch ihre waghalsigen Seilkonstruktionen, mit denen sie sich in die Bäume hängten, auf denen sie richtige Behausungen errichteten und tollkühn mit Kochgeschirr hantierten. Lester nannte sie liebevoll *Baumkletterer*. Denen habe er einen Besuch abstatten wollen – nicht um sich ihnen anzuschließen, aber um seine Solidarität auszudrücken und sich den einen oder anderen Pfeil in den Köcher zu stecken, was Verhaltensweisen für den zivilen Ungehorsam anging. Er habe sich ein bisschen inspirieren lassen wollen, und vielleicht ergebe sich ja eine Form der Kooperation. Was er mitnehmen werde, seien mindestens neue Strategien des Protests.

Baumkletterer also. Ich dachte dabei an ein mystisches, verschrobenes Volk, von dem man sich bei Kerzenschein spannende Geschichten erzählt; als gehe es um den *einen Ring* oder das Zusammenfinden irgendwelcher Gefährten. Bei dem Wort stellte man sich zerrupfte Waldschrate vor, mit zerzausten Haaren und ungewaschenen Gesichtern. Ich hatte sie in Reportagen gesehen und war zwiegespalten: Einerseits bewunderte ich die Ernsthaftigkeit, mit der diese meist jungen, studentisch wirkenden Menschen die Besetzung des Waldstückes – das dem Kohleabbau weichen sollte – betrieben, andererseits machte sich jeder, der eine Sache radikal ausübte, früher oder später lächerlich. (Muss man genau das in Kauf nehmen, um etwas zu bewegen?)

Lester berichtete von einem idyllischen Naturschutzgebiet, das von habgierigen Geschäftemachern umgewidmet worden sei, um nach rein kapitalistischen Prinzipien bis auf den letzten Millimeter erschlossen und ausgepresst zu werden. Mit Worten malte er eine Landschaft, fertigte Skizzen der Flora und Fauna an. Dann bog er hart ab und lieferte hingefetzte Fragmente einer sonderbaren Idee. Waren seine Sätze anfangs noch klassisch konstruiert und inhaltlich stringent, so verfiel er nun in eine Stichwortsprache mit Stakkatosätzen, die ich aus dem Gedächtnis nachvollziehbar machen möchte; eine wortgetreue Wiedergabe ist mir nicht möglich.

Die Passage trug den vielversprechenden Titel *False Flag*. Es war schwer auseinanderzudröseln, was davon geführte Gespräche, was angelesene Protesttheorie und was einsame Wahnvorstellung war. Es bleibt zu vermuten, dass es seine Schlüssigkeit für ihn erst dadurch erlangte, dass man es eben nicht trennen konnte, sondern dass es in dieses Konglomerat als Form gegossen war. Das las sich in etwa so:

False Flag
Wichtigste Ressource jedes Einzelnen: der eigene Körper. Die körperliche Unversehrtheit. Irreparable Schäden gilt es um jeden Preis zu vermeiden. Beim nächsten Polizeieinsatz, versuchte Räumung, könnte jemand zu Fall kommen, jemand lässt sich fallen. Eine komplexe Seilvorrichtung mit Knoten, die jeder kennt, der schon einmal auf einem Segelboot war. Ein Baumkletterer kommt so zu Fall, dass der Polizei die Schuld gegeben werden kann. So wird die Rodung verzögert; bis zum Abschluss der Untersuchungen muss der Prozess eingefroren werden. Mit dem Fällen der Bäume aufhören, allein schon deshalb, weil es sich um einen Tatort handelt. Auftritt Spurensicherung, als Marsmännchen in Schutzkleidung, Beweismittel sammeln und auswerten. Einer polizeilichen Ermittlung darf sich niemand in den Weg stellen, nicht einmal die Kohleindustrie.

Die Aktivisten gewinnen im Ansehen der Bevölkerung die Oberhand, sind moralisch im Vorteil. Vermeintlich zufälliges Handyvideo der Aktion medial verbreiten. Wer opfert sich? Entscheid per Los? Vorsicht, wer in Plan eingeweiht wird. Bloß innerer Kreis, der über alle Informationen verfügt. Frage: Gezielte Tötung durch Polizei? Unwahrscheinlich. Fahrlässige Tötung? Möglich. Unfall? Am wahrscheinlichsten. Fahrlässigkeit oder mindestens Unvorsichtigkeit muss durch Setup des Hergangs bewerkstelligt werden. Ermittlungshypothese formulieren.

Möglichkeit: Polizei streut Gerüchte, dass Gefahr gezielt hergestellt und Todesfall geplant worden ist. Empörung. Ausmachen durch Chatverläufe belegen. Wurden über Informanten den Behörden zugespielt. Nachrichten, in denen Aktivisten genauen Verlauf besprechen, dem Märtyrer Zuspruch geben. Twist: Das Material stellt sich als geschickte Fälschung heraus. Empörung hoch zwei. Sturm der Entrüstung: Polizei stellt Fälschung her, um Aktivisten zu diskreditieren und von Mitschuld abzulenken? Doppel-Twist, geheim: Gefälschte Protokolle wurden von Aktivisten selbst hergestellt und über unverdächtigen Mittelsmann mit Polizeikontakten platziert, um so Behörde und/oder Industrievertreter in Schlund der Verkommenheit zu stoßen. Lieber anonyme Quelle. Technische Frage: Wie glaubwürdig fälschen und wie Beweis der Falschheit erbringen? Metadaten auslesen. Hacker. Alternativ umgekehrt: Polizist gibt sich als Baumkletterer aus und spricht von Plänen, der Polizei fahrlässige Tötung unterzujubeln. Belegen durch interne Dokumente.

(Anmerkung ich: Von all dem schwirrte mir der Kopf.) Können Aktivisten Verschlussakten fälschen, in denen davon die Rede ist, einen verdeckten Ermittler bei ihnen einzuschleusen? Verstrickungen, undurchsichtig. Wer jubelt wann wem Tötung unter? Plan klingt elaboriert, reicht aber aus, um ein paar wenige Ecken zu denken. Unsichtbar über Bande spielen. In jedem Kanzleramt sitzen für diese Praktiken eine Handvoll hochbezahlter Leute. Beweise für eigenen Fehltritt fälschen, die man politischem Gegner unterjubelt, der anklagt, was sich als beschämender Irrtum herausstellt. Irrtum des Gegners. Opferrolle. Vernichtung. Gedankliche Abzweigung: Am klügsten immer noch der Geheimdienst, der über eine Scheinfirma ein Sicherheitsunternehmen aufkauft und Verschlüsselungssoftware vertreibt, in die er zuvor eine unsichtbare Hintertür eingebaut hat. Konkurrierende Geheimdienste weltweit als nichtsahnende Kunden. Stets eine Ebene höher ansetzen, Schachmatt.

Zitat: Professionelle Prüfung durch Datenforensiker, ermittelnde Behörden mit verbrecherischer Absicht, Schuld für Tod den eigentlichen Opfern in die Schuhe schieben, an Verwerflichkeit nicht zu überbieten. Doppelt unterstrichen: Den eigenen Körper als Waffe einsetzen – als moralisches Faustpfand. Nicht durch Angriff eines Gegners, sondern durch letztgültige Selbstaufgabe. Wertvollsten Besitz als Einsatz im Kampf. Wald gerettet. Cicero light: Ich glaube, ein bisschen etwas zu wissen. Körper als Waffe. (Diese Phrase wird immer wieder eingestreut und zieht sich durch die gesamte Tirade.) Körper als Waffe. Körper als Waffe. Körper als Waffe.

In dieser Art ging es weiter. Bald verstand ich kaum mehr, wer denn nun wen genau mit welchen Mitteln übers Ohr hauen wollte. Ungefragt entwickelte er einen Schlachtplan für seine naturverbundenen Freunde, mit denen er eine Verbrüderung anstrebte. Wann hatte Lester die Zeit gefunden, all das in eine Tastatur zu klopfen? Schließlich übernachtete er laut seinen Schilderungen im Zelt. Abends saßen sie um Feuerschalen, tranken Dosenbier, grillten Gemüsespieße und beratschlagten das weitere Vorgehen. Eine Gitarre ging im Kreis, auch Lester konnte ein paar Akkorde zupfen und Standardsongs vom Blatt spielen. Seine Beschreibungen des Naturerlebens wirkten romantisch verklärt.

Er bewunderte die Baumkletterer für ihren Einsatz und ihre Standhaftigkeit, fand ihren produktiven Ungehorsam nachahmenswert. Sie hießen ihn willkommen, integrierten ihn in die Abende und Gespräche, ließen ihn beim Ausbau des Camps mit anpacken, hörten sich alles in Ruhe an; sie begrüßten es grundsätzlich, wenn sich das Volk den öffentlichen Raum zurückeroberte, sahen jedoch keine weltanschaulichen Überschneidungen mit den Spaziergängern. Sie erklärten sich nicht solidarisch, was Lester enttäuschte. Ich glaube, er hatte den Ausflug gemacht, um eine Symbiose herzustellen – mit vereinten Kräften gegen das Unrecht, oder so. Die Waldmenschen wollten davon nichts wissen. Sie waren zwar auch empört, aber anders: stichhaltiger und nachhaltiger. Lesters Versuch, die zwei Lager zusammenzuführen, scheiterte. Enttäuscht zog er ab. Ernüchterung ist etwas, das leicht in Verbitterung umschlagen kann.

Dreiundfünfzig. Bruchstücke eines Traums
Am Esstisch mit zwei anderen, von denen ich nicht weiß, wer sie sind. Meine Mutter sieht uns zu. Serviert wird ein gekochter Menschenkopf, der sehr ansprechend wirkt, da er rosig glänzt und mit Gurkenkrönchen garniert ist. Ich bin unschlüssig, was man damit anfangen soll; da jedoch alle Blicke auf mich gerichtet sind, fällt es mir schwer, untätig zu bleiben. Ich nehme eine unangenehm große Gabel und bohre dem Kopf in die Wange, um das Wangenfleisch herauszuhebeln. Dabei folge ich dem logischen Gedanken, dass sich auch bei gebratenen Forellen in diesem Bereich der zarteste Bissen verbirgt. So hat es mir meine Mutter erzählt. Ich richte mir an, den anderen nicht. Sie warten, ob es schmeckt. Ich stecke mir etwas in den Mund, kaue ausführlich, es erscheint mir seltsam zäh und faserig. Ich kaue weiter, ohne zu schlucken. Erst jetzt setzt langsam Ekel ein, weil ich von der Qualität des vorgesetzten Produkts nicht überzeugt bin. Ich spucke aus. Auf meinem Teller liegt ein nasser Klumpen festgekauter Brei. Ich schäme mich und gebe eine Erklärung ab. Mutter hört sich alles nachsichtig an. Niemand sagt etwas. Ich warte auf einen Kommentar meiner Sitznachbarn. Nichts. Die anderen bleiben stumm. Wohl aus schlechtem Gewissen gegenüber meinen Gastgebern nehme ich den ausgespuckten Bissen wieder in den Mund und kaue weiter. Dass sie genau das sein müssen – die Gastgeber –, ist mir zum Glück noch eingefallen. Ich kann den Würgereiz unterdrücken und esse alles auf. Der uns vorgesetzte Kopf könnte mein eigener sein.

(Von dem Traum abzweigend hatte ich am nächsten Tag eine wunde Stelle am Hinterkopf, die stark juckte. Durch regelmäßiges Kratzen erweiterte sie sich. Sobald sich der Hauch einer Schorfkruste gebildet hatte, riss ich alles wieder auf. Es konnte erst heilen, als ich darauf vergaß, mich zu kratzen.)

Lebhafte Vision, wie ein Mörder hergeht und meine gesamte Familie auslöscht, inklusive erweiterter Verwandtschaft, Onkel und Tanten, Cousins und Cousinen samt Partner. Auch Kinder werden nicht verschont. Er beseitigt sie, indem er ihnen einredet, dass sie sich von einem hohen Gebäude stürzen sollen. Seine Waffe ist die Sprache, er tötet sie durch reine Überzeugungskraft. Ich kann nur tatenlos zusehen und weiß noch, dass ich vor allem die Kinder vor der Überredungskunst des Unbekannten warnen möchte. Ich bin unschlüssig, ob ich sie wegen ihres geringen Alters für naiv halten soll. Dabei sind es wie im Märchen von des Kaisers neuen Kleidern oft Kinder, denen es nicht peinlich ist, eine offensichtliche, aber kollektiv unterdrückte Wahrheit auszusprechen. *Er hat ja gar nichts an!* wird zu: *Wenn man da hinunterspringt, ist man tot.* Noch während des Traums überlege ich, wie er zu deuten ist, habe aber keine Idee. Vielleicht bestärkt er mich darin, den Kontakt zu Lester abgebrochen zu haben.

Unentwegt klinkte ich mich in den Medienstrom ein. (Außer Lexi hielt mich davon ab. Wenn sie mich rügte, ich solle endlich das Handy weglegen und stattdessen lieber Boca streicheln oder sie beim Kochen stören, dann gab ich schelmisch zurück, als mündiger Staatsbürger hätte ich mich doch dauerhaft informiert zu halten, um an gesellschaftlichen Prozessen zu partizipieren und solide Wahlentscheidungen treffen zu können. Als Entsprechung ihrer Dienstwaffe hielt sie mir dann zwei Finger an die Schläfe und drückte lautlos ab.) Zwischendurch notierte ich das Wort *Erschöpfungszustand*, an dem ich mich kaum sattsehen konnte, die freundlichen Schwünge der Buchstaben waren einfach perfekt. Unablässiger Strom an Bildern – bewegt wie unbewegt – und Texten. Eines war die Ablenkung vom anderen. Während ich Nachrichtenportale nach Informationen über die neuesten Entwicklungen abgraste, dachte ich über die Kunst der Überschrift nach, denn auch darin lag Verantwortung: Wie viel Verknappung war zulässig, wie viel fahrlässig? Sie war notwendig, um auf wenig Platz den Inhaltskern zu vermitteln und neugierig auf mehr zu machen. So kam es zur Anwendung erprobter Locktechniken, mit denen unschlüssige User geködert werden konnten.

Ich las ein paar Artikel und dachte, dass ich in diesen seltsamen Zeiten kein Journalist hätte sein wollen. Angriffe kamen von mehreren Seiten, und Angriffsfläche gab es genug. Wenn man etwas nicht stante pede verlautbarte, handelte man sich den Vorwurf ein, etwas mutwillig zu verschweigen; wenn man etwas zeitnah berichtete, dann jenen, ungeprüfte Halbwahrheiten weiterzureichen, damit eine Angstspirale in Gang zu halten und Gegebenheiten einzuzementieren. Wie man es machte, war es falsch; Journalisten wandelten auf einem schmalen Grat. Ich nahm mir vor, mich an den – oft anonym stattfindenden – Beschuldigungen und pathetischen Belehrungen nicht zu beteiligen, was mir weitgehend gelang. Die Welt brauchte nicht noch einen selbstgerechten Besserwisser mit Impulskontrollstörung. Manchmal taten sie mir leid; was sie sich anhören mussten, war oft weit entfernt von berechtigter Kritik. Körperliche Angriffe wurden zwar nicht zur Regel, konnten jedoch bei Veranstaltungen der Empörten nicht mehr ausgeschlossen werden. Aus der Ferne war ich sicher, es geschehe zu wenig, um solche Vorfälle zu unterbinden oder Täter aus den eigenen Reihen zur Verantwortung zu ziehen. (Man darf nicht vergessen: Bis zu einem gewissen Grad war es ein ungeordneter Haufen.) Mit solch trägen Reaktionen würde man Pressevertreter jedenfalls nicht auf seine Seite ziehen können. Ich horchte nach Stimmen der Vernunft, die lautstark dagegenhalten konnten. Es gab sie, und sie mehrten sich.

Ich war von den Berichten übersättigt; mein Bilderhaushalt war gestört. In der Natur hätte ich Ausgleich gefunden, stattdessen blieb ich in der Stadt wie ein Gefangener meiner langvertrauten Nacht. Es gibt Wald, dachte ich, mit Waldluft, Waldboden, Waldtieren. Er war gar nicht so weit entfernt. Vielleicht einmal ein gemeinsamer Tagestrip.

Bei den Medien herrscht permanenter Veröffentlichungsdruck. Dieser erklärt, warum die Neuwertigkeit einer Meldung mit ihrem Nachrichtenwert verwechselt wird. Eines muss das andere ersetzen, so bedient eine gut geölte Maschine unser Bedürfnis nach Reizen. Was immer sich ereignet – egal ob relevant oder unerheblich – wird auf die Startseiten der Portale geschaufelt. Die Hinterzimmernerds für Öffentlichkeitsarbeit in den Ministerbüros haben leichtes Spiel, ihre Messages zu verbreiten und für Themen ihre Rahmungen zu platzieren – irgendetwas passiert schließlich immer, und wenn nicht, dann lässt man eben etwas passieren. Eine Videobotschaft ist schnell gedreht, als tauglicher Hintergrund dient ein Innenhof mit gesundem Grün oder der gediegene Prunksaal im Ministeriumstrakt. Notfalls ist irgendwo ein Stein auf ein Haus gefallen, in einem gebirgigen Land kommt das schon einmal vor; womöglich ist es ein richtiger Brocken – und hoffentlich wurde niemand verletzt. Was vor einer Stunde geschehen ist, bekommt mehr Aufmerksamkeit als das Ereignis von letzter Woche – auch wenn dieses mehr Relevanz besitzt. Den meisten fällt dieser Unterschied gar nicht mehr auf.

Es war einmal eine Welt. Sie geriet aus den Fugen, unmerklich, in sehr kleinen Schritten. Bald erkannte man sie nicht wieder. Es gab darin nur Verrückte und Gleichgültige, nichts dazwischen, Mitläufer und Abweichler, Marionetten und Aufwiegler. Es hieß, man müsse sich entscheiden. Es gibt nur Verrückte und Gleichgültige, dachte ich in immer dringenderen Wiederholungsschleifen, die immer und immer wieder an ihren Anfangspunkt zurückkehrten, nur Verrückte und Gleichgültige. Ich hielt mich für den letzten Normalgebliebenen. Davon musste ich so lachen, dass ich kotzen musste. Brechreiz meldete sich, dabei hatte ich nicht gar so viel getrunken. Sich für normal zu halten – eindeutiges Zeichen fortgeschrittener Verrücktheit.

Es war einmal ein Brechen in die Klomuschel. Ich steckte mir den Finger in den Hals. Erst kam nichts, nur leeres Würgen und der saure Geschmack von hochkriechender Galle. Immerhin bin ich nicht gleichgültig, dachte ich, ja, lieber verrückt als gleichgültig. Beim nächsten Versuch klappte es. Ich presste meinen Finger an den Gaumen, beließ ihn dort entgegen dem natürlichen Reflex und löste einen grünlichen Schwall aus. Jedem ging es so, dachte ich, jeder einzelne Mensch hielt sich für den einzigen normalen. Dieses Grundgefühl der Entfremdung brachte Distanz zwischen uns.

Vierundfünfzig. Ultrachronos
Einbildung ist Wirklichkeit. Der Glaube an Gott ist nichts weiter als alle Spuren, die er hinterlässt; Prachtbauten und Prunkgewänder, Geselligkeit und Gebet, Menschen, die ein Leben in Enthaltsamkeit führen oder sich ganz dem Dienst an ihm verschreiben, spirituell angeleitetes Verhalten, aber auch die Eiferer und Bekehrer, jene Heerscharen, die in seinem Namen töten und Krieg führen, die sinnlose Gewalt, die Terroranschläge, das vergossene Blut. Sag den Angehörigen eines Bombenopfers, vor dem sich ein Glaubenskrieger in die Luft gesprengt hat, dass es Gott nicht gibt. Sie werden es dir niemals verzeihen.

Die Frage der Wirklichkeit ist eine, die sich nicht mehr stellt. Alles, was es *geben könnte*, das *gibt* es auch; alles, was eine Tatsache *sein könnte*, wird in einer Version der Welt auch eine sein. Wer sich bedroht fühlt, wird bedroht – Gradmesser bleibt sein Gefühl. So wie es Tatsachen des Glaubens gibt und Tatsachen des Herzens, so gibt es auch Tatsachen der Meinung, der Ahnung und der Vermutung. Wenn abertausende Menschen auf die Straße gehen, um ihren Unmut zu bekunden, wenn sie empört sind, dass sie beinah platzen vor Angst, Verzweiflung und Frust – dann werden sie schon einen Grund dafür haben. Das dachte ich oft. Dann spielt es gar keine Rolle mehr, ob er nüchtern betrachtet existiert, ob er faktisch feststellbar ist.

Wenn Empörte auf die Straße gehen, immer mehr und mehr und mehr, dann gibt es einen Grund, weil es einen geben muss – sonst wären sie ja nicht hier. Auch wenn ihre Behauptungen widerlegt werden können und ihre Forderungen abzulehnen sind, greifen die Mechanismen des Totschweigens und Niederbrüllens nur bedingt. All jene, die Rechtsbruch begehen, wird man aus dem Verkehr ziehen. Übrig bleibt eine Mehrheit, die immer verunsicherter und unverständiger wird und dagegen protestiert, dass Protest verboten wird; ungeschickte, übertriebene oder fehlgeleitete Löschversuche fachen das Feuer nur weiter an. Sie können sagen: Seht her, wir gehen auf die Straße gegen Unterdrückung, und sie verbieten es mit unterdrückerischen Mitteln; quod erat demonstrandum – was zu beweisen war. Gibt es auf beiden Seiten kein Nachgeben oder Einlenken, wird man sich aus dieser gemeinsamen Schlinge nicht mehr befreien, sondern immer weiter darin verstricken; was bleibt, ist gegenseitiges Austesten von Beharrungsvermögen. So kollabieren

Gemeinschaften, so kapitulieren Gesellschaften, so gehen Reiche unter. Ich hätte in diesen seltsamen Zeiten kein Staat sein wollen.

Wenn die Empörten sich formieren und eine kritische Masse erreichen, die Kampfstärke ausstrahlt – Umsturzstärke –, dann läuft jede Suche nach dem Grund vollends ins Leere. Die Empörung hat vielleicht keine Berechtigung (und nie eine gehabt), sie hat aber Gültigkeit allein durch die Tatsache ihrer Existenz. Dann reicht es eben nicht mehr, zu sagen, wer sich auf welche Weise irrt, dachte ich, dann muss man sich damit auseinandersetzen, ob man will oder nicht. Es bleibt einem nichts anderes übrig.

Versöhnung braucht Zuversicht. Ich erlebte verhärtete Fronten: auf der einen Seite die sturen Beharrer auf dem Istzustand, und auf der anderen die vehementen Einforderer des Wandels. Beide Gruppen beanspruchten für sich, die wahren Hüter und Festiger der Demokratie zu sein. Eine symbiotische Vereinigung hätte bedeutet, die bestehenden Strukturen mutig und in Veränderungsbereitschaft zu restaurieren.

Mit Lexi sprach ich oft darüber, wegzugehen. Ich glaube, sie war es, die das Thema ursprünglich aufbrachte. Wir waren uns einig, nur wohin? Es gibt nichts Süßeres als Versöhnung, nachdem man sich gegenseitig seine Macht gezeigt und Spuren aneinander hinterlassen hat. Noch hielten wir die Stellung.

Wie würde die Nachwelt diese Vorgänge betrachten? Das fragte ich mich oft. Bis zu einem gewissen Grad würde man uns attestieren, einem kollektiven Wahn verfallen zu sein. Seit ich meinen Geist in die Zukunft projizierte und versuchte, die Dinge in der prognostizierten Rückschau zu betrachten, erlebte ich die Menschen in meiner direkten Umgebung nicht mehr als achtenswerte Individuen, sondern als Fallstudien, aus denen ich erkenntnisfördernde Betrachtungen schöpfen konnte. Gerade die Kollegen im Büro waren da sehr hilfreich.

Ich notierte mir kleine Eigenheiten, trug Alleinstellungsmerkmale ihres Verhaltens in Arbeitszeittabellen ein, gutes und schlechtes Betragen wurde jeweils einem extra Kästchen zugeordnet. Im Aufschreiben der Mitmenschen fand ich zu einem scharfen, luziden Denken, das ich mir früher nie zugetraut hätte; bis vor ein paar Monaten war ich noch ein braver Fisch im Strom gewesen. Wenn ich diesen neuen – leeren, kalten – Ort in mir betrat, dann konnte ich Gedankengänge, die ich sonst nur angerissen hätte, auf eine wohltuend sinnstiftende Art weiterführen und zu Ende bringen; *ins Reine denken* nannte ich das, wie *ins Reine schreiben*. Denken, also richtiges, stichhaltiges, anstiftendes Denken, ist vielleicht nur jenen vorbehalten, die es gewohnt sind, ihre Gedanken auch regelmäßig in einer kompakten Form auszuformulieren; auch im persönlichen Gespräch ist es möglich, solange es über den lähmenden Smalltalk hinausgeht. Um vorgefertigten Denkmustern zu entkommen, müssen wir einander Übungsgegner im Gedankenrangeln sein. Wie wird er ausfallen, der Blick der Nachgeborenen auf unsere Zeit?

Es liegt an uns, die wir Zeugnis ablegen – hier schwingt ein gewisses Pathos mit, das ich an dieser

Stelle ausnahmsweise für berechtigt halte. Wir werden dafür sorgen, wie man sich an uns erinnert. Meine süße Rache wird sein, dass diese – in Echtzeit erlebten – Ereignisse später historisch so eingeordnet werden, wie ich es für richtig halte. Ich entscheide, wie es gewesen sein wird. Ich dichte der Nachwelt die Vergangenheit. Das ist meine stille Macht. Sie ist alles, was ich habe. Ich gebe zu, es kann vorkommen, dass ich mich daran ergötze.

Fünfundfünfzig. Run aufs große Tribunal
Früher habe ich mich oft gefragt, wie man zum Bösewicht wird. Heute weiß ich es. Man wird zum Bösewicht, indem man einmal Fotograf gewesen ist und seinen Job verliert – wobei man darin wohl nie so recht Fuß gefasst hat – und dafür alle anderen außer sich selbst verantwortlich macht, genauso wie für alles Schlechte, das daraus folgt und einem im Leben sonst noch widerfährt. Man wird es, indem man der Welt vorwirft, sich nicht genug um einen selbst zu drehen. Man wird es, indem man spazieren geht, was harmlos klingt, jedoch nach und nach zum brutalen Akt verkommt. Man lässt sich ein mit Mächten, die man früher angewidert beiseitegeschoben hätte. Man wird einer von denen, die man nie hat sein wollen.

Man wird zum Bösewicht, indem man eintönige Büroarbeit erledigt, die einen zwar beschäftigt, aber nicht wirklich fordert. Vielleicht wird man übergangen bei Beförderungen, weil man weder in der Lage ist, seine Ambitionen klar zu artikulieren, noch über die nötige Ellbogentechnik verfügt, diese auch durchzusetzen. Man wird es, weil man die Interventionen des Schicksals als paradox erlebt, weil man gelobt und belohnt wird, wo man es nicht verdient, aber leer ausgeht, wo man sich über die Maßen angestrengt hat. Man kann, will, soll, muss und darf nicht mehr.

Der Bösewicht, er wächst und gedeiht, erblüht in immer dunkleren Facetten des eigenen Wesens. Wer bin ich geworden, wer du? Mit diesem Bösewicht im eigenen Inneren, den man herangezüchtet und gefüttert hat, muss man selbst und müssen andere zurechtkommen. Er fordert sein Recht ein und beansprucht einen Platz in der Mitte des Raums. Er reckt seine Glieder zur finalen Entgrenzung. Eines Tages möchte er die Welt brennen sehen.

Eine andere Frage, die ich mir oft gestellt habe: Wann ist es genug? Was ist sie denn nun, die große Sehnsucht der Empörten? Wenn Lester für einen Tag, eine Woche oder ein ganzes Jahr Herrscher der Welt oder wenigstens unseres kleinen, bescheidenen Landes geworden wäre, was hätte er für Großtaten vollbracht? Welche Gesetze hätte er erlassen und welche für nichtig erklärt? Was hätte geschehen müssen, damit die Empörten sagten: *Es reicht. Jetzt ist es genug. Wir gehen nach Hause.* Was ist er, der feuchte Traum der Empörten? An wem hätten sie Rache üben wollen? Sie sprachen gern davon, dass die Verantwortlichen zur Rechenschaft gezogen werden müssten. Wen hätten sie vor Gericht gezerrt?

Der Ausdruck *Volksgerichtshof* döst mir ein wie im Traum, und ich muss entsetzt feststellen, dass es sich nicht um meine Wortschöpfung handelt, sondern dass es ein Begriff aus der dunkelsten Zeit unseres Kontinents ist. Was für eine schamlose Voranstellung eines Wortes, um *im Namen des Volkes* zu tun, was Verbrechern als Gerechtigkeit vorschwebt. Genau das ist es, was sie wollen, dachte ich. Sie wollen Anklage erheben und im öffentlichen Verdammen einer elitären Politikerkaste Genugtuung erfahren. Sie empfinden sich als in der öffentlichen Meinung verhöhnt, verunglimpft und gedemütigt. Sie ertragen den Klang der eigenen Stimme nicht mehr. Sie wollen ein Tribunal einrichten, das nach ihren Regeln funktioniert und nach ihren Sitten tagt. Bekommen sie so ihre Würde zurück? Sie wollen es jemandem heimzahlen.

Das ist der Affekt, der aus ihrer Empörung entsteht, der Beschluss, sich nichts mehr gefallen zu lassen. Das ist ihre wütende Selbstermächtigung: einen Angriff trotz seiner Aussichtslosigkeit zu wagen. Sie agieren entgegen jeder Vernunft. Im Kern ist Empörung romantisch, weil sie etwas glaubt, das man besser wissen sollte. Sie empfinden sich als Helden, um die sich Legenden ranken würden. Sie leben als die Strophen des über sie gedichteten Lieds.

Ich dachte an Lester und daran, wie ich unmerklich auf Distanz zu ihm gegangen war. War das also das Endspiel unserer Spaziergänge? Es mag richtig sein, dass sie nach und nach zu seiner letzten Verbindung mit der eigentlichen Welt geworden sind. (Beinahe wollte ich den Begriff *normal* verwenden, doch erscheint er mir so unangemessen, wie er es immer tun sollte, wo wir ihn leichtfertig einwerfen.) Lester hatte sich von uns – von mir – verabschiedet und stattdessen seinen Bösewicht umarmt. Niemand konnte ihm mehr helfen. Er war verloren.

Sechsundfünfzig. Eine seltsame Nachricht
Endgültig zum Bruch mit Lester kam es, als er mir eine weitere seltsame Nachricht zukommen ließ, die einerseits äußerst kryptisch war, andererseits aber auch unangenehm aufschlussreich, was seinen Geisteszustand betraf. Er werde verfolgt. Es gebe eine neu geschaffene Abteilung der Staatsanwaltschaft, der weitreichende Befugnisse eingeräumt worden seien, um in Zusammenarbeit mit den Ermittlungsbehörden sogenannte Staatsfeinde zu überwachen und aus dem Verkehr zu ziehen. Man habe es auf ihn abgesehen. Armer Lester, dachte ich, da er wohl endgültig übergeschnappt war.

Es gebe Weisungen, direkt aus den Ministerien. Dort würden alle unter einer Decke stecken: Innenministerium, Justizministerium, Finanzministerium. So könne man jenen, die strafrechtlich nicht belangt werden können, im Zweifelsfall die Steuerfahnder auf den Hals hetzen. Jeder sei mit jedem verbandelt, alles mit allem verbunden. Er sprach jetzt wie jene Verschwörer, über die er sich immer lustig gemacht hatte. Er habe einen Bekannten im Innenministerium – aber natürlich hast du das, mein lieber, armer Lester! –, dort herrsche längst eine Atmosphäre der Angst. Keiner traue sich mehr, aufzustehen und Widerstand zu leisten. Auch er selbst sei einer derjenigen, auf den man eine neue Spezialeinheit des Verfassungsschutzes angesetzt habe. Man sei ihm auf den Fersen, jeder einzelne seiner Schritte werde lückenlos überwacht. Er könne sich kaum mehr regen, ihm bleibe die Luft weg, er drohe an der Überwachung regelrecht zu ersticken.

Ich konnte mir nur schwer vorstellen, dass irgendein Abteilungsleiter gerade Lester für ein Mitglied der Führungselite der Empörten hielt. Die Behörden seien gegen ihn, wiederholte er mehrmals. Ich stellte es mir doppelt unterstrichen vor, in hakeligen, kantigen, feindseligen Blockbuchstaben, als erhöhe das den Wahrheitsgehalt der Behauptung. *Die Behörden sind gegen mich.* Man habe es auf ihn abgesehen.

Von mir sei er bitter enttäuscht. Er wisse, dass ich jetzt in meiner eigenen Welt lebe. Da freue er sich für mich. Ihm sei zu Ohren gekommen, dass ich mich regelmäßig mit einer Polizistin treffe. (Wie hatte er davon erfahren?) Wie schön für mich, jemanden gefunden zu haben – in dieser Zeile lag so viel beleidigte Süffisanz, wie man schriftlich nur vermitteln konnte. (Daher wehte also der Wind: Er war schlicht und einfach neidisch auf mich, konnte mir meine kümmerlichen Stunden zeitvergessener Zweisamkeit nicht gönnen.) Er hoffe, wir hätten Spaß miteinander und es gebe mir *etwas*, er wünsche uns, dass wir eine schöne Zeit verbrächten. Allerdings bereite es ihm große Sorgen; ob ich denn auch wisse, worauf ich mich dabei einließe.

In diesem herumdrucksenden Ton ging es weiter. Im Grunde warf er mir vor, nicht weiterhin so unglücklich wie er selbst zu sein, gebrauchte dafür jedoch viele überflüssige Wörter. Ich hatte eine Abzweigung gefunden und den Absprung geschafft; das war für ihn nicht zu ertragen.

Er könne nur erahnen, welche Gespräche da geführt würden, ihm werde richtig schlecht davon. Ob ich denn so dumm sei, mich aushorchen zu lassen? Ob ich denn nicht wisse, was da gespielt werde? Er frage sich, ob ich ausschließen könne, dass man diese Polizistin auf mich angesetzt habe, um über mich an ihn heranzukommen. (Lester überschätzte seine Wichtigkeit maßlos.)

Er habe viel für mich getan. In all der Zeit, die er mir geschenkt habe, hätte er genauso gut ein Buch schreiben können. (Wieso er genau diesen Vergleich zog, habe ich nie verstanden; vielleicht neidete er mir auch die Tatsache, dass ich in meiner Schreibtätigkeit Zerstreuung und Erbauung, ja vielleicht so etwas wie Trost gefunden hatte.) Ich scheine zu glauben, wer weiß wer zu sein, er aber wolle mir hiermit ein für alle Mal sagen, ich sei ein Niemand, ein Nichts.

Den Rest möchte ich hier nicht wiedergeben. Es handelte sich um einen jener cholerischen Ausbrüche, die wir uns nur trauen bei jemandem, den wir schon sehr lange und sehr gut kennen, bei dem wir davon ausgehen können, dass ein einzelnes Zerwürfnis nicht dazu führt, die Verbindung auf Dauer zu kappen; ähnlich also, wie es sich unter Familienmitgliedern bei giftigen Streitigkeiten verhält. Die unpersönliche Form der schriftlichen Kommunikation trug ihren Teil dazu bei, dass Lester gar nicht zu bemerken schien, wie sehr er sich im Ton vergriff. Es brodelte in mir.

Nach der Lektüre dieser Nachricht füllte ich ein großes Wasserglas mit Weißwein und kippte ihn auf einen Zug hinunter. Dann streckte ich mich auf der Couch aus, um nachzudenken. Ich lag mit Herzrasen da und verfluchte Lester dafür, in welchen Zustand er mich mit seinen Vorhaltungen und Beleidigungen versetzt hatte. Er war enttäuscht von mir? Das immerhin beruhte auf Gegenseitigkeit: Ich war enttäuscht von ihm. Es war einmal alles ganz anders. Ich trank mehr Wein, jetzt direkt aus der Flasche.

Mit einem Mal tat er mir leid. Ich wollte aufspringen und zu ihm gehen, ihn nicht *zur Rede stellen*, sondern einfach *mit ihm reden* – wie man das eben so tat zwischen Menschen –, die Hand ausstrecken und ein Friedensangebot machen. Ich wählte seine Nummer und lächelte bereits in freudiger Erwartung seines Erstaunens darüber, dass ich ihm seine Unverschämtheit verzeihen und ihn zu einem freundschaftlichen Austausch einladen würde. Es läutete, aber er hob nicht ab. Ich probierte es erneut. Abermals läutete es ins Leere. Ich wusste, er hatte um diese Zeit nichts zu tun; es war früher Nachmittag und für heute war kein Spaziergang angesetzt. Wobei sollte es ihm jetzt unmöglich sein, das Telefon abzuheben? Wahlwiederholung – jetzt drückte er mich weg. Lester, dachte ich, bitte lass mich nicht gegen eine Wand laufen. Ich schickte ihm eine Kurznachricht, die unbeantwortet blieb. Seine Sturheit war nicht zu erweichen. Er hatte seine Entscheidung getroffen, was von mir zu halten war, nichts und niemand konnte daran noch rütteln. Dabei hätten wir uns gegen die Zumutungen der Wirklichkeit verbrüdern sollen.

Der Bruch durfte nicht sein; ich war in der Lage, ihn zu kitten.

Wir alle waren Opfer desselben unsichtbaren Drucks, der auf uns lastete. Er zersetzte die Gemeinschaft, beschädigte unser Zusammengehörigkeitsgefühl. Ich schrieb Lester eine weitere knappe, erklärende, aber warmherzige Nachricht. Obwohl es nicht an mir war, die Versöhnung einzuleiten, war ich bereit zum ersten Schritt auf ihn zu. Lester antwortete nicht. Genau das machen sie mit uns, dachte ich, sie spalten uns. Anstatt uns gegen sie zu verbünden, bekämpfen wir uns wie dumme Kinder und rauben einander den Schlaf.

Ich musste mit Lester sprechen und es ihm sagen – ihm sagen, wie sinnlos und fatal es war, dass er mich anging mit irgendwelchen aus der Luft gegriffenen Vorwürfen. Wie viel besser wäre unsere Energie eingesetzt gewesen, hätten wir sie gebündelt und für die *gute Sache* eingesetzt. Wenn er auf meine Kontaktversuche nicht reagierte, dann würde ich ihn beim nächsten Spaziergang abpassen und alles daran setzen, ihm mit entwaffnender Freundlichkeit den Wind aus den Segeln zu nehmen. Ich würde seinen Ärger im Keim ersticken und alle Sorgen bezüglich Lexi zerstreuen. Es musste bald passieren. Die Empörten hatten sich für Samstag angekündigt. Die Stadt bereitete sich auf sie vor.

Siebenundfünfzig. Just because you're paranoid
Es war einmal ein wechselhafter Samstag. Das Wetter konnte sich nicht recht entscheiden, es changierte zwi-

schen sattem Prasseln und einer selbstbewussten Sonne, die sich nicht erst jeweils langsam aus den Wolken schälte, sondern unvermittelt mit Kraft dagegenhielt. Eine Viertelstunde, und ihre Strahlen hatten wieder alle Lebensgeister geweckt – was sich in angeregtem Vogelgezwitscher äußerte –, die Oberflächen glänzten im Vorgang des Trocknens. Die Stimmung war gleichbleibend erregt, jedoch nicht unangenehm aufgeheizt. Wir wurden Zeugen eines Schauspiels, das aus sich selbst heraus entstanden und organisch gewachsen war. Mittlerweile hielten sich die Sicherheitskräfte zurück; sie kannten ihren Platz. Jeder wusste, wo er hingehörte, und fügte sich in die ihm zugedachte Rolle. Die Abläufe waren an Gewohnheiten gebunden und die bespielten Felder klar abgesteckt. Es gab eine große Bühne, vor der sich die aus verschiedenen Richtungen zusammenspazierten Gruppen zur abendlichen Kundgebung einfinden würden, um gemeinsam ihre aufwieglerischen Parolen zu brüllen.

Ich war früh genug da, um die letzten Aufbauarbeiten mitanzusehen. Es war nicht schwer, Lester ausfindig zu machen. Er hielt sich in einem mit Absperrgittern geschützten Bereich auf und plauderte mit einem der Organisatoren. Vielleicht war er tatsächlich in den Kern des Teams vorgedrungen – durchaus ein Zentrum der Macht, wenn auch diffuser und nicht jedem namentlich bekannt. Lester machte Fotos, das war seine Existenzberechtigung, er knipste und knipste, als sei er persönlich beauftragt, die kommenden Geschichtsbücher in Hinblick auf eine Einordnung der gegenwärtigen Ereignisse zu füllen. Ich blieb im Hintergrund und beobachtete. Mein letzter Besuch war schon einige Zeit her, seitdem hatte sich das Publikum verändert.

Ich ekelte mich vor den Gestalten, die sich im Nebenbereich der Bühne tummelten, davor, wie sich alle wichtig machten und sich einer in der Zustimmung des anderen sonnte. Vielleicht hatte sich die Zusammensetzung der Anwesenden gar nicht verändert – vielleicht waren sie selbst andere geworden, verbissener und vergessener in ihrem Tun. Oder war es mein Blick auf sie, der sich geändert hatte? Es war mir unangenehm, mit ihnen assoziiert zu sein. Nur gut, dass Lexi heute keinen Dienst hatte.

Lester tat mir leid. Er würde mich nicht leicht entdecken, schließlich hatte ich vorsorglich eine von Lexis Jacken angezogen; dass ich maskiert war, wies meine Gruppenzugehörigkeit aus und entsprach längst der Bekleidungsnorm. Mein Drang, mit ihm zu sprechen, war ungebrochen, doch ich sah keinen Sinn darin, es im Beisein anderer zu versuchen. Wir brauchten einen ruhigen Moment nur für uns. Ich erinnerte mich an all die Gespräche, die wir geführt hatten, und empfand tiefe Dankbarkeit. Wie viele Kilometer waren wir gemeinsam marschiert? Es mussten hunderte gewesen sein, kreuz und quer durch den verdichteten Raum einer magischen Stadt. Wir hatten uns voneinander entfernt – ob ich mich von ihm oder er sich von mir, wer konnte das sagen? –, so war der Lauf der Dinge, doch es sollte im Frieden geschehen, nicht auf diese unschöne Weise. Ich sah, wie tief er vorgedrungen war in die Empörung, und konnte mir ausmalen, wen er als Einflüsterer um sich hatte. Ich beobachtete Lester in seiner Verlorenheit.

Der Platz füllte sich. Ich rückte näher und positionierte mich so, dass ich Lester gut im Blick behalten konnte. Reden wurden geschwungen und er knipste, Lieder wurden gesungen und er knipste. Die Polizei sah keinen Grund einzuschreiten und ließ die Gruppe uneingeschränkt gewähren, nicht ohne jedoch ihre Präsenz regelmäßig in Erinnerung zu rufen, teils durch lautstark zelebrierte Schichtwechsel, teils mit schmetternden Durchsagen, die das Einhalten bestimmter Verhaltensregeln einmahnten. Und als ich so inmitten der Empörten verweilte, umschallt vom Drohdröhnen des Staates, verstand ich alles. Es war die älteste Geschichte, sie hätte ewig so weitergehen können. Dass ich wusste, wie die Welt funktionierte, machte mich seltsam glücklich. Lester knipste.

Wie üblich wurde es nicht allzu spät, mit sich verfestigender Dunkelheit tröpfelten die Anwesenden auseinander, sie verflüchtigten sich in ihre Bezirke und Gassen. Noch bevor sich die letzten Kleingruppen aufgelöst hatten, erklärten behördliche Durchsagen die Versammlung offiziell für beendet. Vereinzelt wurden Leute festgenommen, die aggressiv in Richtung der Beamten gestikuliert oder Parolen gerufen hatten, hektisch wurde mitgefilmt. Unkontrollierte Gewalt konnte ich keine erkennen; offensichtlich hatte man einen Modus gefunden, einander nicht übermäßig zu reizen. An der fortgesetzten Gegnerschaft natürlich bestand kein Zweifel, diese würde sich bis zur nächsten eruptiven Entladung im Stillen anstauen und heimlich steigern.

Lester packte zusammen, verabschiedete sich von ein paar Akteuren, die als Einpeitscher auf der Bühne gestanden waren, und machte sich auf den Heimweg. Ich nahm die Verfolgung auf. Wie üblich ging er zu Fuß. Um *auszudünsten*, hatte er immer gesagt, und ich fragte mich, ob es eigentlich das passende Vokabel war – um *runterzukommen*, das erschien mir treffender. Ich kannte seinen Heimweg bis zur Hälfte, oft genug hatte ich ihn ein Stück begleitet. Er ahnte nichts. Wenn er sich umsah, dann eher nach Autos, die anonym und verdächtig langsam nebenherfuhren. Für einen Mann mit Verfolgungswahn erschien er mir herrlich unbedarft in seinem Verfolgtwerden. Wie ging dieser köstliche Satz, der als gebräuchliches Zitat umherschwirrte und diversen illustren Zeitgenossen von Grunge-Legenden bis Schriftstellern und populären Philosophen zugeschrieben wurde: *Just because you're paranoid doesn't mean they aren't after you.* Oh, und wie recht wer auch immer damit hatte!

Lester wurde jetzt also tatsächlich verfolgt, genau so wie er es in seinem Wahn angenommen hatte. Ich sorgte dafür, dass er richtig lag, dass sich seine schlimmsten Befürchtungen bewahrheiteten. Auf eine Weise half ich ihm also, ohne mich wäre er nur ein Verrückter gewesen.

Obwohl ich mich in sicherer Entfernung hielt, konnte ich deutlich seine Stimme hören, die ins Leere sprach. Eigentlich hätten wir jetzt eines unserer Gespräche geführt, die ich ihm seit einiger Zeit vorenthielt. Es blieb ihm nichts anderes übrig, als mit sich selbst zu reden. Ich sah ihn gestikulieren, als gäbe es ein aufmerksames Gegenüber, was mir einen Stich versetzte. Ich erinnerte mich an einen luziden Gedanken, den ich in meinem Weißweinschlummer auf der Couch gehabt hatte: Immer heißt es, jemand betet, *dass* etwas passiert, also auf ein konkretes Ergebnis abzielend; dabei sollte es viel öfter heißen, jemand betet, *ob* etwas passiert – das Gebet als *Befragung* des geglaubten Gottes, nicht als lästiges Erbetteln einer konkreten Veränderung. Auch Götter sind einem gewissen Erwartungsdruck ausgesetzt. Der Gedanke behagte mir so sehr, dass ich beinah meine Schritte beschleunigen und zu Lester aufschließen wollte, um ihn mit ihm zu teilen. Eine unbändige Neugier auf sein Zuhause ließ mich abwarten, bis er an seinem Ziel angekommen war. Ich betete, ob er mein Friedensangebot annehmen würde.

Achtundfünfzig. Die Bilder

Sein Weg endete in einer Kleingartensiedlung. Es hatte zu regnen begonnen, was eine brauchbare Geräuschkulisse abgab. Beim Aufschließen der Gartentür sah er sich ein letztes Mal nach allen Seiten um, ohne jedoch auf die Gestalt mit Kapuze zu achten. Ich sah ihn in einem Fertigteilhäuschen verschwinden. Er hatte mir erzählt, dass er das Haus seiner verstorbenen Tante übernommen und für seine Zwecke adaptiert hatte. Da ich mir erst darüber klar werden musste, was ich hier eigentlich wollte, näherte ich mich dem Grundstück in sehr kleinen Schritten, was bei dem Wetter einigermaßen absonderlich wirken musste. Immerhin war Lexis Jacke sehr gut imprägniert.

Eine Frau kam auf mich zu. Sie trug einen wallenden olivgrünen Mantel und war unter einem übergroßen, robust wirkenden Regenschirm in Deckung gegangen. An einer Leine, die sich in drei Enden verzweigte, führte sie drei nasse Hunde, denen das Tropfen und Pfützensteigen zu gefallen schien. Die Frau hatte einen Kurzhaarschnitt und trug auf beiden Seiten massive Ohrringe, die ihre Ohrläppchen unansehnlich in die Länge zogen, bestimmt waren sie von ihrer Gewohnheit bereits dauerhaft verformt. Dieser Mensch mitsamt seinen Tieren wirkte auf mich wie aus der Zeit gefallen, alle zusammen stammten sie von einem anderen, weit entfernten Planeten. Sie bewegten sich auf mich zu wie die Vorboten von etwas.
Die Hunde trugen keinen Beißkorb, nun wurden ihnen auch noch die Karabiner der Leine gelöst. Sie liefen frei um ihr Frauchen herum, ihnen gehörte die Welt. Die Hunde gingen mich an, schnüffelten heftig an meinen Beinen und Schuhen, was mich vor Angst erstarren ließ. Der Frau schien dieses ungezogene Verhalten nichts auszumachen, im Gegenteil, sie ermutigte sie noch dazu, sich in Ruhe ein Bild von mir zu machen. Ich verkniff mir jeden Kommentar, weil er ja doch nur zu Anfeindungen geführt hätte; so gut kannte ich die Hundebesitzer meiner Stadt. Meine einzige Verteidigung bestand darin, die Frau böse anzustarren, was sie eher zu belustigen schien; sie antwortete mit einem schadenfrohen Grinsen. Nach ein paar Umrundungen hatten die Tiere ihr Interesse verloren und ließen von mir ab. Als sie meine Sphäre verlassen hatten, wurden sie wieder an die Leine genommen. Ich bildete mir

ein, im kranken, schlecht gealterten Gesicht der Frau die Anzeichen einer leichten Behinderung erkannt zu haben.

An Lesters Behausung gab es keine Klingel, also kletterte ich über den nicht sehr hohen Gartenzaun – als ernst gemeinte Barriere war er lächerlich, jedes Kind hätte ihn auf einen Schwung locker übersteigen können. Der Garten wirkte zwar nicht ungepflegt, doch man sah, dass hier nicht jemand Gartenarbeit zu seiner Lebensaufgabe auserkoren hatte und jeder Unkrautfläche akribisch hinterherrupfte. Das Gesunde und Einladende dieses Fleckchens Natur war, dass es weitgehend in Ruhe gelassen wurde und alles in die ihm eigenen Richtungen wachsen durfte.

Neben dem Wohnhaus gab es einen großen Schuppen, der wohl als eine Art Werkstatt fungierte. Die Schiebetür war halb geöffnet, Lester musste also in der Nähe sein. Ich kaute schon auf den Wörtern, die ich gleich zu ihm sagen würde, den behutsamen und einverstandenen Wörtern der Annäherung. Er würde sie verstehen. Ich würde ihm sagen, ich könne seinen Ärger nachvollziehen, er habe jedoch keinerlei Grund, mir zu misstrauen. Ich würde ihm sagen, wie sehr ich unsere angeregten Gespräche vermisste und wie sehr ich mich freuen würde, diese liebgewonnene Tradition wieder aufzunehmen. Ich würde ihn davon überzeugen, uns von unsichtbaren Feinden nicht auseinandertreiben zu lassen, das sei es nicht wert. Menschen wie wir sollten zusammenhalten, würde ich sagen, sollten einander unter die Arme greifen, anstatt sich in grundlosen Streitereien zu verlieren. Bestimmt würde er mir zustimmen.

Die Werkstatt war größer, als ich gedacht hätte. Ich drückte den Lichtschalter neben der Tür und eine Röhre an der Decke sprang knisternd an. Von Lester keine Spur. Der Raum diente als Atelier für Lesters Fotoprojekte und wohl auch als Dunkelkammer. Ich sah diverse Behälter mit Chemikalien und jene Plastikwannen, die ich aus Detektivfilmen kannte. In der Mitte des Raumes befand sich ein riesiger Arbeitstisch, auf dem Bilder ausgebreitet waren, auch an den Wänden hingen welche. Das ganze kleine Gebäude war im Grunde ein Aufbewahrungsort für Lesters Fotos. Wie viele mochten das sein? Hunderte, tausende, in allen nur erdenklichen Formaten.

Offensichtlich experimentierte er mit der bestmöglichen Präsentationsform. Analog fotografiert und händisch entwickelt schienen die wenigsten zu sein, die meisten waren wohl digital entstanden und ausgedruckt worden. In einer Ecke stand ein Drucker samt hochwertigem Fotopapier, daneben schnurrte der Computer. Die Qualität der Ausdrucke war durchschnittlich, einen Unterschied zu den Automaten in Drogeriemärkten konnte ich nicht feststellen. Es war die Arbeit eines Menschen, der sein Handwerk verstand und grundsätzlich in der Lage war, seine Ideen technisch umzusetzen. Was war auf diesen Bildern zu sehen? Menschen – genauer: Gesichter. Ausschließlich Gesichter.

Ich hatte Lester oft genug beobachtet, um zu wissen, dass er bei den Spaziergängen (seiner Feldforschung) den Fokus nicht bloß auf Porträtaufnahmen legte, sondern im Gegenteil oft Gruppen und diffusere Szenen des Geschehens ablichtete, doch bei der Auswahl für den Druck schien er eine sehr spezielle Vorliebe zu haben. Manche waren leicht unscharf, mussten also vergrößert und ausgeschnitten worden sein.

Vor lauter Bildern sah man kaum mehr Wand durchblitzen. Ich blätterte in den Stapeln auf dem Tisch, überall nichts als Menschengesichter: freundlich lächelnd, wutverzerrt, angstentstellt, neutral, sterbensblass oder rot vor heißem Blut. Hier war archiviert, was er in all den Monaten gesammelt hatte. Ja, dachte ich, was ich sah, war das ungeschönte Wesen der Empörten.

Ich begann in den Bildern zu wühlen, um irgendetwas anderes zu finden als Gesichter, doch insgeheim wusste ich, dass da nichts sein würde. Die Hektik ließ nach, mein Sichten des Materials bekam einen gleichmäßigen Rhythmus, ein Blick reimte sich auf den nächsten. Ich vergegenwärtigte mir Ort und Art der Handlung, ein alter Trick, um sich der Tragweite eines Moments bewusst zu werden. *Beten, ob etwas passiert.* Die Empörten waren auf ihre Weise schön. Ihr Anblick beruhigte und befriedigte mich.

Es war ein erhebendes Gefühl, all diese Bilder zu sehen. Lesters Arbeit hatte einen tieferen Sinn, der sich mir mit einem Mal erschloss. Indem er sich rein auf die Gesichter konzentrierte, all den Ballast abwarf und Nebensächlichkeiten wie Kleidung oder Umgebung verschwinden ließ, machte er die Empörten wieder zu dem, was sie eigentlich waren: Menschen, so gut oder schlecht, so frei oder unfrei wie jeder andere auch. Menschen mit ihren Schwächen und Gebrechen und verborgenen Sehnsüchten. Man sah ihnen an, dass sie eine große Last für die Gemeinschaft schulterten. Stellvertretend für viele loteten sie auf der Straße Dinge aus, über denen andere zu Hause entmutigt brüteten. Die Nahaufnahmen zeigten sie losgelöst von der Masse, was mich mit ihnen versöhnte. Als aus der Welt gefallene Gesichter behielten sie ein Geheimnis, dem man Vertrauen entgegenbringen wollte. Kleine, sündige, harmlose Menschen. Lester hatte ihnen ihre Würde zurückgegeben. Still dankte ich ihm. Hinter mir regte sich etwas. Dann wird es schwarz.

Neunundfünfzig. Der Raum, in dem es geschah
Ich weiß noch, dass ich mir vorstellte, wie eine mögliche Zukunft aussehen könnte: Lester schließt sein Projekt erfolgreich ab, die Dinge pendeln sich ein, alles beruhigt sich. Nachdem der Staub sich gelegt hat, ist er im Besitz all dieser Aufnahmen, die eine Facette der Protestkultur abbilden und damit etwas Grundsätzliches über unsere Gegenwart erzählen. Es gibt einen großformatigen Bildband und eine dazugehörige Ausstellung, mit der Lester endlich als Fotokünstler ernstgenommen wird und seine späte, aber längst überfällige Anerkennung findet. Ich sah mich schon mit einem Drink bewaffnet durch die Vernissage schlendern und den fachkundigen Gesprächen der Kunstversteher lauschen, Lexi streichelt amüsiert meinen Arm. Mir fielen sogar passende Titel für dieses Projekt ein:

Gesichter des Wandels oder *Gezeiten der Geschichte* oder nur *Menschen*. So einfach und klar, dass es mir auf Anhieb gefiel. Doch es kam anders. Es war einmal eine Zukunft.

Die Umstände unseres Verschwindens sind allgemein bekannt, gerade in ihrer Unergründlichkeit. Ich erinnere mich an einen Moment, in dem mir kein Gefühl eingefallen wäre, das ich hätte fühlen können, so zu Ende gedacht schien alles. Was in diesem Moment passierte, füllte noch für Wochen die heimischen Nachrichtensendungen und Zeitungen, auch über die Landesgrenzen hinaus wurde eifrig berichtet. Zu erfahren war, es habe am Wohnort eines Mannes, der den Empörten angehörte und enge Kontakte zur obersten Führungsriege hatte, eine Explosion gegeben, und zwar in einem Nebengebäude, das als Werkstatt diente. Sprengmittel oder Zündvorrichtungen wurden keine gefunden, was die Ermittlungsbehörden mitsamt den hinzugezogenen Experten und Sachverständigen vor ein großes Rätsel stellte. Richtig sei, dass Reste von Chemikalien gefunden wurden, die zum Entwickeln von Fotos verwendet würden. Dass es sich bei dem Mann um einen arbeitslosen Fotografen handelte, war rasch in Erfahrung gebracht und wurde durch Fundsachen im Haupthaus unterstrichen, ein nicht unwesentliches Detail, das mit vielen anderen Untersuchungsergebnissen sofort an die Öffentlichkeit gelangte. Ratlos machte die Tatsache, dass die nachgewiesene Entwicklerflüssigkeit selbst in Verbindung mit anderen Stoffen keine derartig heftige Explosion erklärte. Von der Werkstatt war nicht mehr viel übrig geblieben, von den ausgedruckten Gesichtern blieben versengte Papierfetzchen ohne jeden Sinn. Lesters Werk war ausgelöscht. Die Beamten drehten sich im Kreis.

Neben jenen verkohlten Körperteilen, die dem Besitzer zugeordnet werden konnten, wurde eine zweite Leiche aufgefunden. Es handelte sich um die Überreste eines Mannes ähnlicher Statur und etwas geringeren Alters. Diese Leiche bin ich. Niemand hätte mich in diesem Zustand wiedererkannt.

Lester war für bestimmte Kreise kein Unbekannter und riss in die Reihen der Empörten eine große Lücke. Nachdem die Ermittlungen allzu lange ergebnislos blieben, wurde von Seiten der Politik Druck gemacht, endlich eine schlüssige Erklärung für die Explosion in der Kleingartensiedlung zu liefern. Zwei Menschen waren ums Leben gekommen – ein fragwürdiger Zeitgenosse aus dem Protestmilieu und sein unscheinbarer Bekannter, der einem nichtssagenden Bürojob nachgegangen war. Über mich war nicht viel zu sagen, außer dass ich regelmäßig mit Lester gesehen worden war, auch eine Auswertung von Polizeiaufnahmen der Spaziergänge bestätigte diese Verbindung. Keiner der Befragten konnte Dauer und Art unserer Bekanntschaft klar benennen, im Gegenteil mussten sich manche gefragt haben, was genau wir eigentlich miteinander zu tun hatten. Wir schienen oft längere Gespräche zu führen. Wovon diese handelten, konnte niemand so recht beschreiben, wir blieben dabei gerne unter uns. Anspielungen auf eine sexuelle Beziehung kamen nur sporadisch auf und wurden als nicht sehr stichhaltig abgetan, spätestens mit der Erkenntnis, dass ich während der letzten Wochen in intensivem Kontakt mit Lexi gestanden war, verstummten diese Stimmen, die Auswertung meiner Standortdaten war unmissverständlich. Jene haltlosen Verdächtigungen, mit denen Lexi sich konfrontiert sah, hätte ich ihr gerne erspart. Ihr als Polizistin wurden nun Kontakte in die *Szene* angedichtet. Vorsorglich beurlaubte man sie, konnte ihr jedoch kein Fehlverhalten nachweisen und gestattete ihr die Rückkehr in den Dienst. Ihre Kollegen schwiegen sich über die Verräterin aus, Boca spendete in langen Nächten Trost.

Was also war geschehen? Gerüchte machten die Runde, das Wort *Vertuschung* erwies sich als ebenso langlebig wie die Forderung nach einer unabhängigen Untersuchungskommission, der jedoch aus verschiedenen Gründen nicht stattgegeben wurde. Vielleicht wollte man es gar nicht so genau wissen.

Internationale Spezialisten wurden eingeflogen, um Klarheit zu schaffen, jeder hatte seine eigene Theorie im Gepäck. Die Rekonstruktionen des Geschehens hatten jeweils einen anderen Schönheitsfehler, wiesen immer neue, erfrischende Logiklücken auf. Viele dachten laut: *Es kann doch nicht so schwer sein, den Dingen auf den Grund zu gehen!* Was war passiert? Zwei Männer befanden sich zur selben Zeit in einem Foto-Atelier (in dem übrigens wer weiß was für ekelhafte Aufnahmen lagerten), es kam zu einer Explosion, die beide das Leben kostete. Die meisten Experten kamen nach sorgfältiger Analyse zum Ergebnis, dass ihr Ausgangspunkt der Körper von Lester gewesen sein musste, welcher besonders stark in Mitleidenschaft gezogen worden war; man musste beinah annehmen, er habe sich einen Sprengstoffgürtel um den Leib geschnallt und diesen durch irgendeine unbekannte Vorrichtung zur Detonation gebracht, von der nun am Tatort jede Spur fehlte. Ließ jemand Beweise verschwinden, um eine sich bis in die höchsten Kreise hineinschraubende Intrige zu stützen? Es kam zu gegenseitigen Vorhaltungen, es blühten die Verschwörungstheorien in den wildesten Farben.

Ein außereuropäischer Experte behauptete allen Ernstes in einem landesweit ausgestrahlten Interview, der verstorbene Lester habe mit an Sicherheit grenzender Wahrscheinlichkeit Sprengstoff in seinem Körperinneren verstaut gehabt, anders ließen sich die Verletzungen und die Gerichtetheit der massiven Explosion nicht erklären. Konkrete Rückstände, die diesen Verdacht erhärten konnten, gab es nicht. Man stelle sich vor: Ein erwachsener Mann bringt es fertig, Pakete mit Nitroglycerin oder anderen Substanzen zu schlucken, noch dazu in solcher Menge, dass eine Detonation verheerenden Schaden anrichtet, ausgelöst wird diese durch eine noch unbekannte Methode. Als Grundlage für diese These diente lediglich die Beschaffenheit der menschlichen Überreste und des Tatorts. Sie wurde als Hirngespinst verworfen.

Sechzig. Spontaneous Human Detonation
Ein Berichterstatter nannte Lesters Atelier despektierlich eine *Dunkelkammer für Arme*, was sich mir nicht

ganz erschließen wollte, da eine Dunkelkammer doch per se ein kompakter, ungastlicher Raum sein musste, in dem man konzentriert seine eingeübten Handgriffe erledigte. Im Wohnhaus wurden Schachteln mit früheren Bildern gefunden, die man allesamt als minderwertig und unerheblich abtat; es sei kein Wunder, dass er als Fotograf nie recht habe Fuß fassen können, was Nährboden für Enttäuschung und Frustration gewesen sein müsse. Man bezeichnete ihn als Gebrauchsknipser und untalentierten Fließbandproduzenten, dessen Arbeiten jede künstlerische Note oder eigene Handschrift vermissen ließen. Nach einhelliger Meinung hatte dieser Lester es zeit seines Lebens zu nichts gebracht, sein Verschwinden sei also kein großer Verlust. Niemand konnte wissen, wie falsch man damit lag.

Sein letztes Projekt war von einer Dringlichkeit und Prägnanz gewesen, dass es einem den Atem verschlug, es hätte ein wütendes Ausrufezeichen gesetzt. Erst damit – spät, aber doch – fand er seinen persönlichen visuellen Stil, erfand er sich selbst eine schöpferische Kraft für gelungene Innovation, die nicht in der schieren Lust am Experiment als Selbstzweck erstarrte, sondern eine tatsächliche, gesellschaftlich relevante Aussage traf. Dass die Welt niemals erfahren würde, welcher Schatz in diesem einen dunklen Moment zerstört wurde, musste einen verzweifeln lassen. Wie vieles bleibt Geheimnis, wie viele Großtaten bleiben unerkannt? Wie viele stille Arbeiter verschreiben sich einer Idee, die niemals jenen Zuspruch erfährt, den sie eigentlich verdient? Lester ist eine Fußnote, ein unbedeutender Statist des eigenen Lebens. Seine Bilder hätten alles verändert. Auch von mir gibt es nichts zu erzählen. Ich war ein unbeschriebenes Blatt, ein Rädchen im Getriebe, das problemlos von einem nachrückenden Kollegen ersetzt werden konnte.

Besonders obskur waren übrigens jene Gerüchte, die darum kreisten, dass es mit der Explosion etwas ganz anderes auf sich habe. Ausgehend vom unbewiesenen Phänomen der spontanen menschlichen Selbstentzündung – gebräuchlicher ist der englische Begriff der *Spontaneous Human Combustion*, abgekürzt SHC –, wonach unser Körper jederzeit und ohne Fremdeinwirkung in Flammen aufgehen kann, erzählten manche sich das Ereignis als deren Weiterentwicklung, also einer spontanen menschlichen Selbstdetonation (SHD?). Wir zweigen nun ab in ein finsteres Märchen.

Die Geschichte ging in etwa so: Es war einmal ein Mann namens Lester, der seinen Platz in der Welt verloren oder niemals gefunden hatte. Eines Tages schloss er sich den Empörten an, die in selbstzerstörerischer Anmaßung als diffuser Mob durch die Straßen zogen. Hier fand er Anschluss, machte Fotos, lebte sich ein, erfuhr zum ersten Mal seit Langem wieder Anerkennung, verspürte Gruppenzugehörigkeit. Doch seine Empörung blieb – und wuchs. In seinem Inneren staute sich etwas an, nämlich ein explosives Gemisch aus Verzweiflung, Hass und Angst, im wörtlichen, nicht im übertragenen Sinn. (Es fällt schwer, bei diesen Ausführungen nicht loszubrüllen; ein schmerzhaftes Lachen, wie man es nur von Wahnsinnigen kennt.) In Lester, diesem unscheinbaren Parade-Empörten, verdichtete sich also etwas, das eine reale Sprengkraft besaß, er wurde zum wandelnden Pulverfass, das jederzeit hochgehen konnte. Der Moment, in dem es geschah, hing zusammen mit meinem Besuch, ich musste irgendetwas getan oder gesagt haben, das ihn in Rage versetzte und in die Luft gehen ließ.

Die Anhänger dieses modernen Mythos verstiegen sich zur Behauptung, ich hätte meinen Spazierfreund Lester heruntergeputzt, vielleicht sogar seine neuesten Fotoarbeiten lächerlich gemacht. Das ärgert mich, ist doch das Gegenteil der Fall: Hätte die Möglichkeit bestanden, dann hätte ich ihm gegenüber meine tiefe Bewunderung für den Fortschritt seines Projekts ausgesprochen. Ich hätte ihn zu seinem Durchhaltevermögen, seiner Beharrlichkeit und Kompromisslosigkeit beglückwünscht und ihm bei der Vermarktung seiner fokussierten Menschengesichter meine Hilfe angeboten. Wie konnte man nur unterstellen, es sei zur unschönen Konfrontation zwischen uns beiden gekommen?

Was den Exegeten dieser SHD-Theorie daran wohl so behagte, war die verlustfreie Übertragung einer Metapher in die Lebenswirklichkeit: Ein Mensch *explodiert*, er *fliegt in die Luft*, er *platzt vor Wut*, und so weiter. Mich ärgert dieses plumpe Wörtlichnehmen, weil es so kindisch und direkt ist. Hier wird keine Denkleistung vorausgesetzt, sondern quasi eine Verständnisanleitung mitgeliefert, eigene Erkenntnissuche ist nicht mehr notwendig. Ich glaube, was mich an dieser Geschichte so stört, ist, dass es sich um eine Metapher handelt, die sich selbst erklärt.

Es geht um das wohlige Gruseln, das einen überkommt, wenn man sich vorstellt, wie ein frustrierter Mann an seinen angestauten Emotionen krepiert und seine Umgebung mit sich reißt. Selbstverständlich zog man einen schwindelerregenden Bogen zu gesamtgesellschaftlichen Entwicklungen, die einzelne Person galt als mahnend vorgezeigtes Beispiel einer prototypischen Menschengattung. *So sind sie*, hieß es da, ist doch klar, wie es mit ihnen endet. Von den Empörten ging also eine viel konkretere Gefahr aus, als manche bisher angenommen hatten.

Für die Märchenerzähler befanden wir uns jetzt also in einer Zeit der aus sich selbst heraus explodierenden Körper. Der Mensch war zum Sprengsatz geworden, der jederzeit hochgehen konnte. Allerdings sind keine ähnlich gelagerten Vorfälle bekannt. Was Lester und mir zugestoßen war, blieb ein singuläres Ereignis, rätselhaft und deutungsresistent – neben dem, was mit den Empörten noch geschehen sollte, ein unerheblicher Nebenschauplatz.

Schmerzhaft ist vor allem die Vernichtung der Bilder als Kunstwerke, denen man anmerkte, dass sie *alles* wollten, und die das Potenzial gehabt hätten, bleibende Wirkung zu haben. Allein in den paar Minuten, die ich mit ihnen allein war, ihrer gebündelten Verzagtheit ausgesetzt, ging eine Ahnung durch mich, die mir zur drängendsten Debatte der Gegenwart – jener um die Deutungshoheit über die Legitimität von Protest – zwar keine einfachen Antworten gab, doch in ihrer Schmerzhaftigkeit ergibige Fragen stellte. Die Gesichter der Empörten waren ein heilsamer Schock. Vielleicht, denke ich, ja, vielleicht hätten sie alles verändert. Niemand wird je davon erfahren.

Einundsechzig. Erinnerungen an den eigenen Tod
Spätestens jetzt wird sich eine gewisse Enttäuschung einstellen, während dieser ganzen Zeit der Geschichte eines Toten gefolgt zu sein. Ich kann mich nur aufrichtig dafür entschuldigen, dass ich es nicht eher über mich brachte, die Karten offen auf den Tisch zu legen. Dieses Bekenntnis macht das Erzählte jedoch nicht besser oder schlechter, vor allem nicht weniger ehrlich oder wahrhaftig. Ich möchte dazu einladen, über meinen Makel hinwegzusehen.

Bis heute kann ich nicht sagen, ob mein Tod ein Versehen oder Folge der gezielten Attacke eines anderen war. Am wahrscheinlichsten scheint wohl, dass es eine Verkettung unglücklicher Umstände war, die zu dem Ereignis führte. Ob die Detonation tatsächlich von Lesters Körper ausging? Und falls ja: Traf er – im berühmten *Vollbesitz seiner geistigen Kräfte* – eine bewusste Entscheidung oder brach aus ihm heraus, was sich über Monate in ihm angestaut hatte?

Es ist nicht so, dass ich ihn all das in jenem Zustand, in dem wir beide uns befinden, einfach so fragen könnte. Die Menschen haben eine sehr verquere Vorstellung vom Tod, auch mir selbst ging es so. Was wurde er nicht schon alles genannt: die größte Unzumutbarkeit des Menschseins oder ein Meister aus Deutschland. So sprechen Unwissende. Ich kann und will nichts erklären, sondern nur erzählen.

Grundsätzlich müssen wir uns darauf einigen, dass es sich um einen Zustand handelt, der mit Worten nicht beschrieben werden kann, also werde ich davon absehen, es überhaupt zu versuchen. Jeder wird sich eines Tages an meiner Stelle wiederfinden und seine eigenen Schlüsse daraus ziehen. Tot ist jeder für sich allein. Sollte es eine Möglichkeit geben, mit Lester in Kontakt zu treten, dann kann ich gerne darauf verzichten. Für mich selbst spielen die genauen Umstände meines Todes keine große Rolle mehr. Was würde sich denn ändern, gäbe es nun Hinweise in die eine oder in die andere Richtung? Lester selbst könnte genauso ratlos sein wie ich. Die heilsame Bedürfnislosigkeit schließt auch diese Fragen mit ein.

Für mich ist Zeit ein überholter Begriff, jedes Maß dafür längst verloren gegangen. Gern sehe ich Boca zu, wie er durch die Wohnung hoppelt, an seinen Karotten und Salatgurken knabbert. Ein herber Geruch geht von ihm aus. Seine Aufgabe ist es, Trost zu spenden. Noch lange nach meinem Verschwinden hält Lexi manchmal inne und muss sich die Gedanken an mich aus dem Augenwinkel wischen. Wenn sie abends mit Boca auf der Couch sitzt, dann streichelt sie ihm ihre Trauer ein. Er hat unergründliche, lochtiefe, tierdunkle Augen, hinter denen sein ewiges Geheimnis arbeitet. Manchmal kommt mir vor, er weiß alles über uns. Wenn jemand in der Lage wäre, mit den Toten in Kontakt zu treten, dann dieser Hase.

Lexi beschäftigt mich. Sie ist die Einzige, mit der ich Dinge hätte klären wollen. Dieser abschiedslose Fortgang bedeutet für mich das, was am ehesten diesem leidigen Zustand namens Schmerz nahekommt. Ich begleite sie durch den Tag. Sie geht zur Arbeit, kocht und isst, putzt, manchmal drückt sie sich selbst gegen die Wand. Es soll bald ein anderer in ihr Leben treten und den Platz einnehmen, der so kurz meiner gewesen ist.

Oft starrt sie auf den Bildschirm meines Laptops und zerbricht sich den Kopf. Noch ist es ihr nicht gelungen, das Passwort zu erraten. Es überrascht mich, wie wenig naheliegend für sie ist, dass es sich schlicht und einfach um ihr Geburtsdatum handelt. Darauf hättest du längst kommen sollen, denke ich. Es sagt mir, dass sie nicht weiß, welche Bedeutung sie für mich hatte. Die Schuld daran ist bei mir selbst zu suchen. Hätte ich neben all den flapsigen Bemerkungen und den freundschaftlichen Kommentaren nicht viel offener aussprechen sollen, was ich ihr nur durch Berührungen und zielgerichteten Krafteinsatz zu zeigen versuchte? Mit anderen Menschen war ich gesprächiger. Vielleicht war mir der Ernst unserer Verbindung nicht recht geheuer, und wie bald er sich eingestellt hatte.

Da meine Opferschaft unbestritten ist, hatten die Behörden keine rechtliche Grundlage, meine Datenträger zu beschlagnahmen. Lexi nimmt regelmäßig den Laptop auf den Schoß – den anschmiegsamen Boca neben sich –, um von einem Geistesblitz getroffen Buchstaben- und Zahlenkombinationen auszuprobieren. Nach jeweils drei falschen Versuchen wird sie für ein paar Tage gesperrt. Immerhin beschäftigt sie sich inzwischen mit Abwandlungen ihres Namens, die als Grundstock des Passworts dienen könnten. Eines Tages wird sie die Lösung finden und erleichtert auflachen, sich an den Kopf greifen, die Einfachheit meiner Überlegungen nicht vorausgeahnt zu haben. Ich habe dich überschätzt, wird sie sich denken. *Essiggurkerich*, tippt sie gerade geräuschvoll und ist sichtlich enttäuscht, es nicht endlich erraten zu haben. Wenn es gar nicht klappen sollte, könnte sie eine auf Datenrettung spezialisierte Firma konsultieren und mit dem Extrahieren meiner Festplatteninhalte beauftragen. Was würde man finden? Abgelegte Korrespondenz, Reisebilder, das Archiv meiner Unzulänglichkeiten, natürlich auch angerissene Versuche, meine Gedankengänge schriftlich festzuhalten. Sie sind so verschollen wie Lesters Bilder; im Unterschied zu diesen ist es um meine Fragmente nicht schade. Dass sie im Nichts versanden, ist kein großer Verlust.

Im Büro wird mein Schreibtisch geräumt. Ich scheine niemandem abzugehen, man kommt sehr gut ohne mich aus. Ich sehe, wie ein Mitarbeiter des Putzdienstes die Ablageflächen von Papieren und Kleinzeug befreit. Mit ausgestrecktem Arm werden alle Beweise meines Hierseins beseitigt. Ich lande in einem sachlichen, robusten, schwarzen Müllsack. Der Putzmann findet ein paar ausgedruckte Seiten mit meinen Skizzen, blättert darin – wie einmal der Kollege am Kopierer –, schüttelt den Kopf und verleibt es dem Sack mit zu entsorgendem Material ein. Er weiß Bescheid. Es hätte wichtig sein können, und dann war es nur Schund. Als er den Entschluss fasst, dass es in meinem Arbeitsbereich nichts gibt, bei dem er mit einem meiner Vorgesetzten

Rücksprache halten müsste, steht er einen Moment breitbeinig da. Eine letzte rasante Bewegung, die ich einverstanden mitlächle, und es ist vollbracht. Ich bin Geschichte. Bald wird niemand mehr glauben können, dass es einmal eine Person meines Namens gegeben haben soll.

Was bleibt, sind ein paar Geschichten, die man sich über uns erzählt, wenn überhaupt; sie stimmen nur zur Hälfte.

Zweiundsechzig. Besinnungslosigkeit

Ich sehe, wie es mit der Welt weitergeht, und empfinde dabei nichts. Sie dreht sich an ihrem nächtlichen Ort. Es war einmal ein Land, dessen Bevölkerung sich selbst nicht mehr über den Weg traute. Alles nahm seinen Lauf, genauso wie in anderen Ländern. Und dann? Wurde neu begonnen und wieder aufgebaut. Lauf der Dinge, Gang der Welt.

Etwas gilt. Ich füge mich den Tatsachen. Wir sind Fragmente einer vagen Idee von uns. Steigerungsformen der Stille. Sich einlassen auf die Freude, dass es einen nicht gibt. Das Warten auf etwas, das niemals eintreten wird. Eine Stimme im Raum, die keinem gehört. Lexi, immer wieder Lexi, ihre feuchte Wärme, ihr scheuer Stolz, ihr forderndes Grollen. Traum von einer Lebensmöglichkeit. Wie es hätte gewesen sein können. Ungehemmte Sinnlichkeit. Gestalten.

Die Gesichter der Menschen, ihre Bilder, auf denen sie Kind sind. Gesichter, in denen mehr Fragen als Antworten stehen. Eine neutrale, gelangweilte Stimme, die zu sprechen aufhören wird. Hast du sie gehört? Wer ist da? Gelassenheit, Bedürfnislosigkeit, Besinnungslosigkeit. Ein monotones *Om*. Wer kann sagen, dass es stimmt? Beten, ob jemand unsere Gegenwart bezeugt. Wann es uns gegeben haben wird.

Ich werde meine Erzählung jetzt ausklingen lassen. Sie begann so abenteuerlich, war konkret in ihren Beschreibungen eines gesellschaftlichen Umbruchs. Lester, mein treuer Spazierfreund, der eine so gefährliche Abzweigung nahm, wird erst dann seinen Frieden finden, wenn ich aufhöre, von ihm zu sprechen. Er hat es verdient, von uns in Ruhe gelassen zu werden.

Wir erwarten von anderen oft mehr als von uns selbst. Uns umgibt eine Härte, die nur in den seltenen Momenten absoluter Klarheit von uns abfällt. Mit wie wenig Talent streicheln wir in uns ruhend ein Tier oder ergeben uns den Rundungen eines drängenden Körpers. Wie sehr regt uns auf, was aus den Flimmerkisten und hosentaschengroßen Zeitverbringerlein auf uns einprasselt; eine Bilderfülle, die Herzrasen und Sodbrennen beschert. Hier und heute – wo und wann? – ist es mir gelungen, der Geschwindigkeit abzuschwören. Da Zeit als Kategorie weggefallen ist, geht sich alles, was ich mir vorgenommen habe, wunderbar aus.

Ich habe gesagt, dass es sich beim Tod und unserem eindimensionalen Bild davon um ein großes Missverständnis handelt. Damit meine ich vor allem, dass er schrecklich banal ist; ein Umstand, der keine Angst machen muss, sondern eine Befreiung von jedem vermeintlichen Bedeutungszwang verheißt. Es gab einen Knall, die Folgen waren verheerend. Niemand interessiert sich mehr für mich, keiner braucht für seinen Satz noch meinen Punkt. Freiheit bedeutet, nicht mehr der Grund für etwas zu sein.

So bleibt mir noch, mich zu verabschieden, ohne sagen zu können, von wem. Ich weiß nicht, ob es eine Lehre gibt, die man aus meinen Schilderungen ziehen kann, es spielt auch keine Rolle. Was sind wir denn schon mehr als harmlose, hilflose, sinnlose Fragen, die sich ein Gott stellt, den es nicht gibt? Wir sind Hirngespinste, die nicht wahrhaben wollen, dass keine unserer Taten einen Unterschied macht, was zur allgemeinen Erheiterung beiträgt. Wir sind lächerlich in unserem Ernst. Wir gehen auf die Straße, um uns Gehör zu verschaffen, und werden dabei selbst zu unseren schlimmsten Feinden. Wer es bemerkt, ist fast immer zu spät. Das meiste geschieht ohne böse Absicht. Sind wir gerecht? Hätten wir offener, freier, bereiter sein können? Immer könnten wir überlegter, sachlicher oder trauriger sein.

Ich weiß noch, wie es war, einen Körper zu haben, der sich zu anderen verhält. Es war ein herrliches Vorgefühl des Untergangs. Einige von uns werden die Zeiten überdauern, und eines Tages entdecken wir einander innerhalb derselben Sphäre der Vergessenheit. Die Fragmente der Wahrheit liegen ausgestreut um uns, wie Kinderspielzeug, das jemand vergessen hat wegzuräumen. Essensgeruch liegt in der Luft. Jemand ruft uns hinein. Wessen Stimme spricht zu uns? Wer hört noch zu? Gelebt haben heißt gestorben sein. Erzählen heißt: Es war einmal.

Es war einmal? Es wird sein! Nichts ist so, wie es auf den ersten Blick scheint, in Parks brennen immerwährende Pappkartonfeuer, Städte sind Routen des Gehens, die Straße ist der heilige Ort des Dagegenseins. Hasen sprechen mit den Toten, alles geschieht in Zyklen und auf Märkten riecht es nach Fleisch. Am Boden krümmt sich ein Sack, jemand raucht eine späte Zigarette und ein langsames Auto kreist um den Sturm. Das ist alles, was ich weiß. Ein letztes Missverständnis sei noch aufgelöst: Nicht ich bin es, der sich auf die Reise macht – ich bleibe schön brav hier. Du bist es, ihr seid es, die sich aufmachen, euer Scheitern zu begreifen. Zu wem immer ich jetzt spreche, und wer immer dem folgt: Ich hätte euch gerne gekannt.